의병 활동

정문부
경성
가토 기요마사
정문부
길주
조ㆍ명 연합군
주보급로
의병 활동 지역
의병과 왜군의 접전
왜군 활동 지역
고니시 유키나가
모리 요시나리
구로다 나가마사
음성 : 5,500
충주 : 7,200
문경 : 3,000
상주 : 3,900
우키타 히데이에
인동 : 2,300
대구 : 5,600
개성 : 5,000
한양 : 4,000
양지 : 3,000
하시바 히데카쓰
죽산 : 4,800
조헌
고경명
후쿠시마 마사노리
모리 데루모토
정인홍, 김면
최경회, 임계영, 김천일
곽재우
밀양 : 500
고바야카와 다카카게
양산 : 1,000
부산, 동래 : 8,000

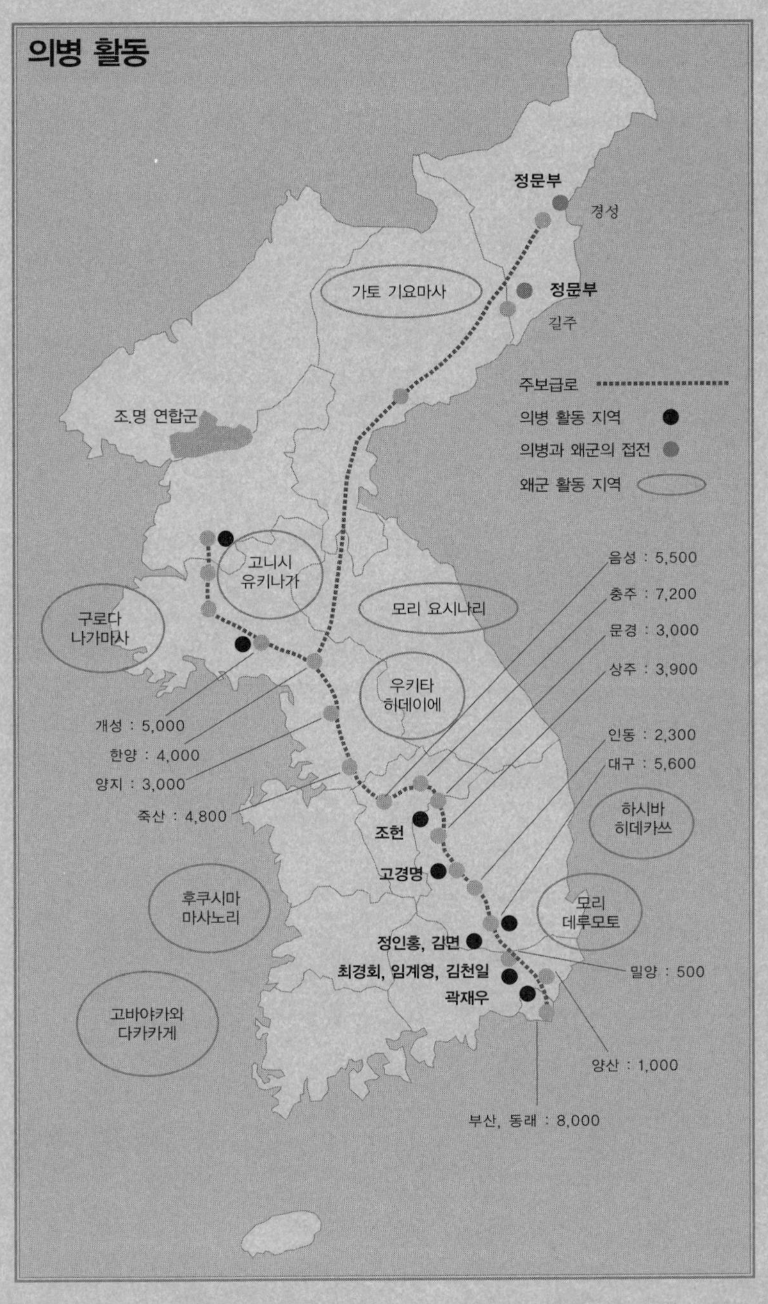

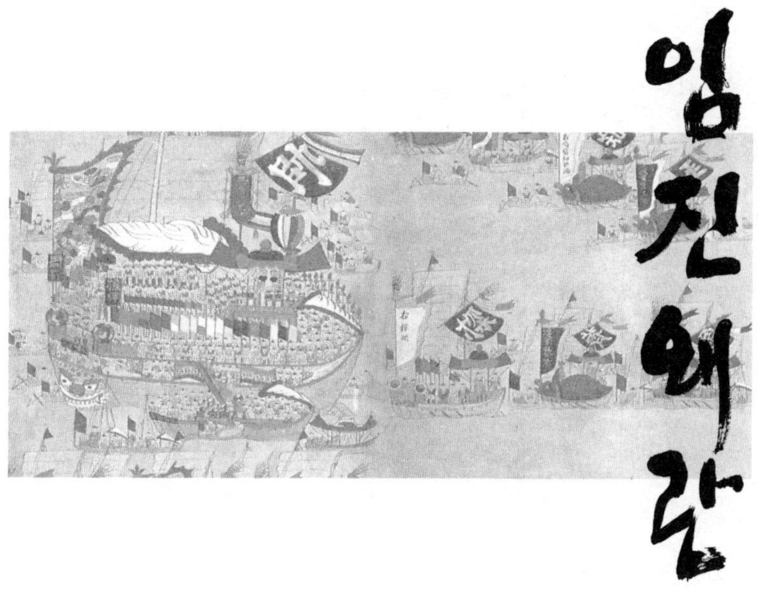

임진왜란

임진왜란 6 - 세 치 혀로 전쟁을 멈추리

초판 1쇄 인쇄_2004년 8월 30일
초판 1쇄 발행_2004년 9월 6일

지은이_박종화
펴낸이_김영곤
기획 · 편집_임병주 김민아 류혜정
영업 · 마케팅_정성진 안경찬 김진갑 이종률 박성인 이희영 박진모 이연정 박창숙
관리_이인규 이도형 고선미
제작_강근원 이영민
교정_전남희
디자인_씨디자인

펴낸곳_(주)이끌리오 달궁
주소_경기도 파주시 교하읍 문발리 파주출판문화정보산업단지 500-11 (413-756)
전화번호_031-955-2100(대표) 031-955-2412(기획)
팩스번호_031-955-2422
이메일_dalgoong@dalgoong.com
홈페이지_http://www.dalgoong.com
출판등록_2000년 4월 10일 제 16-1646호

ISBN 89-5877-006-6 04810
      89-5877-000-7(세트)
값 9,000원

월탄 박종화
대하 역사소설
임진왜란
6
세 치 혀로 전쟁을 멈추리

11장 임금님이 아닌 나라를 위해

12장 운명을 건 승부

11장

임금이 아닌 나라를 위해

진주성, 결전을 준비하다

　진주는 영남의 웅장하게 큰 고을로 모든 문화의 수준이 경상도에서 첫손가락을 꼽는 곳이다. 진주는 청주靑州 또는 진산晉山이라는 별명으로도 불린다.

　진주성은 푸른 물줄기가 굽이쳐 흐르는 남강 언덕에 있다. 성 둘레가 2천6백50보요, 높이가 25척이다. 여기다 옹성*이 셋, 수문이 하나, 암문**이 한 곳 있으며, 성첩***의 수는 1천6백46개다.

　임진년에 왜적이 파죽의 형세로 한양 · 평양까지 점령하고 있을 때, 진주목사 김시민은 조선군 3천7백 명을 거느리고 진주성을 지키고 있었다.

　왜국의 간바쿠 도요토미 히데요시는 왜장 호소카와 타다오키 · 가토 미쓰야사 · 하세가와 슈이치 · 키무라 시게쇼오 등의

* 옹성 : 성문을 보호하고 성을 튼튼히 지키기 위하여 큰 성문 밖에 원형이나 방형으로 쌓은 작은 성.
** 암문 : 성벽에 누 없이 만들어 놓은 문. 적의 눈에 띄지 아니하는 곳에 만들어서 평소에는 돌로 막아 두었다가 필요할 때에 비상구로 사용하였다.
*** 성첩 : 성 위에 낮게 쌓은 담. 여기에 몸을 숨기고 적을 감시하거나 공격한다.

일곱 장수에게 명을 내려 진주성을 치게 하니, 왜적의 수는 우리 군대의 거의 일곱 배나 되는 2만 명의 큰 군사였다.

김시민은 호반 출신의 젊은 장수였다. 머리가 밝고 뜻이 굳은데다가, 판단이 빨랐다. 적은 군사로 큰 성을 지키면서도 마음이 꿋꿋하여 흔들리지 않았다.

김시민은 날마다 말을 달려서 성문을 돌아보았다. 칼과 활이며 모든 무기를 군사들에게 손질해 닦아 놓게 했다.

그는 군사 사랑하기를 아우나 아들 생각하듯 했다. 한 사람의 사병이 병이 나도 그는 손수 약을 달여서 마시게 하고, 맛있는 음식이 있으면 군사와 골고루 나누었다. 군사들은 이 갸륵한 장수 앞에 나라를 위하여 몸을 바쳐서 죽어도 아깝지 않다는 마음을 가질 수밖에 없었다.

왜적들은 진주성을 자주 노렸다.

김시민은 사천에서 왜적과 한 번 싸워서 대결을 해보리라 생각하고, 정병 1천여 명을 거느리고 십수교 위에서 적병을 대파했다. 이 때 적이 상하고 죽은 수효는 부지기수요, 김시민은 적장 한 명을 사로잡아서 의주로 묶어 보냈다.

고성 · 창원이 아군의 손으로 다시 수복되고 진주는 경상 · 전라 · 충청 세 도를 보장하고 있는 또렷한 자랑거리가 되었다.

한 번 대패한 왜적들은 기어이 진주를 손아귀에 집어넣고 싶어했다.

임진년 10월 3일, 왜적의 대병은 세 길로 진주성을 향하여 쳐들어오는데, 한 떼의 군사는 마현을 넘어서고 또 한 떼의

군사는 불천을 넘어오고, 또 한 떼는 진양을 두들겨 무찌르며
들어왔다.

벌써 적의 선봉 1천여 기는 진주성의 동편인 마재 위에서
칼을 번득이고 말들을 달리면서 싸움을 걸고 있다.

진주목사 김시민은 성문을 굳게 닫고 성 안에 전령을 내린다.

"성 안 드높은 곳에 용대기를 높이 세워서 크게 군막을 치
게 하고, 군사들은 함빡 성으로 나와서 성첩을 지켜라. 그리
고 성 앞에 있는 남녀노소 백성들은 집을 내놓고 모두 나와서
군사들을 도와 주라. 여자들도 모조리 남자 옷으로 바꾸어 입
고 군막 안으로 모여 명령을 대기하고 있도록 하라!"

목사의 명령이 한 번 떨어지니 성 안에 있는 군사들은 말할
것 없고, 스무 살 안팎의 처녀들도 분홍 저고리, 분홍 치마를
벗고 머슴애 총각이 되어 흰 저고리 흰 바지에 대님을 치고 무
명 수건을 질끈 머리에 동인 뒤에 전쟁터로 나오기 시작한다.

처녀, 총각들이 모두 다 전쟁터로 쏟아져 나오니, 이것을
바라보던 진주 기생들도 그대로 앉아서 바라만 보고 있을 수
없다. 진주 기생 수백 명도 일제히 노랑 저고리, 남치마를 벗
고 무명 바지를 입어 대님, 허리띠에 상투를 틀고 붉은 수건
으로 가뜬가뜬하게 머리를 동인다. 기생들이 남자 옷을 입으니
모두 다 풍채 좋은 미남자가 된다.

진주목사 김시민은 여염집 여자로서 남복을 차린 낭자군과
기생으로서 남복을 입은 낭자군을 두 부대로 나눈 뒤에, 말
타고 장대 위로 올라서서 씩씩한 기상으로 그들에게 격려하
는 말을 보낸다.

"지금 우리는 일찍이 천고에 없던 국난을 당하고 있다. 이 국난을 막아 내자면, 우리들은 한마음 한뜻으로 일치단결이 되어서 철석같은 굳은 의지로써 침략자와 대결해야 할 것이다. 그대들이 여자라 해서 자기의 힘과 영혼을 에누리해서 작게 생각해서는 아니 될 것이다. 그대들은 나라의 어머니가 될 사람들이다. 이 천고에 드문 국난을 당해서 최후의 일각까지 어머니의 사명을 다하라. 나는 죽기까지 이 땅 진주를 적병들에게 한 치 한 땅도 내주지 않을 각오다. 그대들도 최후까지 잘 싸워서 그대들의 고향 진주를 지켜 다오!"

김시민의 눈은 의로운 정열이 벅차올라서 화경같이 번쩍거린다.

붉은 구군복에 검은 전복을 겹쳐 입고, 밀화패영 화려한 전립을 쓰고, 마상에 높이 올라서 쇳소리 같은 소리로 외치는 젊은 자태는 호방하고 순수했다. 마치 천상의 젊은 선관이 나라를 구하기 위하여 이 땅으로 내려와서 이 나라 여자들을 격려하는 듯하다.

"지금 내가 그대들 여자에게 적과 대결하라고 하는 것은 결코 그대들을 일선에 세워서 적과 총탄으로 대결하라는 것이 아니다. 배우지 않은 활과 총으로 어떻게 적병과 대결할 수 있겠는가? 그대들은 2선에서 군사들의 밥을 지어 주고, 옷을 꿰매 주고 물을 끓이고, 돌을 깨뜨리고, 홰를 묶어라. 이렇게 하면 이 나라 어머니의 사명을 다하는 것이다. 공연히 울고불고 몰리고 도망을 쳐서 민심을 흔들지 말고 정신을 다만 한 곳에만 집중시켜라. 이것이 우리 진주 땅을 적에게 빼앗기지 않는 단단한 주춧돌이 될 것이다. 그대들 여자도 이렇게 해서 조국을 지켜 다오!"

씩씩하고 젊은 김시민의 목소리 한마디 한마디는 여자들의 폐부를 찔러 감격의 회오리바람을 일으킨다.

이 때 두 부대로 나뉜 낭자군들의 잘생긴 얼굴 속에 김시민의 헌칠한 얼굴을 일초일각도 놓치지 않고 넋을 잃은 듯 망연히 바라보고 있는 아름다운 얼굴이 하나 있었다.

맑고 맑은 어진 눈매는 호수처럼 고요하고 푸르다. 코는 오뚝한 편이요, 붉은 입술은 한일 자로 꼭 다물어져 있다. 맑은 구슬이 달린 듯한 조그마한 귀는 도독하면서 얼굴빛보다도 더 한층 희다. 전체로 보아, 씻은 배추통처럼 미끈하게 잘생긴 얼굴이다. 억지로 흠을 잡아 낸다면 이마가 쑥 붙어서 좁은 것이 한이리라.

이 여자는 여염집으로 편성된 낭자군 속에 있지 않고, 붉은 수건을 동이고 상투를 틀어 올린 기생들만으로 꾸민 낭자군 속에 섞여 있다.

젊은 장수 김시민의,

"최후까지 잘 싸워서 그대들의 고향인 진주를 지켜 다오."

하는 불을 뿜는 듯 의기가 솟구쳐 오르는 소리가 들릴 때, 이 젊은 여자의 호수 같은 푸른 두 눈에는 안개가 뽀얗게 서리기 시작한다. 그리고 이내 구슬 같은 눈물이 똑똑 보드라운 두 볼 위로 떨어지다가 주르륵 줄을 지어 비 오듯 쏟아지며 흑흑 흐느낀다.

옆에 서 있던 늙은 기생 한 사람이 흑흑 느끼는 젊은 기생의 울음소리를 듣자 자기도 따라 울면서, 하얀 손수건으로 젊은 기생의 비같이 쏟아지는 눈물을 꼭꼭 눌러 준다.

젊은 기생의 눈에서는 눈물이 용솟음쳐 흐른다.

"이거 봐, 그만 울어요. 느끼는 소리가 들려서는 아니 돼. 논개, 그만 울어."

"초향 언니, '그대들의 고향 진주를 지켜 다오' 하시는 사또의 말씀을 듣고 사람이 나무와 돌이 아니거든 어찌 울음이 아니 나올 수 있겠소?"

논개라는 젊은 기생은 초향이라는 늙은 기생에게 얼굴을 내맡겨 눈물을 씻기게 하면서 이렇게 나직이 대답한다.

이 때 장대 위에서 말을 비껴 타고 격려를 하는 김시민의,

"그대들 여자도 이렇게 해서 조국을 지켜 다오!"

하는 맑고 힘찬 목소리가 논개와 초향의 귀에 쨍하도록 들려온다.

초향의 하얀 무명 손수건에 닦인 논개의 눈이 다시 격동되는 감정선의 바람을 만나, 논개의 심장에 강하게 부딪친다.

논개의 푸른 눈은 벌겋게 상기가 되면서 눈물은 또다시 막았던 봇물을 터뜨려 놓은 듯 줄기차게 용솟음친다. 뒤를 이어 논개는 자지러지도록 느껴 운다.

김시민의,

"조국을 지켜 다오."

하는 비장한 소리와 논개의 자지러지게 느껴 우는 소리는 둘러서 있는 낭자군 속으로 일제히 물결쳐 흐른다.

젊은 여자들의 날카롭고 민첩한 감정이 바르르 떨린다. 그

들은 견디어 배겨 날 수가 없다.

울음보가 한꺼번에 터진다. 흑흑 느껴 우는 소리가 이 구석 저 구석에서 일어난다.

어린 소녀며 늙은 아낙네며 모든 여자와 기생들의 귀에는,

"조국을 지켜 다오."

하는 김시민의 우렁찬 목소리가 귓전에 쨍하게 감돌면서 영영 스러지지 않는다.

낭자군의 느껴 우는 소리는 높고 낮게 물결을 일으켜 진주성 안 장대 앞 허공 위로 꼬리를 이어 흩어진다.

낭자군의 느껴 우는 울음소리는,

'조국을 지키자!'

하는 소리 없는 비장한 결의였다.

진주성 안에는 죽음으로써 이 땅을 지키자는 묵직한 공기가 구슬피 꽉 차오른다.

"조국을 지키자!"

별안간 논개의 입에서 피를 뱉는 듯한 쨍한 목소리가 터져 나온다. 논개의 꼭 쥔 하얀 주먹이 하늘을 가리키며 불끈 솟구친다.

그러자 1천 명에 가까운 낭자군의 입에서 일제히,

"조국을 지키자!"

하는 힘찬 소리가 꾀꼬리 소리처럼 일제히 일어나서, 진주 남강 흐르는 물결의 거센 파도를 박차 버린다.

뒤미처 늙은 기생 초향의 노기를 띤 급한 목소리가 들린다.

"우리의 고향 진주를 지키자!"

낭자군은 일제히 초향의 목소리를 뒤받아 주먹으로 하늘을 가리켜 맹세를 한다.

이 모양을 바라보는 진주목사 김시민의 영채 도는 눈에도 핑그르르 더운 눈물이 솟는다. 모든 아장들의 눈에도 눈물이 솟는다.

"그러면 낭자군은 부대를 나누어 각각 맡은 임무에 온 힘과 정신을 다 기울이라!"

마지막 김시민의 부탁이 떨어지자, 낭자군에게는 돌을 깨뜨리는 쇠망치와 홰를 묶을 칼 한 자루씩이 나누어진다.

낭자군은 다시 다섯 부대로 나뉘어 망치와 칼을 들고 제각기 맡은 곳으로 흩어져서 조선군의 모든 작전 계획을 돕는다.

논개와 초향을 위시한 한 떼의 낭자군도 꽃같이 명랑한 얼굴을 하고 남문 성 앞으로 모여서 적병에게 팔매질할 돌을 깨뜨리고, 가마솥에다 물을 펄펄 끓이고, 짚과 나무를 묶어 홰를 만들고, 또 한 옆으로는 짚을 산더미처럼 활활 태워서 독한 재를 만든다.

그들의 임무는 이것만이 아니다. 끼니때가 되면 군사들에게 밥과 국을 끓여 먹여야만 한다. 커다란 가마솥을 걸어 놓고 몇백 명, 몇천 명의 밥을 짓고 국을 끓인다.

논개와 초향이, 그리고 남복을 입은 기생들 모두가 참으로 바쁘다. 눈코 뜰 새가 없다.

바쁘면서도 모두들 꽃송이 같은 젊은 여자들이라 신명이 나서 일을 하면서도 재잘댄다.

"논개는 남복을 차리고 나니 더 예쁘구나."

섬월이라는 기생이 논개의 잘난 맵시를 칭찬하면서 가마솥에 물을 길어 붓는다.

"논개의 옷거리 맵시야 기가 막히지. 무슨 옷을 입든지 간에 턱 어울리거든. 그러기에 사나이 쳐 놓고 늙으나 젊으나 논개한테는 침을 질질 흘리지 않은 놈팡이가 없거든."

늙은 기생 초향이는 빙그레 웃으며 대답하고 홰를 묶는다.

"눈코 뜰 새 없이 바쁜 중에 옷맵시 타령이 웬일이오?"

칭찬을 받은 논개는 이렇게 핀잔을 주면서도 옷맵시 좋다는 소리가 과히 듣기 싫지는 않은 모양이다.

불빛 같은 붉은 수건을 질끈 동여서 뚝 떨어뜨린 이맛전 아래 어글어글한 가을물 같은 그 맑은 눈에 상긋 웃음이 흐르면서 물동이를 옮긴다.

"야, 조놈의 옷을 보아. 사람의 간장을 막 녹이네. 내가 진짜 사내라면 홀딱 반해서 등에다 업어 주고 가슴에 안아 주고 둥둥이를 해주겠다."

"하하하……."

"하하하……."

섬월이, 초향이 이외에 모든 남복한 기생들이 소리를 높여 깔깔 웃는다.

논개의 잔잔한 눈이 새초롬하게 미소를 풍기며 섬월의 얼굴을 싸느랗게 흘긴다.

"하하하, 네가 아무리 논개를 업어 주고 안아 주고 싶다지만 논개가 업히고 안겨야 말이지. 전등사또도 발길로 차버린 논개고, 배 비장·이 비장이 얼이 빠지고 넋을 잃고서 패물입네 모물*입네 족족 바쳐도 퇴짜를 놓는 우리 논개 아씬데, 네 까짓 것이 아무리 사내가 된들 거들떠나 보겠느냐?”

“나 같으면 노리개도 받고, 잘배자**도 받고 금가락지, 은가락지 주는 대로 막 받을 텐데. 제가 주었지, 내가 달랬나? 퇴짜를 놓긴 왜 퇴짜를 놓아? 흠씬 받아먹은 다음에는 시치미를 딱 뗀다면 그만 아닌가? 논개도 무척 고지식하단 말이야. 줄 듯 줄 듯 아니 주어야만 놈팡이들은 쓰러져 버리는 것이거든. 이런 맛에 기생 노릇을 하지, 그렇지 않다면 무슨 짝에 기생 노릇을 한담!”

“야, 너 희떠운 소리 작작 해라. 나는 너보다도 낫살을 더 먹어서 산전수전 다 겪었다마는, 받고도 아니 주는 장비 있다더냐? 물이 가면 배가 오고, 배가 뜨면 물이 오는 법이거든. 조것같이 야멸치고 쌀쌀하고 깨끗해야만 처녀의 몸을 그대로 곱다랗게 지닐 수 있는 것이야.”

“기생의 몸이 되었으니 일부종사를 못할 것은 뻔한 노릇인데, 처녀 수절이 다 무엇이오? 누구를 위해서 한다는 건가, 하하하…….”

늙은 기생 초향과 젊은 기생 섬월은 일을 하면서 이렇게 서로들 주고받는다.

“하기야, 아무리 기생이라 하지만 몸이야 조촐히 가져야지.”

* 모물毛物 : 털이 붙은 가죽, 또는 털로 만든 물건.
** 잘배자 : 검은담비의 털가죽을 대어 지은 배자.

늙은 기생 초향의 목소리다.

"그러나 언니, 나는 논개가 가엾어……."

"왜? 새삼스럽게."

늙은 기생 초향의 목소리다.

논개는 물을 길어 옮기며 가만히 귀를 기울인다. 그 도톰하고 하얀 귀가 붉은 수건 아래 솟구치면서 두 사람의 이야기를 놓치지 않는다.

"왜적은 쳐들어오는데, 여태껏 조촐하게 처녀의 몸을 지닌 옥 같은 그 몸이 아깝단 말이오."

섬월의 얼굴빛이 잠깐 구슬퍼진다.

늙은 기생 초향의 이맛살에도, 검은 구름이 떠 흐른다.

"그야 논개뿐이겠냐? 이 나라 온 처녀의 운명이 다 똑같지. 그러기에 사또도 우리들에게 남복을 시키는 게 아니냐?"

"한참 피어나는 꽃송이 같은 논개가 까닭도 없이 임자 없는 수절을 하다가 인생의 제일가는 낙을 모르는 채 그만 도둑의 진흙 발길에 뭉개질 테니, 기막히고 끔찍끔찍한 일이 아니오?"

논개의 호두 속 같은 예쁜 귀 속으로 섬월이 가만히 지껄이는 탄식 소리가 폭폭 배어 들어간다.

논개의 남자 옷을 입은 등살에 소름이 쫙 끼친다. 왈칵 피가 기어오른다. 머리가 아찔해지면서 현기증이 느껴진다.

순결한 처녀로서의 막연한 공포증이리라. 순간, 논개는 정신을 바짝 차리고 입술을 이로 꼭 깨문다. 늙은 기생 초향과 섬월이 밉살스러워진다. 증오감이 벌컥 일어난다.

"적병들이 쳐들어와서 목숨이 경각에 달렸는데 허튼 수작들 작작하고 어서 군인들을 도와서 성 지킬 생각들이나 하시오."

논개는 뱉듯이 쏘아붙인다. 전에 볼 수 없던 날카로운 음성이다.

"논개, 너 내 말을 알아들었구나. 그렇게 노할 것 없다. 인생이 가여워 한 말이니 말이야. 한참 즐거워야 할 너의 낫살에 인간의 참맛을 모르고 지냈다가 그대로 왜놈의 밥이 되어 버리고 말게 될 테니, 그 일이 딱하지 않으냐 말이다."

섬월이도 지지 않고 대답한다.

"인생의 참맛이란 다 무어 말라빠진 거요?"

논개가 또다시 퉁명하게 말한다.

"호호호, 사랑."

"안방은 어떻소?"

논개는 다시 퉁명하게 말한다.

"사랑이 그 어떻더냐? 둥글더냐 모나더냐, 길더냐 짧더냐. 하! 그리 긴 줄은 모르되 끝 간 데를 몰라라, 하는 이 아름다운 사랑의 맛 말이다."

섬월이 해죽이 웃으며 지껄여 댄다.

"그래서 언니는 난리가 일어날 줄 미리 짐작하고, 사랑의 내를 자주 건넜구려."

논개도 성만 낼 수는 없었다. 이렇게 대답하고 저도 모르는 결에 웃음이 픽 터져 나와서 고운 입술이 방그레 벌어지며 흰 이가 살짝 드러난다.

"넌 참 몰라서 그렇지. 사랑 맛은 꿀에 재워 놓은 유자 맛이니라. 향긋하고도 달콤하고, 달콤하고도 향긋하고. 이래서 한

번만 사랑에 걸려 놓으면 거울이 깨져서 진저리가 나다가도
또다시 사랑 생각이 나서 미처 날뛰게 되지. 그러기에 이런
노래가 있지 아니 하냐? 들어 봐라. 가는 비 뿌리는 날에 자
주 장옷 부여잡고, 이화 핀 골로 진둥한둥* 가는 각시, 어디서
뉘 거짓말 듣고 옷 젖는 줄을 모르느니."

"하하하……."

"하하하……."

모든 기생들이 손뼉을 치며 박장대소를 한다.

"신세가 기박해서 기생의 몸이 되어 노래를 배우고 춤을 추
면서 거문고를 뜯을망정, 한평생을 의탁할 사람을 골라야지,
쓴 각시 신세가 되어서야 쓰겠소?"

의젓한 논개는 물을 다 길어 놓은 뒤에 이번엔 돌을 깨뜨리
면서 이렇게 대답한다.

"논개는 아무리 보아도 남의 집 맏며느릿감이야. 기생이 된
것이 아깝단 말이야."

늙은 기생 초향이 탄식하듯 말을 한다.

이 때 말굽 뛰어 달리는 소리가 요란히 일어나며, 진주목사
김시민의 사명기를 받든 군관이 호들갑스레 뛰어온다.

"사또께서 지금 행차를 하신다!"

군관이 청을 높여 외친다.

남복한 기생들이 일을 하다 말고 일제히 고개를 돌려 뒤를
바라보니, 과연 진주목사 김시민이 군관 뒤에 두어 발 떨어져

* 진둥한둥 : 매우 급하거나 바빠서 몹시 서두르는 모양.

서 이 편으로 오고 있다.

젊은 목사는 그 잘생긴 얼굴에 공작 털이 바람에 펄펄 날리는 화사한 산수털 전립에 검패 갓끈을 연달아 높게 쓰고, 붉은 비단 구군복에 검은 갑사 겹전복을 덧입은 뒤에 백우전 흰 화살을 가득히 꽂은 찬란한 동개를 엇비슷 등에 메고 황금 등채를 바른편 손에 쥐어 백설마 위에 높이 앉아 나온다.

"사또께서 짜장 나오신다."

늙은 기생 초향이가 홰를 척척 묶다가 이렇게 지껄인다.

"우리 목사님은 참으로 잘도 생기셨지."

언변 좋고 너스레 잘 놓는 섬월이가 침을 꿀떡 삼키며 멀리 오는 김 목사를 바라보고 홀린 듯이 서 있다.

"하느님이 이 나라를 구하러 내려 보내신 천상 천관이라니까……."

늙은 기생 초향이 홰 묶던 손에 맥이 풀리는 듯, 멍하니 백설마를 타고 좌우를 돌아보며 천천히 나오는 김 목사를 바라본다.

남복을 입은 여러 기생들도 일제히 넋을 잃고 진주목사 김시민을 바라본다.

이 중에 오직 논개 한 사람은 잠깐 먼빛으로 그 호수 같은 맑은 눈을 굴려 흘긋 김시민의 얼굴을 바라본 뒤에 이내 고개를 푹 숙여 망치를 들고 부지런히 돌을 깨뜨리고 있다.

화강석 험상궂은 굵은 돌들이 논개의 보드랍고 탄력 있는 흰 손에 잡히면서 조각조각 불을 뿜으며 쇠망치에 부서진다.

큰 돌은 중간 돌로, 중간 돌은 다시 작은 돌로, 팔매질 하기 알맞은 돌들이 무더기를 이루어 군데군데 산더미처럼 쌓인다.

김시민의 백마가 어느덧 기생들 앞에 딱 멈춘다.

"사또 납시오."

늙은 기생 초향이 허리를 굽히고 손을 모아 큰절을 드리는 시늉을 한다. 섬월이도 얼른 팔을 모으고 인사를 올린다.

모든 기생들이 일을 하다가 망치를 던지고 물동이를 내려 놓고 분주하게 일어나서 초향이와 섬월의 본을 떠서 인사를 올린다.

백마 위에 높이 앉은 진주목사 김시민은 잘생긴 얼굴에 미소를 가득히 띤다.

"오오, 초향이, 섬월이, 모두들 애 많이 쓰는구나."

김 목사의 눈에는 연약한 기생들이 남복을 입고 군인들을 도와 주는 안타까운 광경이 진실로 가상하고 믿음직스럽다.

"그래야지. 여자들도 나라의 강토를 지킬 줄 알아야 하네. 너희들 기생들이 남복을 하고 이렇게 일을 하는 것을 보고 군인들의 사기는 더욱 왕성해진단 말이야."

김시민은 마음이 느긋해서 좌우를 돌아본다. 오직 한 사람의 기생만이 인사도 안 올리고 한눈도 아니 파는 채 줄기차게 쇠망치를 갈겨서 돌을 깨뜨리고 있다. 이 모양이 김시민의 시야로 들어온다.

김시민은 말고삐를 잡아 뚜벅뚜벅 돌 깨뜨리는 기생 앞으로 말굽을 옮긴다.

기생은 여전히 까딱도 하지 않고 돌을 망치로 갈긴다. 돌은 쩔꺽쩔꺽 동강이 나서 부서진다. 돌을 깨뜨리고 있는 기생의 곱고 예쁜 하얀 콧등엔 땀방울이 송글송글 맺혀 있다.

김시민이 말없이 돌만 깨뜨리고 있는 기생의 얼굴을 자세히 들여다보니, 다른 기생이 아니라 바로 논개다.

기생이면서도 몸을 조촐하게 갖는다는 소문이 높은 논개, 나이 어리면서도 의협심이 강하고 마음이 인자하며 몸을 출중하게 갖는다는 논개다.

아까 아침때도 여러 남복한 여자들을 장대 앞에 모아 놓고 자신이 격려의 말을 할 때, 논개는 흰 주먹을 불끈 쥐고 피를 뱉는 듯한 쨍한 목소리로,

"조국을 지키자!"

하고 울부짖었다. 그렇게 하여 1천여 명 여자들의 의로운 마음을 울컥 솟구치게 하고 자기도 눈물을 흘리게 한 바로 그 논개다.

진주목사 김시민은 말을 멈추고 우두커니 논개를 바라다보고 있건만, 논개는 여전히 한눈을 팔지 않고 돌만 깨뜨리고 있다.

백랍으로 빚어놓은 듯 얄밉도록 매끈하고 예쁜 콧등 위로 송글송글 밥뚜껑에 김 서리듯 땀방울이 솟아오른다.

이제는 붉은 수건을 질끈 동여 뚝 떨어뜨린 이마 위에도 진주 같은 땀방울이 맺혔다가 이내 새까만 살쩍* 사이로 스며들면서 보드라운 두 뺨 위로 줄을 지어 번쩍번쩍 흐른다. 가냘프고 여려 약한 몸이 무척 힘에 부치는 모양이다.

김시민은 가상한 생각이 문뜩 일어나자, 슬며시 말에서 내

* 살쩍 : 관자놀이와 귀 사이에 난 머리털.

려 논개 앞으로 가까이 다가간다.

논개는 여전히 온 힘을 들여 돌을 깨뜨리고 있다. 김시민은 미소를 풍기며 논개의 등을 툭툭 친다.

"논개야, 땀을 씻고 조금 쉬었다가 일을 하려무나."

논개는 눈을 들어 김시민을 잠깐 쳐다본다.

영채 도는 맑은 눈이 넌지시 김시민의 환하게 잘생긴 얼굴 위로 다정하게 헤엄치다가 이내 고개를 푹 수그리고 가만히 대답한다.

"괜찮습니다."

논개는 다시 망치를 든다. 돌이 자끈자끈 부서진다.

"좀, 쉬었다 하래도……."

"괜찮습니다."

논개의 대답은 간단하고 똑같다.

돌은 여전히 논개의 쇠망치에 와삭와삭 부서진다. 그 잘생긴 달덩이 같은 논개의 얼굴에 땀이 비오듯 흐른다.

김시민의 눈에 논개가 무한히 귀여워 보인다. 잠깐 시험해 보고 싶은 생각이 왈칵 일어난다.

"다른 애들은 내가 오는 것을 보고 모두 일어나서 마중을 하는데, 너는 아무런 인사도 없으니 방자하지 않으냐?"

김시민은 일부러 노기를 띠어 논개를 꾸짖는다.

논개의 맑고 푸른 눈이 다시 김시민의 얼굴로 넌지시 헤엄 친다.

"사또, 죽을 죄를 지었사옵니다. 허나, 쇤네가 방자하고 당돌하여 그런 것이 아니오라, 사또께서 순력을 도시는 것은 인사를 받으러 나오신 게 아니라, 일을 잘하나 못하나 돌보시러 나오신 것 같았사옵니다. 지금 적병은 성 밖에서 공격해 들어올 것입니다. 불같이 급한 전쟁이옵니다. 사또께서 아까 말씀에 돌을 깨뜨리고 물을 길어 붓는 저희들의 소임은 적병을 대해서 활을 쏘고 창으로 찌르는 것과 똑같다 하셨습니다. 적과 대결하는 전쟁터에서 어느 겨를에 사또께 인사를 올릴 틈이 있겠습니까? 돌 한 개를 더 깨는 것은 적병의 머리 한 개가 더 터지는 것이고, 물 한 박을 더 끓이는 것은 적병 한 사람을 더 쫓아 버릴 무기를 만드는 것이나 매한가진가 하옵니다."

논개의 단정한 태도와 조리 있는 대답에 김시민의 입은 빙긋이 벌어진다.

김시민은 모든 기생들을 둘러본다.

"너희들 논개의 말을 들었느냐? 훌륭한 소리다. 적은 지금 앞에 있다. 나에게 인사를 하는 것보다 한 덩이 돌과 한 묶음의 홰를 더 만들어야만 한다. 이렇게 한마음으로 뭉치고 합해서 적을 막는다면, 우리는 단연코 적을 이겨 낼 자신이 있다. 너희들은 논개를 본떠서 일을 해라."

김시민은 말을 마치자 소매 속에서 깨끗한 흰 수건 하나를 꺼내 든다.

"논개야, 애 많이 써 다오. 너희들은 아까 네가 부르짖던 '조국'을 기어이 왜적의 손에서 찾아내야만 한다. 예 있다. 이 수건으로 흐르는 땀을 씻어라!"

김시민은 논개 앞에다 자기 손수건을 던져 주고, 몸을 한 번 솟구쳐 말안장에 걸터앉아 말 궁둥이를 등채로 후려갈긴다.

말은 "히힝" 소리를 지르면서 네 굽을 모아 바람을 끊어 뛰어 달린다. 사명기를 든 군관이 목사의 뒤를 따라 가다가 앞을 질러 뛰어 달린다.

진주목사 김시민의 모습은 티끌이 자욱한 속에 아득히 멀어진다.

논개는 김시민이 던져 준 하얗고 깨끗한 수건을 돌무더기 위에서 얼른 받아든다.

가슴이 사뭇 설레고 두근거린다. 얼굴이 화끈하고 붉어지는 듯하다. 마치 어떤 거룩한 신한테 은총을 은근히 받은 듯 대견하고 고맙고 감격스럽다.

그리고 부끄럽다. 여태껏 기생이 된 지 5~6년 동안에 무수한 잔치와 모임에서 감사와 원님, 비장 들, 그리고 뭇 남자들 틈에 끼어 별의별 희롱과 꼬임과 달래는 꼴을 다 당해 보았지만, 오늘처럼 이렇게 가슴이 설레고 얼굴이 붉어진 적은 없었다.

논개는 망연히 무엇을 잃은 듯 점점 멀어져 가는 김시민의 모습을 얼을 잃은 채 바라본다.

"하하하……."

기생 섬월의 깔깔거려 웃는 목소리다.

"하하하……."

"하하하……."

모든 동무 기생들도 따라 웃는다.

"한 턱 해라, 논개야."

또다시 섬월의 목소리다.

"논개 언니는 복도 많지 뭐요."

웃는 소리에 비로소 논개는 제 정신을 돌이킨다.

모두들 자기를 놀려대는 소리인 것을 알자, 그 희고 잘생긴 논개의 얼굴이 각시붓꽃처럼 빨개진다.

논개는 하얀 손수건이 아직도 자기 손에 들려 있는 것을 발견하고는 어찌해야 좋을지 모른 채 수줍다. 손수건을 버릴 수도 없다. 그렇다고 땀을 씻기도 미안하고 소중한 생각이 든다. 차곡차곡 두 손으로 곱게 접고 개켜서 허리춤 속에 가만히 간직한다.

또다시 동무들은 손뼉을 치면서 깔깔거리며 웃어 댄다.

"온, 저것 봐! 저 애가 어느 틈에 저렇게 정분이 들었어?"

이번엔 늙은 기생 초향의 목소리다.

"우리들은 새 사또한테 마중 인사를 했다가 코가 납작하게 주저앉아 버린 셈이 되었구나."

섬월이가 또 지껄인다.

"논개는 복이 많은가 보다. 하기야 논개가 새 사또 눈에 들어서 수청을 한 번 들기만 하는 날이면, 참으로 사내다운 양반을 한 번 모시는 게지."

이번엔 초향의 목소리다.

논개는 어찌해야 좋을지 몰랐다. 얼굴이 붉다 못해서 희고 도톰한 귀뿌리까지 빨갛게 물이 든다.

논개는 하는 수 없이 풀썩 주저앉아서 다시 돌을 깨뜨린다. 무어라 어줍지 않게 변명하기도 싫다.

“이거 봐, 논개야. 새 사또가 젊어서 지낸 내력 이야기를 들려 주랴? 나도 엊그제 김 책방한테 듣고 혀를 홰홰 내둘렀다마는, 새 사또는 얼굴과 풍채가 좋아서 생김새도 사내답지만, 결기가 보통 양반이 아니더란 말이다. 너희들 내 말 좀 들어 봐라.”

늙은 기생 초향이 홰를 묶어서 한 길로 세워 놓고 또다시 짚으로 홰를 묶으면서 이야기를 꺼낸다.

“새 사또의 연세는 올해 서른아홉이시다. 사내로서는 한참 좋은 낫살이지. 이 양반은 충청도 목천 태생인데, 어떻게나 출중했던지 스물다섯 살 때 벌써 무과에 장원급제를 해서 훈련판관이 되었더란다. 이 때 사또는 훈련도감의 군사들을 조련하는 임무를 맡아 가지고 있었는데, 하루는 상관인 병조판서가 태평세월에 군사를 훈련시킬 필요가 없으니 훈련을 중지하라는 명령을 내렸단다. 이 소리를 듣자 새 사또는 펄쩍 뛰면서 병조판서에게 항의를 했다 하더구나.”

논개는 여전히 돌을 깨뜨리며 가만히 귀를 기울여 초향의 이야기를 듣고 있다.

초향은 이야기를 계속한다.

“나라의 국방을 튼튼히 하려면 태평세월에 군사 조련을 해야지, 난리가 난 뒤에 군사를 조련시킨다면 그깟 놈의 힘없는 군사를 전쟁에 어떻게 쓸 수 있느냐고 막 들이댔더란다. 그리고 새 사또가 계속해서 군사 조련을 시켰더니, 병조판서는 권력으로 눌러 버릴 셈을 잡고 새 사또를 앞에다 불러다 놓은 뒤에 호령호령, 불호령을 내리면서 일개 미관말직인 훈련판관이 정경인 병조판서의 영을 안 듣는다고 마구 야단을 쳤더라지. 새 사또는 고만 벌떡 일어나서 병조판서 앞에서 훈련판관의 모자를 훌떡 벗어서 땅에 내동댕이치고 발길로 으적으적 짓밟아 뭉개면서 '내가 모자만 아니 쓴다면 당신의 당치도 않은 아니꼬운 절제를 받을 까닭이 없지 않소.' 하고 벼슬을 버리고 휘적휘적 고향으로 돌아갔더란다. 어떠냐? 새 사또의 결기가 이만하면 사내대장부답지 않으냐 말이다."

"야, 새 사또 결기가 어지간하시구나."

섬월이가 혀를 홰홰 내두른다.

논개는 여전히 귀를 기울여 가만히 듣고 있다.

"그래, 그 뒤에 사또는 어떻게 됐소?"

"병조판서의 눈에 났으니 10여 년 동안을 그대로 썩었지 별 수 있나? 그러다가 작년 신묘년에 나라에서 장수 재목을 다시 구해서 쓰게 되니, 새 사또는 뽑혀서 이곳 진주판관으로 부임이 되었다가, 지난번 전등 사또가 등창으로 돌아가시게 되자 진주목사로 승차가 되신 것이거든."

논개는 새 사또 김시민이 병조판서 앞에서 모자를 벗어 내동댕이치고 발길로 모자를 질겅질겅 밟아 뭉개면서 내가 아니꼽게 남의 통제를 받는 것은 이놈의 모자 때문이라 한 뒤에 활활 벼슬을 버리고 고향으로 돌아갔다는 대목에 이르러서는, 오뉴월 삼복염천에 얼음냉수 한 사발을 벌떡벌떡 들이키는 듯 가슴속이 사뭇 시원하고 상쾌했다.

논개는 돌을 깨뜨리다가 자기도 모르게 웃음이 상긋 터진다. 하얀 이가 불그스름한 진달래꽃 같은 입술 새로 살짝 드러

나면서 보드라운 두 뺨에는 조개볼*이 오목하게 생기고, 눈매
는 초사흘 초승달처럼 자지러지도록 가늘고 예쁘게 떠진다.

"조것 봐라, 논개가 웃는다."

기생 섬월이 헐렁헐렁한 목소리로 떠들어댄다.

"어디, 논개 언니가 웃어?"

한 기생이 섬월의 말을 받으니 모든 기생들의 시선이 논개
의 얼굴 위로 모여든다.

"새침데기 골로 빠진다더니, 아이고 저 소리 없이 웃는 모
양 좀 보아라. 입이 해발쪽 벌어지고, 뺨에는 오목 우물이 졌
네. 조 게슴츠레하게 뜨고 눈웃음치는 실눈 좀 보아. 잰 며느
리라야 쳐다볼 수 있다는 초사흘 달님처럼 새침하구나. 아이,
조 붉은 입술 속에 살짝 드러난 흰 이 좀 봐. 홀딱 집어 삼켰
으면 좋겠다. 네가 날더러 사랑 월천이 잦다고 핀잔을 주더니
너야말로 이제야 사랑 맛을 알았나 보다."

섬월이 또다시 너스레를 놓아 논개를 놀려댄다.

"하하하……."

"하하하……."

여러 기생들은 일제히 손뼉을 치며 깔깔거리고 웃어댄다.

논개의 귀뿌리가 봉선화 꽃처럼 발갛게 물든다.

"애들이, 논개를 그만 놀려라. 여자란 자고로 안존해야 쓰
는 법이다. 저 섬월이처럼 시시대고 헐렁거려서는 아니 된다.
사람은 좋아 보이지만 실속이 없는 게야. 논개가 새 사또의

* 조개볼 : 조가비 모양으로 가운데가 도도록하게 내민 두 볼.

귀염을 받게 된다면 우리들에게도 영광이지. 오죽 좋겠니? 논개가 귀밑머리를 풀고 청실·홍실을 늘여 육례를 갖추어 혼인은 못할망정, 사내다운 새 사또를 모시어 첩이 된 뒤에, 비록 첩의 몸일망정 제 소원대로 일부종사를 해서 아들딸 낳고 복을 많이 받아서 한평생을 호강으로 지낸다면 그 아니 좋은 노릇이냐? 너무 놀리지 말고 내버려 두어라."

이번엔 늙은 기생 초향이가 깔깔거리며 놀려대는 젊은 기생을 타이른다.

논개는 여전히 고개를 숙이고 돌을 깨뜨리면서 아무런 말 참견도 아니 한다.

"언니……."

섬월이가 늙은 기생 초향을 부른다.

"왜?"

"사또께서 논개한테 수건을 던져 주는 것을 보니 사또가 홀딱 반한 것이 분명하지?"

"반해도 이만저만 반한 것이 아니라, 홀랑 감투를 푹 뒤집어쓰도록 반했나 보다. 하하하."

늙은 기생 초향이 깔깔거리며 웃으면서 대답한다.

"하하하……."

"하하하……."

모든 기생들은 또다시 활짝 핀 꽃처럼 새빨갛게 웃어 댄다.

왕성한 푸른 봄을 안은 젊은 기생들에게 남복을 해놓았으니, 청춘은 더 한층 무성하다. 금방 왜적들이 쳐들어온다고 술렁대건만, 공포와 불안 속에 왕성하게 넘치는 푸른 인생의 봄은 어찌하는 수가 없는 것 같다.

더욱이 진주성 안은 튼튼하고 힘찬 새 성주 김시민이 규율 있게 군인들을 이끌고 있으니, 사람들의 마음은 불안과 무서움 속에 있으면서도 꽤나 명랑했다.

"나는 괜스레 언니들 때문에 본전에 탈이 났소."

예쁘장한 기생 하나가 초향이와 섬월이를 번갈아 쳐다보면서 입을 삐쭉 하고 눈웃음을 쳐서 말참견을 한다.

"무슨 본전이 우리들 때문에 탈이 났단 말이냐?"

기생 섬월이 눈을 휘둥그렇게 뜨고 대답한다.

"밑졌단 말이오."

"무엇을 밑졌어?"

"밑졌지 뭐요? 괜스레 언니들이 죽었던 조상 할아버지나 다시 살아오는 듯이 허겁지겁 반색을 해서 사또한테 인사를 하기에, 으레 그런 법이거니 하고 나도 덩달아서 사또한테 인사를 했지. 논개 언니 모양으로 시치미 뚝 떼고 내 할 일만 했더라면 사또의 손수건은 으레 내 것이 되는 것을……."

"오오, 그래서 밑졌다는 거구나. 사또의 손수건이 그렇게 부러우냐? 정 그렇다면 내일 사또께 말씀드려서 너한테도 손수건을 하나 주라고 부탁하마."

이번엔 늙은 기생 초향의 소리다.

"손수건이 부러운가? 사랑이 부럽지."

예쁜 기생이 방싯 웃으며 대거리한다.

"남의 원망 말고 너도 사또를 씨암탉이 수탉 후리듯 한번 후려 보려무나."

너스레 잘 놓는 섬월이 빠질세라 한몫을 본다.

"사또의 털 돋친 벌건 염통 속에는 벌써 논개 언니가 포근히 들어가 앉아 있는 것을?"

"논개를 떼밀치고 네가 들어앉아 보면 어때?"

"언니도 딱하오. 사랑은 물이고 불이랍니다. 물은 한 곳으로만 흘러만 가는 것이고, 불은 탈 것이 다 타고 나야만 꺼지는 법이 아니오. 논개 언니가 들어 박힌 가슴속에 내가 어떻게 안겨지겠소? 내를 잘 건넌다는 섬월 언니는 이 비법을 모르고 그래 안방 타령만 하시오?"

"이 빌어먹을 망한 년들아. 내 건너는 소리 작작 해라."

섬월은 가마솥에 물을 끓이려는 장작개비를 들고 웃으면서 예쁜 기생한테로 덤벼든다.

"하하하……."

"하하하……."

"하하하……."

이곳저곳에서 남복 입은 젊은 기생들의 웃음보는 자지러지도록 터진다.

이번에는 아무리 새침한 논개지만 안 웃을 수 없다. 손에 잡았던 망치를 흩어진 돌 위에 놓고, 배꼽을 부여잡은 채 소리를 내어 불이 붙듯 웃는다.

모든 기생들은 대굴대굴 구르며 웃는다. 웃음보는 터져서 좀처럼 가라앉지 않는다.

"일 밑지겠다. 그만 좀 웃어라."

늙은 기생 초향이가 겨우 웃음을 진정하고 다시 홰를 묶기 시작한다.

　웃음의 물결이 한바탕 지나간 뒤에 섬월이가 초향을 향하여,

　"언니."

　하고 또다시 부른다.

　"왜, 또 남을 웃기려고?"

　"아냐, 아까도 언니를 부른 것은 무슨 의논을 긴하게 해보려던 것인데, 그만 이야기가 딴 곳으로 번져서 웃음판이 되어 버렸어. 실상은 딴 이야기가 있어서 언니를 부른 거야."

　"능청맞게 또 무슨 소리를 하려고?"

　"언니도 망령이구려. 그렇지 않대도 그래."

　"어서 말을 해봐."

　"다른 게 아니라 논개 말이오."

　"또 논개 타령을 해서 웃기려고?"

　"아니야. 이번엔 정말 그렇지 않대도 그러네. 왜 아까 맨 처음에 논개가 가엾고 불쌍하다고 안 그랬소? 깨끗한 처녀의 몸을 고스란히 지키다가 난리를 당해서 안타깝다고."

　"그런 말을 한 적이 있지. 논개가 핀잔을 주는 바람에 말이 그만 딴 길로 빗나가 버렸지 않니."

　"초향 언니, 그래 맞았소. 내가 지금 언니하고 의논하자는 것은 그 일을 의논하자는 거요."

　"어서 말해 봐."

　"논개를 어서 빨리 머리를 얹혀서 처녀의 몸을 모면시켜 주어야겠어."

　섬월은 논개가 들을까 봐 이번엔 나직하게 말을 꺼낸다.

"쟤가 말을 안 듣는 것을 어찌 하겠냐?"

초향의 목소리도 나직하다.

"그거야, 여태껏 제 마음에 드는 사람이 없었으니 그렇지. 저도 나이 이제 벌써 스무 살인데 인생의 향락이 싫어서 그렇겠소?"

"원체 눈이 높고 몸을 깨끗하게 가져서 웬만한 사람은 사람으로 보아야 말이지."

"그 무서운 사또한테 어떻게 말씀을 여쭐 수가 없겠소?"

"새 사또가 손만 내미신다면 논개도 다른 말은 없을 텐데."

"나이 젊겠다, 풍채 좋겠다. 결기가 있고 슬기롭고 참으로 사내대장부답지. 한 번 이런 분한테 몸을 맡긴다면, 논개는 한평생 쌍가마를 타고 호강하며 지내게 될 거야."

"언니, 오늘 저녁이나 내일 밤 안으로 논개한테 말해 봐서 의향을 떠본 뒤에, 넌지시 김 책방을 시켜서 사또에게 머리를 얹혀 주십사 해보시구려."

"김 책방한테 말하기는 어렵지 않지만, 때가 마침 난리판이라 그 엄하신 사또가 논개한테 손을 댈지 그것을 알 수가 없단 말이야."

"언니, 어떻게 일이 꼭 되도록 해봅시다. 옥에는 티나 있지. 조 귀여운 숫처녀를 까딱 잘못하다가 왜놈의 진흙 발길에 짓밟히게 둔다면 원통한 일이 아니오? 이 노릇이 딱해서 내가 이렇게 서두르는 것이거든."

"그럼 내 틈을 타서 김 책방한테 넌지시 당부할 테니, 섬월이 너는 논개의 의향을 떠보려무나."

"아니, 초향 언니. 논개는 나보다도 낫살 지긋한 언니의 말을 더 잘 들을 거요. 김 책방은 내가 맡을 테니 논개의 마음을 떠보고 달래는 것은 언니가 맡으시오."

"아무려나."

초향이 막 이렇게 대답했을 때다. 별안간 성 밖에서 요란히 뛰어 달려 들어오는 말굽 소리가 들린다.

남문 문루와 성첩 돌구멍마다 파수를 해서 망을 보고 있던 군인들의 얼굴빛이 엄숙하도록 긴장이 된다.

군인들의 기마대가 말굽을 모아 급히 뛰어 달린다. 성 안과 성 밖이 와글와글 사람들의 달리는 소리와 말굽 뛰어 달리는 소리로 소란하다.

남복을 입은 모든 기생들의 눈이 휘둥그레진다. 왜적이 쳐들어오나 하고 모두들 넋을 잃은 채 성문 편을 바라본다. 부들부들 떠는 기생들도 많다.

돌연히 성문 밖에서 문을 두드리면서,

"문을 열어라. 어서 성문을 열어라. 어서 빨리 열어라!"

하는 호통 치는 소리가 들린다.

"어서 빨리 문을 열어라! 나는 함안군수로 있다가 이번에 새로이 진주병사의 어명을 받은 유숭인이다! 진주목사한테 진주병사가 왔다고 일러라. 진주는 진주병사의 절제를 받아야 할 것이다. 어서 빨리 성문을 열어라!"

우렁찬 호통 소리가 성 안에 있는 남복 입은 기생들의 귀에까지 들린다.

기생들은 비로소 마음이 놓인다. 왜적이 쳐들어오는 줄만 알았더니, 적병이 아니라 같은 조선군의 대장이 성문을 열라는 것이다.

그러나 웬일인지 성문은 의연히 철벽같이 굳게 닫혀 있고 좀처럼 열리지 않는다.

"문을 열어라! 문을 열어라. 어서 빨리 문을 열어라!"

또다시 질그릇 깨지는 듯한 호통 소리가 일어나면서 이번에는 몽둥이로 성문을 마구 두드리는 소리가 소란하게 일어난다.

이 때 성 안에 티끌이 자욱하게 일어나면서 일대 병마가 말 궁둥이에 채찍질을 하여 뛰어 달려온다.

기생들이 바라보니, 한 사람의 대장이 구군복에 백설마를 타고 일대 병마를 거느려 위풍이 늠름하게 달려 나오는데, 모두들 자세히 바라보니 본관 사또인 진주목사 김시민이 분명하다.

젊은 사또의 얼굴은 엄숙하고도 씩씩하다. 그 광채 도는, 사람을 쏘는 듯한 두 눈은 결연한 빛을 띠어 불이 번쩍번쩍 일어난다. 번듯한 광대뼈를 받친 너부죽한 턱 위에는 주홍을 칠한 듯한 곱고 붉은 입술이 한일 자로 꽉 다물어진다. 봉의 눈썹이 화려하게 치붙은 양미간에는 결기 있고 억세고 줄기찬 의지의 힘을 드러내는, 한 줄기 힘찬 선이 주름을 지어 꽂혀 있다.

사또는 채찍을 후려갈겨 남복 입은 기생들의 앞을 단숨에 스쳐 달린다. 기생들은 넋을 잃어 사또의 뒷모습을 바라본다.

논개도 일이 수상하니 망치를 놓고 우두커니 사또의 뛰어 달리는 모습을 바라본다.

사또 김시민은 단숨에 말을 달려 남문 앞에 이르러 번쩍 몸을 솟구쳐 말에서 내려서자, 환도를 꽉 잡고 성큼성큼 문루 위로 올라선다.

진주목사 김시민은 누 위에 올라서서 아래를 굽어보며 큰 소리로 외친다.

"굳게 닫친 성문을 누가 감히 열라는 거냐?"

김시민의 우렁찬 목소리는 성 안에 있는 모든 사람들의 귀에도 또박또박 들린다.

성 밖에 있던 대장 한 사람이 새까만 말을 타고 병마를 거느려 문을 두드리고 있다가 문루 위에 오른 김시민을 바라보자 반색을 해서 말을 꺼낸다.

"노형이 진주목사시오? 나는 함안군수로 있다가 이번에 새로이 진주병사로 어명을 받은 유숭인이란 사람이오. 함안에서 병사의 어명을 받자옵고 급하게 진주로 나오는 도중에, 진주 동봉에서 왜적을 만나 싸우다가 승리를 못하고 쫓기어 오는 길이오. 적병은 지금 내 뒤를 쫓아오고 있소. 어서 빨리 성문을 열어 주시오. 진주성을 같이 지키십시다!"

"나는 진주목사 김시민이오. 그러나 지금 영감을 위해서 성문을 열 수는 없소."

목사 김시민은 단번에 딱 거절해 버린다.

"병사가 열라는데 어째서 문을 열지 못하겠단 말이오?"

병사 유숭인의 말은 노기를 띠어 거칠어진다.

"아무리 영감이 진주병사라 하나, 지금 진주는 계엄 상태에
놓여 있소. 밖에서 들어오는 장수 한 사람을 위해서 진주의
계엄령을 깨뜨릴 수 없소."

김시민은 단연히 끊어 버린다.

성문 밖에 있던 진주병사 유숭인은 노기가 등등하다.

"비록 계엄 중이라 하나, 진주병사인 진주의 주장이 진주에
서 싸우기 위하여 성문을 열라 하는데 못 열겠다 하는 것은
주장을 너무나 무시하는 소리가 아닌가."

"결단코 병사를 무시하는 것이 아닙니다. 당신의 말씀대로
적병은 지금 진주 동봉에서 진주를 에워싸고 쳐들어오는 중
입니다. 당신 한 사람을 받아들이기 위해서 성문을 열었다가
이 틈을 타서 적병이 쏟아져 들어오는 경우엔 진주성 안의 수
만 생명은 그대로 도둑의 발길에 어육이 되어 버리고 말 것입
니다. 내 목이 끊어질지언정 단연코 성문을 열 수는 없소이
다. 나중에 적병이 물러간 뒤에는 기쁘게 성문을 열어 드리오
리다."

"두 말 말고 목사는 빨리 문을 열어라!"

병사 유숭인이 핏대를 울려 부르짖는다.

"못 열겠소이다."

"정말 못 열겠는가?"

유숭인이 또다시 호통 치는 소리가 일어난다.

"병마권을 잡은 병사의 명령을 일개 목사가 아니 듣겠다 하
는가?"

"병사는 그만두고 임금께서 오셔서 문을 열라 해도 못 열겠

소이다."

"참말인가! 문을 못 열겠는가?"

유숭인은 칼을 빼어들어 성문을 찍으며 호통을 친다.

"적병이 쳐들어오는 위급한 이 때, 누가 희롱의 말을 감히 하겠소? 진주에는 어제까지도 병사가 없었기 때문에 목사인 내가 병사를 겸하여 이 성을 지키고 있었소. 적병의 뛰어 달리는 발자국은 지금 순간 지척에 있는데, 별안간 주장하는 장수가 갈린다면 커다란 혼란이 일어날 것이오. 나의 사사정리로는 성문을 활짝 열어 영감을 백 번이라도 받아들이고 싶지만, 군율이 있어 어찌할 도리가 없소. 노여워하지 마시고 성 밖에서 응원해서 싸워 주시오."

김시민의 목소리는 차근차근 조리가 있고 차가웠다.

성 안에 있는 수천 군사와 모든 백성들이며 남복한 기생들은 진주목사 김시민이 또렷또렷 조리를 따져 말하는 차가운 목소리를 숨죽여 듣고 있다가, 모두 서로들 얼굴을 쳐다보면서 소리없이 혀를 홰홰 내두른다.

"얘, 무서운 양반이다."

"이쯤 하니까 질서가 바로잡히는 것이거든."

"거 참, 지독하다."

"무던히 끈기가 있네."

"차갑도록 매섭구나."

"얘, 서릿발 같다. 서리 중에서도 된서리다!"

성 안에 있는 군사며 백성들은 모두들 소곤소곤 이렇게 지껄인다.

늙은 기생 초향이 귀를 기울여 사또와 병사가 주고받는 말을 가만히 듣고 있다가 논개의 허구리를 꾹 찌른다.

온 정신을 모아 사또의 목소리만을 듣고 있던 논개가 별안간 허구리를 꾹 찔리니 깜짝 놀라 뒤를 돌아보다가 늙은 기생 초향인 것을 발견하자 소리 없이 입이 해죽이 벌어진다.

"사또의 마음은 태산준령 같구나. 사내의 마음은 저렇게 뜬뜬해야만 하는 게야."

보조개를 지어 해죽이 벌어졌던 논개의 볼그레한 입술이 이번엔 붉은 합환 꽃처럼 귀엽게 오그라들면서 가늘게 뜬 실눈엔 소리 없는 웃음이 담뿍 실린다.

이 때 별안간 우렁우렁 포를 쏘는 소리가 계속해서 일어나면서 성 밖이 박작박작 끓어 댄다. 티끌이 자욱하게 일어나고 천병만마가 달리는 소리가 들려온다.

이상스런 고함 소리가 바다의 파도 소리처럼 들려온다. 온 천지가 별안간 딴 세상이 된 듯 소란하다. 누구의 입에선지,

"왜적이 쳐들어온다!"

하는 급한 부르짖음이 강하게 외쳐진다.

조선군의 달리는 말굽 소리가 소란하다.

촉석성의 남문 문루를 위시하여 서문·북문·동문의 네 문 문루에서는 종소리가 어지럽게 울린다.

김시민은 문루에서 급히 내려 말을 달려 촉석루로 치오른다. 군사와 백성들은 누 아래로 모여든다.

"적은 기어이 진주를 노리고 쳐들어왔다. 그러나 너희들은 조금도 놀라고 겁내지 말라. 나는 모든 준비를 다 하고 있다.

너희들은 나를 믿고 내 명령에만 복종하라!"

모든 군사와 백성은 엄숙히 김시민의 명령을 받는다.

"질서는 정연해야 한다. 떠들어서는 아니 된다. 3천7백 명
의 우리 조선군은 9백 명씩 네 부대로 나누어 네 군데 성을
지키고, 나머지 1백 명은 중앙에 있어 나의 직접 명령을 받아
라. 그리고 백성과 남복을 입은 기생들도 네 대로 나누어서
물을 끓이고 홰를 묶고 돌을 깨뜨려서 군사들의 뒤를 봐주라.
만일 한 사람이라도 질서를 어지럽게 하는 자가 있다면 단연
코 군법에 붙여서 엄한 벌을 주리라!"

김시민의 훈령이 떨어지니 모든 군사와 백성들의 대오는
엄숙히 움직인다. 한 마디 들리는 소리도 없다. 다만 발자국
을 옮기는 소리만이 사박사박 일어날 뿐이다.

극히 조용하다. 모든 군사는 일제히 제가 맡아야 할 임무를
찾아서 제자리로 찾아든다.

성 밖에 적병이 몰려드는 소리는 파도 소리 같건만, 진주성
안은 조용하게 착 가라앉은 소춘* 날씨다.

남문 성 밖에서 문을 열어 달라고 조르던 유숭인은 왜적이
뒤에서 쳐들어오니 다시 더 조를 수가 없다.

인제는 성 밖에서 적을 막아 싸워 죽는 길이 남아 있을 뿐
이다.

이 때 유숭인을 따라온 사람은 사천현감 정득설과 가배량
권관 주대청, 그리고 군사 10여 명뿐이었다. 이 군사로 3만

* 소춘小春 : 음력 시월을 달리 이르는 말.

적병과 대결한다는 것은 기막힌 일이다.

그러나 유숭인이나 정득설이나 주대청은 비굴하게 적에게 항복하기는 싫었다. 10여 명의 군사로 3만 명의 적병과 대결해 몸을 적병 속에 육탄으로 던져서 피를 뿜어 장렬한 죽음을 이룩한다.

유숭인이 3만여 명의 흰 무지개 같은 적병의 칼 아래 쓰러지니, 정득설이 적진으로 뛰어들고, 다음엔 주대청이 뛰어들고 10여 명 군사가 일제히 왜적의 진 속에 뛰어든다. 나라를 위해 장렬하게 죽는 한 떨기 붉은 안래홍 꽃들이다.

적장 일곱 명에게 인솔된 왜적 3만여 명은 유숭인을 죽인 뒤에 조수처럼 진주성을 향하여 몰려든다.

적장 일곱 명은 모두가 붉은색 우산, 파란색 우산 아래 버티어 섰고 적병들은 닭의 깃으로 관을 해서 썼으며 얼굴엔 일제히 탈박을 썼다. 금부채 · 은도끼며, 장창과 쇠갈고리며, 오색 깃발은 하늘을 가려 펄럭거리고, 징이랑 북을 어지럽게 치면서 세 길로 몰아 쳐들어온다.

한 부대는 동문 밖 순천당 앞에 진을 치고, 한 부대는 객사 남쪽 봉명루 앞에 진을 치고, 한 부대는 북문 앞에 진을 친 뒤에 높은 산봉우리로 개미떼처럼 기어올라 성을 향해 총을 쏘기 시작한다.

진주성은 김시민의 영을 받아 사람 하나 없는 듯이 조용하다. 적의 탄환은 빗발치듯 쏟아지고 3만 적병의 고함 소리는 천지를 진동한다. 그러나 진주성 안은 의연히 적적하면서 아무런 응전도 하지 않는다.

적장들은 진주성 안이 너무도 고요하니 도리어 마음이 불안했다. 적장이 사격을 중지시키고 잠깐 동정을 살피려 하여 적이 쏘는 탄환이 뜨음했을 때다.

별안간 촉석성 네 문 성 안에서 천지를 뒤엎는 듯한 크나큰 음향과 함께, 시꺼멓고 둥그런 물건이 공중으로 까맣게 솟구치더니 적진 속으로 "쾅" 하고 떨어진다.

적병들은 깜짝 놀라 바라보다가 떨어지는 물건이 아무런 작용도 하지 않는 것을 보자 우르르 몰려들어 무엇인가 자세히 살펴본다.

둥그런 물건은 아무것도 아닌 듯하다. 커다란 동이 덩이만 한 쇠뭉치일 뿐이다.

적장 하나가 버썩 앞으로 나가서 들어보니, 무게가 1백20근가량 되는 어마어마한 물건이다. 적장이 간신히 들어서 땅에 내동댕이치는데 별안간 풀썩 하고 화약 냄새가 코를 찌른다.

적장의 의심이 버럭 일어났지만 때는 이미 늦었다. 천지를 뒤흔드는 큰 음향과 함께 동이 같은 쇠뭉치가 파열되자 "와지끈" 하는 벼락 소리와 함께 50~60명 템이나 되는 적병들이 일시에 콩가루가 되어 버린다.

한 군데 신만 그런 것이 아니라 세 군데 왜진이 똑같은 꼴을 당한다. 일시에 수백 명의 생명이 몰살된 것을 본 왜적들은 단번에 기운이 푹 죽어 버린다.

성 안에서는 계속해서 현자총통으로 장편전을 쏘아붙인다. 불이 번쩍번쩍 일어나면서, 장편전·피령전은 적의 진중으로

"쾅쾅" 소리를 내며 날아든다.

왜적의 조총 탄환은 아무리 그 수효가 많다 하나, 한 번 터지면 수백 명씩 몰살되는 동이 덩어리 같은 포탄과 서까래 같은 장편전·피령전을 당해 내는 수가 없다.

적들은 성 밖에 있는 빈집으로 몰려 들어가서, 집을 부수고 대문짝이며 널빤지며, 관 만들 널빤지를 끌고 나와서 몸을 감추고 진주성을 공격하기 시작한다.

그러나 역시 대문짝이나 널빤지가 동이 덩어리만한 폭탄의 위력을 당해 낼 수는 없다. 왜적들은 무더기 무더기로 포탄에 맞아서 즉사를 한다.

이 때 진주목사 김시민이 쓰고 있던 동이만한 폭탄은 비격진천뢰라는 폭탄이었다.

진주목사 김시민은 새로이 진주의 책임을 맡게 되자, 한양에서 알게 된 화포장이 이장손이란 사람을 청해 폭탄을 만들기 시작했다.

이 때 이 엄청난 영단을 내린 사람은 진주목사 김시민과 경주의 박진이 있을 뿐이었다.

진주목사 김시민이 화약을 산더미처럼 저장시키고 이장손을 청해 온 뒤에, 연구에 연구를 거듭하여 만들어 낸 것이 비격진천뢰라는 바로 이 폭탄이었다. 이것은 동양에서 처음 가는 폭탄의 시초였다.

이장손은 세 종류의 진천뢰를 만들었는데, 제일 큰 것이 별대비진천뢰라는 것이었다. 거죽은 주철을 부어 만들어서 지름이 한 자 여섯 치 닷 푼에 중량이 1백20근 템이나 되었다.

수박같이 둥글게 만들고 위에는 네모난 구멍을 만들어 쇠뚜껑을 덮었는데, 구멍의 지름이 석 자 여덟 치였다. 옆에 조그마한 구멍을 뚫어서 화약 심지가 나오도록 했다.

항아리 같은 폭탄 껍질 속에는 대통을 넣고, 대통 속에는 다시 나무로 만든 나선형의 나사를 만들어 집어넣게 했는데, 뱅글뱅글 돌아가는 나사의 오목한 곳에 화약 심지를 담아서 대통 속에 집어넣게 했다.

폭탄이 속히 터지게 하려면 열 번 구부러지게 돌린 나무 나사를 넣고, 화약이 더디 터지게 하려면 열다섯 번 구부러진 나사를 넣는 장치를 하였다.

대통을 세운 주위에는 무수한 마름쇠를 집어넣어서 폭발할 때 파편이 되게 하고, 다시 그 밑에는 화약 다섯 근을 집어넣어 대완구에 얹어 쏘아서 불을 심지에 붙게 한 것이었다.

대완구에 얹혀진 비격진천뢰는 한 번 쏘면 5백 보 밖으로 떨어지면서 굉장한 음향과 함께 적병을 몰살시켰다.

이장손은 별대비진천뢰라는 폭탄을 만든 뒤에 또다시 한 종류의 대비진천뢰를 만들었다. 이 폭탄은 앞의 것보다 조금 작은 것으로 바깥 지름이 한 자 두 치 세 푼에 중량이 66근이 되게 했다.

그 다음에 이장손은 또다시 중비진천뢰를 만들었는데 바깥 지름이 아홉 치 닷 푼에 중량이 30근이었다. 폭탄 속의 장치는 큰 것과 비슷한 장치였다.

진주목사 김시민은 또다시 이장손에게 적병들이 사용하고 있는 조총을 본떠서 조총 70여 자루를 만들게 하여 날마다 군사들에게 조련을 시켰다.

총을 잡은 총수들은 활을 쏘는 군사들의 틈에 섞여서 백발백중으로 적을 쏘아 맞혔다.

이장손은 또다시 천자·지자·현자·황자 총통에 쓰도록 천자·지자·현자·황자 총환을 만들었다.

총환은 모두 다 주철로 껍질을 만들고, 속에는 화약과 파편을 장치해 넣은 것인데, 천자총환의 지름은 세 치 여섯 푼에 중량이 13근이요, 지자총환은 지름이 한 치 일곱 푼에 중량이 여덟 근이요, 현자총환은 지름이 한 치 일곱 푼에 중량이 한 근 열서 냥이요, 황자총환은 지름이 한 치 세 푼에 근량이 열서 냥쭝이었다.

이것들은 모두 다 작은 폭탄의 종류로 천·지·현·황 총통에서 쏘던 대장군전·장군전·차대전·피령전보다 한 걸음 더 나아간 새로운 발명이었다.

진주목사 김시민은 또다시 이장손과 의논해서 화약을 아끼기 위해서 둥글게 단석 폭탄을 만들었다.

단석이란 돌을 구형으로 둥글게 물을 붓고 갈아서 여러 가지 총통이며 대완구에 얹어서 쏘는 것인데, 구형의 둥근 돌은 화약 기운으로 5백~6백 보 밖에 떨어져서 적을 함몰해 부숴 버리는 것이었다.

이렇게 만반 준비를 다 해놓은 진주목사 김시민은 자신이 만만했다. 3천여 명의 군사로 3만여 명의 왜적을 대결하는 데 조금도 무서울 것이 없었다. 당황하지 않고 차근차근 장수들을 지휘했다.

대완구는 쉴 사이 없이 우르릉거린다.

큰 폭탄, 작은 폭탄이 까맣게 솟구쳐 성 밖에 있는 왜적의 진으로 계속해서 떨어진다. 천 · 지 · 현 · 황의 갖가지 총통에서는 불이 번쩍번쩍 일어나면서 둥그런 공 같은 폭탄이 쫙쫙 불똥을 뿜어내며 터진다. 공 같은 둥근 돌이 공중에 까맣게 포물선을 그리면서 적의 방패 판때기를 때려 부순다.

하늘과 땅이 금방 천 조각 만 조각으로 갈라지는 듯하다. 하늘이 우렁우렁 고함을 질러 운다. 땅이 들멍들멍 뭉그러 빠지는 듯 흔들린다. 촉석성 안에 있는 촉석루 기둥과 주춧돌이 후들후들한다.

성 안에서 적과 싸우고 있는 군인과 백성들은 성 안에 있으면서도 진주성 안에 이만한 훌륭한 준비가 있는 것을 까마득하게 몰랐다.

비격진천뢰가 하늘로 줄을 지어 적진으로 떨어지고 가지각색의 폭탄이 불을 뿜어내는 것을 보자, 군사와 백성들의 기운은 부쩍 솟구친다.

"우리 사또는 사람이 아니라 신이다."

대완구가 터지는 소리에 늙은 기생 초향은 손가락으로 귀를 틀어막으면서 지껄인다.

"그리게, 하늘이 이 나라를 구하려 내려 보내신 선관이라 하지 않았소?"

젊은 기생 섬월이 대답한다.

"에구머니, 애 떨어지겠네."

예쁜 기생이 물을 길어 붓다가 펄썩 땅에 주저앉는다.

“아이 무섭다. 왜병들이 대포 한 방에 막 다리가 떨어지고 팔이 공중으로 솟구치고, 박살이 되어 지진두가 되어 버리는 구면.”

논개가 성 틈으로 내다보다가 달음질쳐 뛰어오며 이렇게 속삭인다.

전쟁은 계속되었다. 적병들은 떨어지는 진천뢰를 받아 견디어 낼 수가 없었다. 하는 수 없이 5리 밖으로 밀려 달아나 버렸다.

이날 왜적들이 죽은 수는 5천 명이 넘었다. 그러나 적은 아주 물러간 것이 아니었다.

김시민은 적병들이 쫓기어 물러가는 것을 바라보자 가슴이 벅차고 눈물이 왈칵 솟는다.

김시민은 촉석루 아래 장대에 나타나서 장수와 군사며 모든 백성들에게 타이른다.

“너희들이 한마음 한뜻이 되어 억세고 줄기차제 싸워 주어서, 적은 지금 잠깐 물러간 듯하다. 그러나 아주 물러간 것은 아니다. 적병은 아직도 수만 명이다. 또다시 밤에 야습을 할지도 모른다. 적병이 약간 물러갔다 해서 마음을 놓아서는 아니 된다. 너희들은 다시 죽을 각오를 하라. 그러한 뒤에야 비로소 살아날 길이 있을 것이다.”

김시민은 뜨거운 눈물을 두 볼에 줄줄 흘리면서 이렇게 군사와 백성들을 단속한다.

장수와 군사와 백성들은 김시민이 목메어 타이르는 말을

듣자 모두들 따라서 눈물이 솟는다. 기생들도 따라서 운다.

논개도 울고 섬월이도 운다. 늙은 기생 초향도 눈물을 주먹으로 씻으며 흑흑 흐느낀다. 슬픈 눈물이 아니라 기쁜 눈물이다. 겨우 3천 명의 군사로 3만여 명의 적병을 대결해 쫓아냈으니 가슴이 벅차고 마음이 대견해서 눈물이 저절로 솟구친 것이다.

"너희들은 적이 잠깐 물러간 이 틈을 타서 밥을 빨리 먹어라! 그렇지 아니 하면 앞으로 밥 먹을 틈도 없으리라."

김시민은 군사를 자식 사랑하듯 했다. 그는 이렇게 명령을 내린 뒤에 친히 장대에서 내려서서 손수 군사들에게 밥이며 물이며 장을 나른다.

대장인 김시민이 손수 군사들의 밥과 장과 물을 날라서 군사들에게 먹으라고 권하니, 장수들도 바라만 보고 가만히 있을 수가 없다. 곤양군수 이광악도 구군복을 걷어 젖히고 군사들의 물과 밥을 나누어 주고, 진주판관 성수경도 군사들이 먹을 것을 분주하게 나른다. 남복한 부녀들과 기생들까지도 뻔질나게 밥과 반찬을 나른다.

군사들은 대장이 친히 밥과 찬을 날라 주는 것을 보자 밥을 먹으면서도 목이 멘다. 모두들 마음속으로,

"이린 대장 앞에서는 싸우다가 죽어도 좋다!"

하고 굳게 맹세한다.

"진종일 싸워서 배고프겠다. 많이 먹어야 한다. 밥 한 주걱 더 주랴?"

김시민은 사병들의 어깨를 툭툭 치면서 밥주걱으로 밥을

더 퍼서 밥그릇 위에 덧붙여 준다.

군사들은 대장의 따뜻한 한 마디 말에 아니 먹어도 배가 푸근하게 부르다.

"황송하옵니다, 사또. 그만 주십시오."

군사들은 몸 둘 곳을 몰라 감격하면서 사양한다.

밥을 나르고 찬을 나르는 남복 입은 기생들도 대장 김시민이 이렇게 자기네들과 한데 휩쓸려서 사병들의 밥을 나누어 주니, 일하는 데에도 신바람이 저절로 일어나서 팽이처럼 돌아다닌다. 더욱이 논개와 초향과 섬월은 더 한층 분주하다.

군사들은 누에가 뽕잎을 먹듯 순식간에 밥을 먹어 치운다.

김시민은 다시 장대에 올라가서 군령을 내린다.

"전쟁은 일초 일각의 한가한 여유를 가질 수 없는 것이다. 밥을 다 먹은 군사들은 제각기 업무에 돌아가라."

3천7백 명의 군사들은 일제히 규율 있게 척척 제자리로 돌아간다.

김시민은 또다시 전령을 내린다.

"사대문의 문루 위에는 준비하여 놓은 풍악을 잡히라."

대장의 전령이 떨어지니 성문 문루마다 일제히 삼현육각을 잡히는 청아하고 화기로운 소리가 자지러지게 일어난다.

* * *

10월 초승달빛은 싸느랗게 맑은 대기 속에 차갑도록 밝다.

진주 남강엔 달빛이 은을 부수면서 떠내려가는데, 묵화를

쳐 놓은 듯한 왕조 건축의 아담한 정취를 풍기는 진주 촉석성 문루 안에서는, 청아한 음악 소리가 월광 속에 한가로이 춤을 춘다.

왜적들은 진주성을 단번에 집어삼킬 작정으로 3만 명의 큰 군사가 물밀듯 쳐들어왔다. 그러나 김시민이 터뜨리는 비격진천뢰 바람에 5천 명의 생명을 잃어버린 왜장들은 군심을 수습하려고 5리 밖으로 물러간 뒤에 다시 밤 안으로 야습을 계획했다. 그런데 뜻밖에 조선진에서는 아름다운 풍악 소리가 청아하게 들리는 것이었다.

적장들은 처음엔 모두 다 제 귀를 의심했으나, 암만 들어보아도 음률 소리가 분명하다. 높은 곳에 올라 자세히 살펴보니, 푸르고 흰 달빛 속에 우뚝 솟아 있는, 묵화를 쳐놓은 듯한 촉석성 문루 위에서 아름답게 흘러오는 음률 소리다.

피비린내 나는 전쟁 속에서 이렇도록 여유를 가지고 있는 조선 군사들을 우두커니 건너다본 왜장들은 서로들 얼굴을 쳐다보며 혀를 내두른다.

낮에는 비격진천뢰 때문에 죽음을 피하느라고 얼이 다 빠졌고, 밤에는 생각도 못했던 음률 소리에 겁이 더럭 일어난다.

진주성을 지키는 조선 장수 속에는 확실히 명장이 있는 것을 알게 된다.

"오늘밤 야습은 그만두는 것이 좋겠소."

적장의 두목 하세가와 슈이치가 같은 두목 호소카와 타다오키에게 이렇게 의견을 제출한다.

"조선진에서 저렇게 풍악을 잡는 것은 우리들에게 여유가 있다는 것을 보이자는 노릇 아니겠소?"

호소카와가 대답한다.

"그뿐 아니라 우리 군사들의 마음을 어수선하게 만들자는 계책도 되지요."

이 때 왜적들은 한 번 싸움에 조선의 새로운 무기에 5천 명 템이나 죽어 버린 데다가, 달은 밝고 음악 소리는 처량하게 일어나니 모두들 회심하고 처량한 생각이 일어난다.

4월에 바다를 건너와서 10월이 되었으니, 반년의 세월이 가는 줄도 모르게 어느덧 지나간 것이다.

왜적들은 구슬픈 풍악 소리에 처자들의 생각이 간절하다. 늙은 부모의 생각이 일어난다. 고향 산천이 눈앞에 어른거린다.

더욱이 아까 비격진천뢰가 터지는 바람에 목숨은 겨우 살아 있으나, 팔이 부러지고 다리가 떨어지고 눈이 빠지고 귀가 떨어진 부상병들은, 조선진에서 일어나는 음률 소리를 듣자 처량하고 슬퍼서 눈물을 흘리면서 엉엉 우는 자도 있다.

저희 군사들의 사기가 뚝 떨어지는 것을 알자, 적장 호소카와가 꾀를 낸다.

"오늘밤의 야습은 그만두고 우리도 조선진의 민심을 흔들어 놓읍시다."

"어떠한 방법으로?"

하세가와가 묻는다.

"포로로 잡아온 저 편 아이들을 성 밖으로 보내서 조선 사람들의 마음을 산란케 합시다.

호소카와의 말을 들은 왜장 하세가와는 손뼉을 치면서 기뻐했다.

달빛 어린 진주성문 밖에는 포로로 잡힌 조선 아이들 5~6명이 진주성을 끼고 돌면서 조선말로 떠들어댄다.

"한양이 다 떨어지고 팔도가 뭉그러졌는데, 조그마한 진주성을 어떻게 유지할 텐가?"

포로가 된 조선 아이들은 적장이 시키는 대로 큰 소리로 떠들며 돌아다녔다.

이 소리를 듣자 한 군사가 분함을 참지 못하여 활을 들어 어린이를 쏘려 했다.

순행하던 김시민이 이 모양을 보자 얼른 군사의 팔을 잡아내렸다.

"아서라, 어린것이 무슨 죄가 있느냐? 적병이 시켜서 하는 일을."

군사는 분을 참고 더 한 번 김시민의 넓은 도량에 감복이 된다.

어린 포로를 쏘지 말라는 김시민의 너그러운 처사는 삽시간에 진주성 안에 있는 군사와 백성들 사이에 알려졌다.

민심을 흔들려는 왜장들의 얕은꾀는 도리어 백성과 군사들의 마음을 더욱 단결시켜 놓았다.

"사또의 마음은 바다와 같다!"

기생 초향이 탄복해 칭찬하는 소리다.

"둥실 뜬 해님이야."

섬월이란 기생이 말을 받는다.

두 기생의 말을 듣고 있던 기생 논개는 그 새까만 눈동자로 허공을 쳐다보면서 잠깐 김시민의 환상을 불러일으켜 본다.

씩씩한 기운을 얼굴에 나타내는 봉의 눈썹, 초롱초롱한 광채를 뿜는 눈매, 주칠을 한 듯한 굳게 다문 아름다운 입술이 논개의 눈앞에 떠오른다.

"땀을 씻어라!"

하고 미소를 풍기며 손수건을 던져 주면서 백마에 뛰어올라 뒤도 아니 돌아보고 달려가던 지난날 그 모습이 어렴풋이 떠오른다.

논개는 얼른 허리춤에 손을 집어넣어 가만히 더듬어 본다. 고이 간직한 김시민이 준 손수건이 격렬한 전쟁통에 그대로 있는지 의심스럽다.

논개의 손에 포근한 수건의 촉감이 따스하게 닿는다. 다행히 잃어버리지 않은 채 의연히 가슴에 지니고 있는 것이다.

논개는 그제야 안심이 되는 듯 이를 드러내어 상긋 웃는다. 그 맑은 눈결은 달빛으로 엉킨 허공 속에 김시민의 환상을 다시 불러 보자는 것이었다.

논개는 혼자서 방싯 웃는 웃음을 늙은 기생 초향에게 들키고 만다.

"논개야, 너 혼자서 허공을 바라보며 무엇을 그렇게 재미나게 웃니?"

논개는 웃음을 들키고 나니 당황스럽다.

논개는 고개를 살래살래 흔든다. 얼굴이 발개졌으나 다행히 달빛 아래라 무사했다.

"무에 아무것도 아니야? 내가 네 배짱을 다 알아. 우리가 사또 칭찬을 하니까 좋아서 그렇지 뭐냐? 상사란 무서운 거다. 어느새 그렇게 정분이 들어서 말만 들어도 싱글벙글하는 거냐? 얘, 그 사또가 준 손수건은 잘 지니고 있니?"

기생 초향이 이렇게 논개를 또다시 놀려댄다.

"아이, 언니도."

논개는 부끄러워서 몸을 주체할 수가 없다.

이 때 초향이 슬며시 일어서 넌지시 논개의 어깨에 팔을 얹고 한 걸음, 한 걸음 거닐기 시작한다.

"벌써부터 조용히 너한테 네 의향을 물어보려고 했어. 그러나 어디 틈이 있었어야지? 지금 적병이 물러가서 조금 한가하니, 이 틈을 타서 너한테 의향을 물어보는 거야."

"언니, 무슨 의향을?"

논개는 영문을 몰라서 눈이 휘둥그레진다.

초향은 논개를 어깨동무하면서 달빛 아래로 조용히 거닌다.

진주성 안 네 대문 문루에서는 풍악 소리가 여전히 청승스럽다.

"섬월이나 내가 너를 놀려댄 것은 장난이고 말이야. 실은 너에 대해 우리들은 공론이 많았어. 옛적부터 난리가 나면 여염집 색시들도 얼른 배필을 구해 작수성례*로 혼인을 치러 버리는 법이야. 나중 일이 어찌될지 모르는 때문이거든."

"……."

---

* 작수성례酌水成禮 : 물 한 그릇만 떠 놓고 혼례를 치른다는 뜻.

"네가 기생이 되어 기안에 이름을 올렸지마는, 양갓집 딸이기 때문에 몸을 조촐하게 굴려서 정말 한평생을 의지할 만한 사람에게라야만 처녀를 바치겠노라 결심한 것은 우리들 기생이 다 아는 노릇이야."

논개는 가만가만 속삭이는 초향의 소리를 귀담아 들으며, 초향의 발길이 옮겨지는 대로 따라서 옮긴다.

"양갓집 처녀들도 이러는데 기생인 네가 공연히 고집을 세워서 그대로 있겠다는 것은 내 생각엔 잘못이란 말이다."

논개는 여전히 잠잠하고 대답이 없다.

"너도 나이 스물이다. 이젠 철이 났을 때다. 네가 옥 같은 처녀의 몸을 고이 지니고 있는 것은 좋다. 그러나 그 깨끗한 귀여운 처녀의 몸을 적병들이 강제로 짓밟아 놓을 불행한 경우를 생각한다면, 그것은 마치 돼지우릿간에 구슬을 던져 주는 거나 매일반이란 말이야. 분하고 치가 떨려서 어찌 배기느냐 말이다."

논개는 여전히 묵묵히 대답이 없다.

"진정으로 나나 섬월이는 너를 위해서 이런 일이 있을까 봐 걱정하는 것이거든."

논개의 기름한 속눈썹에 어느덧 눈물이 솟아난다. 맑은 눈망울이 뚝뚝 저고리 앞섶으로 떨어지자, 논개는 이내 흑흑 느낀다.

"논개, 너 우냐?"

초향이 달빛 속에서 논개의 얼굴을 쳐다본다.

초향은 얼른 손수건을 소매 속에서 꺼내서 논개의 눈물을 닦아 준다.

"울지 마, 논개."

"고마워요, 언니들."

초향은 공연히 마음이 언짢다.

"너, 내가 주선해 줄 테니, 새 사또한테 몸을 맡기면 어때?"

"좋아요."

논개의 목소리는 가늘게 떨린다.

"너 그럼 전등사또라든지 이 비장과 배 비장한테 하듯 해서
는 아니 된다."

초향은 논개에게 다시 한 번 다져 본다.

"예."

논개의 목소리는 매끈하도록 명랑하다.

"그럼, 내 일이 되도록 해보마."

초향은 논개의 어깨를 강하게 껴안고 다시 걸음을 돌려 일
터로 돌아온다.

네 대문 문루에서 멋들어지게 일어나는 음률 소리는 달빛
어린 전쟁터에 아직도 흥청댄다.

"그러나 언니, 그 무서운 사또께서 나 같은 년에게 손을 내
미실까?"

논개는 소곤소곤 이런 소리를 꺼낸다.

"무서워도 사람이지 별 수가 있다더냐?"

초향이 뱉듯이 대답한다.

"그러나 언니, 내가 청할 말이 있소."

"무슨 청?"

"아예 내 말을 전쟁 중에는 사또한테 꺼내지 마시오."

"꺼냄 어때?"

"남들은 목숨을 내걸고 싸우는 이 마당에 남자와 여자가 사랑을 한다는 것은 죄스러운 일이 아니오?"

논개의 목소리는 똑똑하고 차갑다.

늙은 기생 초향은 자지러지게 깔깔 웃는다.

"네가 말하는 그 소리가 벌써 새 사또한테 사랑의 물결이 일기 시작하는 파도 소리다. 그리고 사또가 너한테 땀을 씻으라고 내던져 준 수건도 사또의 가슴속에는 벌써 사랑의 불길이 타오르기 시작한 징조다. 전쟁통에 왜 사랑이 없겠느냐? 사랑이 강렬할수록 전쟁도 이겨 내는 거야. 너는 아직 사랑에 대해서는 문에도 들어서지 않은 애송이기 때문에 그런 소리를 하는 거다. 하하하."

초향은 말을 마치자 손뼉을 치며 크게 웃는다.

논개의 마음은 다시 조마조마하고 불안스럽다. 가슴이 두근거리고 초조하다.

공연히 초향에게,

"고마워요, 언니들."

하고 눈물이 솟아난 것이 후회스럽다.

"좋아요."

하고 허락을 한 것을 뉘우치는 생각이 간절하다.

생명을 내걸고 적과 싸우는 모든 사람에게 미안한 생각이 든다.

진주대첩, 그 화려한 결말

　진주 기생 논개는 전라도 장수 태생이다.

　논개는 어릴 때 불행했다. 아버지는 다섯 살에 세상을 떠나 버렸다.

　째지도록 가난하고 구차한 살림을 논개 어머니는 혼자 도맡아서 보살펴야만 했다. 아버지의 대상제사를 마친 지 얼마 안 되어서 어머니는 약한 몸에 중한 병이 들어 버렸다.

　논개를 앞에 불러다 놓고 차마 눈을 감지 못하는 채 한 많은 세상을 떠나 버렸다. 어린 논개는 하루아침에 의지할 곳 없는 외로운 아이가 되어 버리고 말았다.

　그러자 경상도 진주에 사는 외가 편 일가 아저씨가 논개 어머니의 장사를 치른 뒤에, 어린 논개 하나를 장수 땅에 혼자 두고 갈 수가 없어서 논개를 업고 진주로 내려왔던 것이다.

　논개의 나이 열 살이 넘게 되니, 얼굴이 제법 똑똑하고 머리가 좋았다. 촌구석에 묻어 두기 아깝도록 재색을 겸비해 갔다.

　외가 편 아저씨는 아주머니와 의논하고 논개를 진주 고을 관기로 만들어서 기안에 올려 버렸다. 의지할 데 없는 어린것이 한평생 호강이나 하다가 한 세상 마치라는 생각에서였다.

논개는 동기童妓가 되어 늙은 기생한테 춤을 배우고, 가야금을 익혔다. 고수한테는 북을 배우고 광대한테는 진양조를 익혔다. 재주가 뛰어난 논개는 수월하게 모든 기예를 배워 넘겼다.

나이 스물이 가깝게 되니 논개의 재주는 진주에서 첫손을 꼽는 당대 명기 축에 들게 되었다.

여기다가 얼굴은 활짝 피기 시작했고, 몸은 불어서 보기에 좋았다. 솜씨 좋은 재주와 고운 얼굴이며 탄력 있는 육체의 아름다움을 뿜어 놓는 논개의 모습은 푸른 봄 3월을 맞이한, 너무도 잘 핀 진주 남강가의 한 떨기 백모란이었다.

논개가 동헌 삼문 안에 발을 들여놓기만 하면 동헌 뜰 안이 환하게 밝았다.

뭇 사나이들은 논개만 바라보면 까닭 없이 싱글벙글하면서 신명이 나서 말을 붙여 보기도 하고 소매를 당겨 보기도 했다.

새로 부임한 사또가 내려온다든지 한양서 사신이 오게 되어서 촉석루나 봉명루에 잔치가 벌어질 때마다 모든 사람들의 시선이 논개의 춤, 논개의 노래, 논개의 아름다운 얼굴로 홀린 듯이 모여들어, 잔치의 주인공은 목사나 한양 양반이 아니라 으레 논개가 되어 버리고 말았다.

아름다운 꽃송이를 발견했을 때 사람들은 이것을 꺾어서 제각기 저 혼자만 아름다움을 향락하려는 습관이 있다.

어느 때부터 그랬는지 모르지마는 인류에게는 진기한 물건이라면 남모르게 저 혼자만 애무하고 싶은 습성이 있는 것이다. 이것은 허욕과 애욕과 탐욕 들, 여러 가지로 욕심의 성격을 분석할 수 있는 것이지만 어떻든 아름다운 것을 혼자서 차지해 보려는 사람들의 습성은 어느 때 어느 사회에서나 변함없이 전해 오는 것이었다.

아름다운 기생 논개에게는 차츰차츰 논개를 건드려 보려는 유혹의 손길이 뻗치기 시작했다.

전등사또는 환갑, 진갑을 벌써 여러 해 전에 지낸 호호백발에 이가 몰락이 되도록 빠져서 발간 잇몸만 호물거리는 노인네건만, 잔치 끝에 술만 취하면 논개를 불러다 놓고 수청을 들라고 성화를 댔다.

논개는 할아버지 같은 취한 원님을 살살 달래서 다리도 치는 체하고, 머리도 짚어 주는 체해서 곤히 잠을 들여 놓고는 슬며시 동헌에서 몸을 빼서 기생들이 있는 처소로 도망질을 쳐 내려오곤 했다. 이럴 때마다 논개는 동무 기생들과 사람이 늙어도 욕심이 있으면 추잡한 것이라고 박장대소를 했다.

늙은 사또가 여러 차례 별렀으나 마침내 논개의 머리를 얹지 못한 것을 안 이 비장과 배 비장은 서로 경쟁을 하면서 논개를 제 손에 넣어 보려 덤벼들었다.

이 비장과 배 비장은 탕자형의 인간들이었다.

이 비장은 나이 40여 세에 얼굴은 여자처럼 고왔다. 옷거리에 맵시가 있고 말주변이 좋았다. 노래도 잘 부르고 춤도 잘 추었다. 자칭 오입쟁이요, 한량이라 불렀다.

아름다운 얼굴과 늠실거리는 춤과 언변 좋은 말씨로 진주 안에 있는 명기라는 명기들은 모조리 후려 버렸다.

늙은 기생 초향이도 이 비장한테는 해를 입었고, 서글서글한 섬월이도 이 비장한테 걸려든 일이 있었다.

이 비장은 남녀 관계를 장난으로 생각해 버렸다. 사랑이 아니라 자기의 몸을 즐겁게 하는 호강으로 생각하고 재미라 불렀다.

기생이라면 모조리 주워 먹어 버린 이 비장은 꽃봉오리 같은 논개를 발견하자 구미가 바짝 동해서 이것을 마저 따먹어 버리고 싶었다.

어느 날 논개가 촉석루 잔치에서 놀음을 파하고 언덕길로 내려서서 골목길로 접어드는 판이었다.

논개가 앞을 향하고 걸어가려니 골목 길가에 점잖은 사람이 의관을 해사하게 차리고 서 있다가 논개가 내려오는 것을 보자 빙긋 눈웃음을 풍기며 비스듬히 서 있다.

논개가 자세히 바라보니 기생 잘 후리기로 유명한 이 비장이다. 마음이 잠깐 뜨악했으나 논개는 태연하게 걸었다. 그러나 딱 대하고 보니 인사를 아니 할 수도 없다.

"이 비장 나으리, 금방 촉석루에서 뵈었는데 어느 틈에 내려오셨습니까?"

"오오, 논개냐? 네가 이 길로 내려올 줄을 알고 내가 미리 너를 장맞이하고 있는 길이다."

논개는 능글맞은 작자라고 마음속으로 얕잡아 생각해 보면서도 대거리를 아니 할 수는 없었다.

"고맙습니다. 나으리."

논개는 억지로 웃음을 지어 웃는다.

억지로 웃는 논개의 웃음이건만 상긋 웃는 그 웃음이 이 비장의 눈에는 참웃음으로 비친다. 이 비장은 논개를 쉽게 보고 말았다.

'그러면 그렇지 별 수 있나. 기생년 쳐 놓고 나한테 아니 걸려드는 기생년이 있나?'

이 비장은 만족감을 느낀다.

"논개야, 내가 너한테 취했구나. 이 노릇을 어찌하면 좋으냐? 네가 내 마음을 받아 주겠느냐?"

논개는 이 능란한 잡사람한테 쌀쌀하게 굴어서는 도리어 탈이라 생각했다. 명색이 비장이고 보니, 일도양단으로 딱 끊어 버린다면 도리어 해가 있으리라 생각했다.

"나리는 저한테 취하셨다지만, 나리한테 취하지 않은 제가 어떻게 나리를 받아들일 수 있습니까? 하하하."

논개는 자지러지게 거탈웃음을 웃는다.

흰 이를 방긋이 드러내고 자지러지게 웃어 대는 논개의 웃음가락은 이 비장의 귀에는 노란빛 날개를 포드득 펼쳐 날며, 윗가지에서 아랫가지로 팔짝 옮겨 앉는 꾀꼬리 소리보다도 더 아름답게 들린다.

"에이 고것, 홀딱 집어삼키고 싶구나."

이 비장은 논개 옆으로 바싹 다가서서 논개의 보드라운 뺨을 꼬집는다.

"점잖지 않게 길에서 왜 이러십니까? 누가 봅니다."

논개는 얼른 손을 들어 이 비장의 팔을 뿌리치고 총총히 걸음을 옮긴다.

이 비장은 추근추근 논개의 뒤를 따라가면서 지껄인다.

"환갑, 진갑을 넘은 호호백발 늙은 사또도 살찐 암캐를 물어다 놓은 듯 너를 보고 침을 질질 흘리는데 천하의 팔남봉 나이 젊은 이 비장이 논개 너한테 홀리지 않고 배겨 나겠니?"

이 비장은 진둥한둥 논개의 뒤를 쫓아간다. 바람이 휘익 하고 일어난다.

이 비장의 번질번질 윤이 흐르는 통영갓이 바람에 삐딱 젖혀진다. 옥색 직령 옷고름자락이 날린다.

논개는 걸음을 빨리 하여 집으로 돌아가려는 참인데, 이 비장은 자꾸 뒤를 쫓는다.

논개의 마음은 불안하다.

"나리, 어디로 가시는 길입니까?"

"너는 어디로 가는 길이냐?"

"집으로 가는 길입니다."

"나도 네 집에 한 번 가보자꾸나."

논개는 당황스럽다. 그러나 내색을 해서는 도리어 큰일이 날 것 같다.

논개는 길가에 주춤하고 서 버린 채 방긋 웃는다.

"참말이쇼, 이 비장 나으리? 호호호."

논개의 맑고 맑은 두 눈엔 상긋 기쁜 표정이 물결을 짓고 모란꽃 같은 얼굴엔 활짝 웃음이 뿜어 나온다.

화사한 논개의 웃음에 이 비장은 현기증을 느껴 아찔하다.

"참말이고 말고. 거짓말을 할 리가 있니?"

"나리께서 지금 진정으로 하시는 말씀이냐 말이에요. 호호호."

논개는 화려한 웃음으로 구름처럼 장막을 퍼뜨린다.

"진정이지!"

"그래, 나리께서 진정으로 쉰네를 귀여워하신다는 말씀이에요? 호호호."

논개의 웃음은 그믐달처럼 가늘고도 처염하다.

"귀엽다마다. 얄밉도록 귀엽구나. 그러니까 네 집을 내가 찾아가겠다는 말 아니냐."

논개는 여전히 방싯방싯 웃음을 풍기면서 빤히 이 비장의 얼굴을 들여다본다.

"나리께서 제 집을 찾아오신다면 쉰네한테는 한평생 영광이옵니다. 그러나 나리가 진심으로 하시는 말씀인지 희롱조로 하시는 말씀인지 쉰네는 암만해도 분간을 못하겠습니다."

논개는 여전히 눈웃음을 풍긴다.

"내가 너한테 절을 하고 맹세를 하마. 자아, 네 집으로 같이 가자. 내 맹세를 받아 다오."

"아니 됩니다, 오늘은."

논개의 얼굴은 금방 새침해진다.

"어째서 아니 된단 말이냐?"

"아무리 쉰네가 이름을 기안에 박았다 하나 그래도 양갓집 딸입니다. 어려서 조실부모를 해서 쉰네도 모르는 결에 이 꼴이 되었습니다마는, 동기가 어른이 되는 데도 중매가 있는 법입니다."

논개의 얼굴에는 아리따웠던 웃음이 사라지고 가무스름한

눈썹 사이에 굳은 결심이 어림짐작 드러난다.

"그렇지 그래. 허허, 고거 맹랑하구나. 머리를 얹는 데도 중매가 있는 법이거든. 논개야, 그럼 내가 틈을 타서 섬월이를 보내마."

이 때 이 비장의 등 뒤에서 누가 어깨를 툭툭 친다.

이 비장이 돌아보니 같은 동료 배 비장이다.

"이 사람, 재미보네그려. 예쁜 논개의 머리를 한 번 얹어 보고 싶은가? 하하하, 그렇지만 논개는 다른 애들과 달라서 자네 손에 호락호락 넘어가지는 않을 걸세. 어디 자네 젖 먹던 힘을 다 들여서 재주껏 우리 논개를 후려 보게나. 하하하."

배 비장은 얼금얼금한 구릿빛 곰보 얼굴에 콧방울을 벌름거리면서 드높게 웃음을 터뜨리고 나서 가래침을 길가에 한 번 탁 뱉어 버린 뒤에 뒷짐을 지고 어슬렁어슬렁 걸어간다.

논개는 백만대병 구원병이나 얻은 듯 마음이 가라앉고, 이 비장은 거북한 꼴을 배 비장한테 들켰구나 싶어 입맛이 씁쓸하다.

"여보게 배 비장, 자네 어디서 오는 길인가?"

"촉석루에서 사또를 모시고 내아로 들어갔다가 비장청에 들렀더니 자네 얼굴이 안 보이데그려. 아까 잔치에서 먹은 술이 부족해서 자네하고 한 잔 더 먹으려고 자네를 찾으러 나왔더니만 누가 자네가 이렇게 깨가 쏟아지도록 재미를 보고 있는 줄이야 알았나? 훼방을 놓아서 미안하이. 어서 재미나 많이 보소."

"여보게, 나하고 같이 가세. 자네 말대로 술추렴이나 다시 하세."

　이 비장은 가슴이 쓰렸지만 슬머시 논개를 버리고 배 비장의 뒤를 쫓는다.

　이 비장은 백수건달이면서 풍채만 좋고 희떠운 소리 잘 하는 오입쟁이려니와, 배 비장은 곰보 얼굴에 풍채는 매끈하지 못하지마는 집안에 재산이 많았다. 그는 영남에서 제일간다는 진주 기생들을 사귀고 싶어서 늙은 사또한테 흠뻑 뇌물을 쓰고 비장 한자리를 얻어서 내려왔던 것이다.
　이 비장은 얼굴과 수단으로 기생들을 후리는데, 배 비장은 돈과 재물로 기생들을 주물렀다.
　배 비장한테 머리를 얹는 동기들에게는 몸에 입을 의복가지들은 말할 것도 없고, 세간만 하더라도 귀목 반닫이 · 귀목 삼층장 · 머릿장 농장에 뒤주 · 찬장까지 차려 주었다.
　패물 노리개만 해도 주먹만한 밀화덩이로 매미 형국을 만들고, 멋들어진 붉은 산호가지로 나무 형상을 만들고, 다섯 가지 찬란한 광채를 뿜는 손뼉만한 호랑나비의 모양을 아로새긴 백옥판 대삼작이라든지, 금투호 · 은투호 노리개며, 박쥐 모양을 아로새긴 붉은 자마노에 하늘빛 같은 비취옥, 눈빛보다 더 흰 백옥 삼작노리개쯤 해주는 것은 배 비장에게 있어서는 그다지 크게 힘이 드는 대수로운 노릇은 아니었다.
　머리꽂이 수식*만 하더라도 금비녀 · 은비녀에 옥서 복잠 ·

* 수식首飾 : 여자의 머리에 꽂는 장식품.

비취 옥비녀·은귀개·금귀개·진주 뒤꽂이, 가락지만도 금
가락지·은가락지·자마노 가락지·금패 가락지에 옥가락
지·비취옥 가락지가 대여섯 벌이나 되고, 마음에 흠뻑 드는
기생이라면 모물까지 겹쳐서 해주고, 청설모 아얌에 값비싼
석웅황石雄黃과 손바닥만한 나비 옥판을 아얌에 번듯이 달아서
아낌없이 선뜻 내주었다.

이쯤 되니 기생 어미들은 허욕이 버썩 동해서 모두 다 배
비장한테 자기 딸의 머리를 얹혀 주기가 평생소원이었다.

배 비장은 이 비장이 논개한테 손을 대려는 눈치를 알자 마
음속으로 코웃음을 치며 빈정거렸다.

'될 뻔이나 할 소린가? 논개가 권력을 무서워한다면 사또
가 수청을 들라는데 순종을 안 했을 리 있나? 논개가 야밤중
에 뛰어나온 것은 모든 기생이 다 아는 노릇이고. 몸을 함부
로 가지려면야 벌써 몇 사람쯤 거쳤을 텐데 여태까지 조촐하
게 구는 것은 역시 씨가 있어서 그런 거란 말이야. 이 비장의
허랑방탕한 것은 진주 바닥이 다 아는 노릇인데 논개가 모를
리가 있나? 논개도 빤히 다 알고 있을 텐데 설마 이 비장 제
깟 놈의 손에 넘어갈라고? 어림도 없다. 자아, 내가 한 번 논
개의 머리를 얹혀서는 한평생 의지할 소첩을 삼아 볼까? 이
비장한테 빼앗기기는 참으로 아깝단 말이야.'

배 비장은 이쯤 생각하면서 이 비장과 술집에서 술을 마시
고 있었다.

이 비장은 이 비장대로 논개를 배 비장한테 빼앗길까 봐 겁
이 났다. 배 비장은 재물로 기생들의 환심을 사는 사람이다.

만일 배 비장이 논개한테 깊은 관심이 있다면 조실부모한 가난한 집 딸 논개의 마음을 흔들어 놓게 하는 데는 배 비장의 황금을 뿌리는 수단이 더 한층 강할 것만 같다.

이 비장은 술을 마시면서도 불안하다.

"여보게 배 비장, 자네 논개의 머리를 한 번 얹어 보게나."

"실없는 사람 다 보겠네. 내가 자네 같은 팔난봉인 줄 아나? 그까짓 비린내 나는 어린것을 무얼. 별 소리가 다 많네."

배 비장은 탁 뱉듯이 대답한다.

"똑똑하고 영악하고 가무가 절묘하니 마음을 차근히 가라앉히고 살림도 잘 할 거야. 지금 나이는 어리지마는 진주 천지에선 첫손가락을 꼽는 명기가 아닌가?"

이 비장은 슬며시 배 비장의 의향을 더듬어 본다.

"이 사람, 쓸데없는 소리 작작 하고 어서 술이나 자시고 일어나게. 어, 술 취한다. 나는 인제 비장청으로 돌아가겠네."

배 비장은 이 비장의 말을 책망하고 점잖은 체 술자리에서 일어선다.

이 비장은 자기가 가장 강적이라 생각했던 배 비장이 자기의 말을 타박 주는 것이 마음속으로 무한히 기뻤다.

'인제 논개는 내 차지다.'

이 비장은 혼자서 빙긋이 웃는다.

배 비장만 논개한테 손을 안 내민다면 아무리 생각해 봐도 논개를 빼앗아갈 사람은 하나도 없다.

허욕 많은 전등사또가 있으나 이것은 벌써 논개한테 발길로 걸어챈 인물이고, 자기보다 한 자리 상관인 진주판관 김시민이 있으나 나이도 젊고 호걸스러운 품이 사나이답지마는 술은 마셔도 색에는 등한했다. 한양서 진주판관으로 온 지가 벌써 1년이 가까이 왔건만 기생오입이나 뜬계집 하나 건드렸다는 소문을 단 한 번도 들어본 일이 없다.

이 비장은 이 사람은 무엇 때문에 진주판관이 되어 내려왔는지 모르겠다고 웃어댔다.

물색 좋은 산천과 명기·명창이 많은 진주 놀음판에서 김시민은 한 번도 놀아 보는 일이 없었다. 밤이면 병서를 읽고, 낮이면 말을 타고 진주성 밖으로 치달리는 것이 일과였다.

진주판관 김시민 같은 사람은 자기네들과 어울리지 않는 딴 세계 사람이라 생각했다. 이러고 보니 김시민은 논개를 가운데 두고 자기네들과 겯고틀 사람이 아니었다.

이 비장은 논개가 번 나는 날 슬며시 논개 집으로 찾아갔다. 기생 어미는 없이 밥 짓는 동자치 계집애 하나만 데리고 사는 논개 집이다.

대문이 굳게 잠겨 있다.

"문 열어라."

이 비장은 여러 차례 문을 흔들고 부른다.

기생이지만 논개는 바느질을 하고 있었다. 문을 흔드는 남자의 목소리에 논개는 바느질을 멈추고 가만히 귀를 기울인다.

촉석루 잔치 뒤에 길에서 치근대던 이 비장의 목소리가 분명하다.

지난번에 배 비장을 만나서 훼방을 당했으니, 이 비장이 언제든 한 번쯤 찾아올 것은 논개도 미리 짐작했던 일이다.

논개는 눈살을 찌푸린다. 그러나 다음 순간 얼굴을 태연하게 한다.

"계옥아, 밖에 누구 오셨나 보다. 대문을 열어 드려라."

동자치 계옥은 행랑방에서 낮잠이 들어 있었다.

논개는 댓돌에 놓인 분홍 신을 끌고 대문간으로 나선다.

"거 누구시오?"

하고 빗장을 뽑는다.

문 밖에는 논개가 생각한 대로 이 비장이 서 있다.

논개는 일부러 반가운 웃음을 짓는다. 문이 활짝 열리며 논개의 모란 같은 얼굴이 활짝 웃음을 뿜는다.

별안간 대문 안에서 눈이 부시도록 환하게 나타나는 논개의 얼굴에, 이 비장의 눈이 아찔하도록 현기증을 느낀다.

새침하고 문을 안 열어 주리라 생각했던 논개가 친히 나와서 문을 열어 주니, 이 비장의 마음은 두근거리면서도 기쁘다.

"아이고, 이 비장 나으리. 이게 웬일이시오?"

논개는 화사한 얼굴로 방싯방싯 웃음을 연달아 풍긴다.

"네가 오늘 비번이란 소리를 듣고 일부러 내가 찾았다."

"황송합니다. 누추한 집엘 이렇게 찾으시니……."

"들어가도 좋으냐?"

"그대로 가시라면 순순히 가시렵니까? 호호호."

논개는 일부러 명랑하게 웃는다.

이 비장은 논개의 태도가 이렇게 좋아질 줄은 꿈에도 생각을 못했다. 이 비장은 벙글벙글 하면서 입을 다물지 못한다.

"어서 들어오시죠."

논개가 앞서서 이 비장을 인도한다.

노란 회장저고리에 남스란치마를 기름하게 입은 논개의 아름다운 뒷맵시는 이 비장의 눈에 앞맵시보다도 좋게 보인다.

윤기 지르르 흐르는 검은 머리는 검다 못해서 푸르게 빛난다. 엎어 딴 긴 머리채엔 제비부리 자줏빛 댕기를 풍정 있게 붙들어 매었다. 노란 저고리 등솔 위로 굼실굼실 헤엄치다가 남치마 뒷자락 휘날리는 바람에 자줏빛 댕기도 치마꼬리와 함께 흩날린다.

논개는 마루에 올라서자,

"어서 올라오십시오."

하면서 이 비장을 맞아들이고 나서 이내 또다시,

"계옥아, 낮잠 작작 자고 어서 빨리 나오너라. 손님이 오셨다. 약주상 보아라."

소리를 높여 동자치 계집애를 깨운다.

떠들썩한 소리에 낮잠이 깨었는지 바깥 방문 열리는 소리가 나며 동자치가 부엌으로 들어간다.

"문을 안 열어 주지 않고 불러들이는 것도 고마운데, 술까지 주려느냐?"

이 비장은 진정으로 좋아서 코까지 벌룽거리며 논개를 따라 방으로 들어간다.

방 안에는 가얏고 대신 반짇고리가 놓여 있다. 논개는 주섬주섬 바느질하던 것을 주워 모아서 고리에 담아 장 밑으로 치워 버린다.

"가무 공부를 하면서 어느 틈에 바느질까지 배웠느냐?"

이 비장은 논개의 아름다운 점을 또 하나 발견한다.

"벌거벗고 노래를 부릅니까? 옷도 지어 입어야만 춤도 추고 노래도 부르지 않습니까? 호호호."

논개는 이 비장의 인물을 얕잡아 보니 말대답은 농조로만 나가 버린다.

건달 이 비장은 농지거리하는 게 좋았다.

"녹빈홍안*인 논개가 옷을 아니 입은 채 설부화용**의 고운 자태를 그대로 드러내 놓고 노래를 부르고 춤을 춘다면야 그까짓 것 노란 회장저고리나 남스란치마 입은 것쯤은 아무것도 아닐 게다. 너무 꼼꼼하게 세상만사를 생각하지 말아라. 사람이 살다가 죽어지면 그만이다. 영웅호걸도 북망산천으로 가야만 하고, 제자가인도 별 수 없느니라. 옷도 썩고 살도 썩고, 남는 것은 앙상한 백골뿐이니라. 살아생전에 잘 놀다 가자꾸나."

논개는 기가 막히다. 빤히 이 비장의 얼굴을 바라다본다.

"백골은 안 썩습니까? 백골마저 썩어서 없어집니다. 이 세상에 아무것도 없어진 뒤의 것을 말한다는 것은 딴 말씀입니다. 사람은 살아 있는 동안에 예를 지키고 의를 갖는 것입니다. 그렇지 않다면 개, 돼지나 다를 게 무에 있습니까? 예를 지켜서

---

* 녹빈홍안綠鬢紅顔 : 윤이 나는 검은 귀밑머리와 발그레한 얼굴이라는 뜻으로, 젊고 아름다운 여자의 얼굴 또는 젊은 여자를 뜻하는 말.
** 설부화용雪膚花容 : 눈처럼 흰 살갗과 꽃처럼 고운 얼굴이라는 뜻으로, 미인의 용모를 이르는 말.

사람의 질서를 유지하자니 옷을 입는 것이고, 악한 것이 있으니까 올바른 의리를 가지자는 것이 사람의 도리가 아닙니까?"

논개는 참다못해 한 마디를 던진다.

"얘, 그 꽤 까다로운 소리 작작하고 준다는 술이나 얼른 주려무나."

"계옥아, 약주상 어서 올려라."

논개는 어름어름 이 비장에게 술을 권해서 어서 돌려보내고 싶다.

부엌문이 삐걱하면서 동자치 계집애 계옥이가 술상을 들어서 마루 끝에 놓고 다시 부엌으로 들어간다.

이 비장이 흘긋 마루 편을 내다보니, 머리도 안 빗고 분도 안 바른 부스스하게 차린 떠꺼머리 숫계집애였다. 무명에 분홍 물감을 끼얹어 들여서 저고리를 지어 입고 흰 행주치마를 가뜬하게 둘렀다.

오입쟁이 이 비장의 눈에는 마치 양지 편 산달에 진달래 한 그루가 활짝 피어서 걸어오는 것 같다.

"논개야, 저 애가 동자치 계옥이냐? 얼굴은 메주덩이같이 생겼다마는, 그래도 싱싱한 두 뺨엔 복숭아꽃이 핀 듯하구나. 너처럼 숫처녀냐?"

오입쟁이 이 비장의 눈에는 싱싱한 청춘만이 보인다.

"우스개 말씀 작작하시고 어서 약주나 한 잔 잡수시오."

논개는 마루 끝에 계옥이가 놓고 간 술상을 들어다가 이 비장 앞에 놓는다.

논개는 술병을 들어 잔에 퐁퐁 술을 따른다. 두 손으로 잔대를 들어 이 비장에게 올린다.

이 비장은 마음이 혼란하다.

잔대를 받아 든 채 가만히 떼고 있으면서 논개의 동정을 살핀다.

논개는 귀찮아서 시치미를 뚝 떼고 옆에 쪼그리고 앉는다.

"소리도 없이 술을 먹으라느냐?"

이 비장은 논개의 얼굴을 건너다본다.

논개의 얼굴은 별안간 새초롬해진다.

"어서 드십시오."

"이런 운치 없는 술이 어디 있느냐? 내 팔이 부끄럽구나. 그대로 술을 먹으란 말이냐?"

"아무리 팔이 부끄러우시더라도 오늘 제 집에서는 별 수가 없습니다."

"어쩐 까닭에?"

"노래를 부르지 않기로 했습니다."

논개의 얼굴은 차갑도록 싸늘해진다.

"웬일이야?"

"그것까지는 아실 것 없습니다."

논개의 기름한 속눈썹엔 한스러운 슬픈 기운이 안개처럼 어리어 일어난다.

이 비장은 게슴츠레하게 슬픔을 껴안은 논개의 눈이 한층 귀엽다.

"갑갑하구나. 말 좀 해보려무나."

"아실 것 없대도 그러십니다."

논개는 살포시 양미간을 찌푸린다. 말소리는 부드러우나 찡그린 고운 눈썹 사이엔 짜증이 아지랑이처럼 아물거린다.

이 비장의 눈에 비치는 논개의 짜증 하는 태깔은 도리어 웃는 논개의 모습보다도 예쁘게 보인다.

"누가 아느냐? 내 혹시 네 시름을 거두어 줄는지, 네 어이 아느냐?"

"소용이 없다 해도 그러십니다. 오늘은 제 어미가 죽은 날입니다. 양반님들은 다 아시죠. 자식으로 태어나서 아무리 기생이라 하나 제 어미 죽은 날 어떻게 노래를 부릅니까?"

논개는 안개 서린 눈으로 멀리 허공을 쳐다본다. 허공을 바라보는 눈이 별처럼 밝았다, 흐렸다 반짝거린다.

논개는 먼 허공을 쳐다보면서 가볍게 한숨을 짓는다.

"제 몸은 저도 모르는 사이에 기생으로 떨어졌습니다마는, 우리 어머니는 여염집 부인이십니다. 부모 돌아가신 날짜만은 제가 노래를 아니 부르기로 맹세를 했습니다."

방 안에 도란도란 굴러 떨어지는 논개의 목소리는 침착하고 그윽하고 서글프다.

논개는 이렇게 해서 위태로운 위치에 서 있는 깨끗한 자신의 처녀성을 위하여 얼기설기 거미줄을 얽어서 금줄을 쳐놓는다.

이 비장은 논개의 마음을 거스를 수가 없다.

기생년 주제에 어미 제삿날 노래를 못 부르겠다는 소리가 어느 아가리로 나오느냐고 손이 곧 날아 들어가서 보기 좋게 논개의 뺨을 한번 후려갈기고도 싶었으나, 행여나 논개의 마

음을 잃을까 봐서 이 비장은 다 식어빠진 술잔을 아니 들 수
가 없게 되었다.

이 비장이 하는 수 없이 무료한 채로 식은 술 한 잔을 쭉 들
이키고 나니, 매섭도록 쌀쌀하고 구슬펐던 논개의 얼굴엔 어
느덧 눈웃음이 풍긴다.

"노래를 못 해드릴망정, 그 대신 약주는 따라 드릴 테니 많
이 잡숫고 가십시오."

"채 오지도 않았는데 가기부터 하라느냐? 그래라. 정 그렇
다는 것을 어찌하겠니? 나도 아무리 팔난봉인 불효자식이다
마는 우리 부모 제삿날만은 춤을 아니 추기로 했다. 미물인
까마귀도 부모의 은공을 안다고 하는 것인데……."

오입쟁이 이 비장은 논개의 마음을 놓칠까 보아 제법 그럴
듯한 소리를 한다.

논개는 다시 술병을 들어서 약주를 퐁퐁 따라 올린다.

이 비장은 논개의 노래는 못 들을망정, 논개를 앞에다 놓고
바라보면서 술을 마시니 술맛이 좋다.

이 비장은 논개가 연거푸 따라주는 술에 거나하게 취한다.

"너도 한 잔 마셔라."

이 비장은 마시던 술잔을 논개한테 넘긴다.

"부모 제삿날이라고 노래도 안 부르는 년이 술을 먹겠습
니까?"

"허허허, 그렇지 참. 내가 잊었구나!"

이 비장은 논개의 손 안에서 놀려진다.

이 비장은 논개를 앞에 앉히고서 술이라도 흠뻑 마시고 싶

다. 자꾸 잔을 내밀어 술 더 달라고 한다.

논개가 두어 잔을 더 따라 올리니, 이 비장은 마음속 말을 다 털어내 놓기 시작한다.

"애 논개야, 내가 오늘 네 집에 온 것은 기실은 네 머리를 얹어 주려고 온 것이다."

이 비장은 거나하게 취해서 지껄인다.

"어머나? 머리를 얹어 주려고 오시는데 연통도 없이 혼자 오시는 법도 있어요? 호호호."

논개는 새까만 눈을 똥그랗게 떠서 이 비장을 바라보면서 어림도 없다는 듯이 깔깔거리며 웃어댄다.

"섬월이년을 보고 혀가 닳도록 당부를 했건만, 그년이 내 말을 얼른 들어먹어야지. 그래서 오늘은 내가 벼르고 별러서 아주 너하고 맞대 놓고 네 의향을 물어보러 온 길이다."

"오죽이나 나리가 처신을 잃으셨기에 섬월 언니가 코대답도 아니 하고 그만 일을 안 들었겠어요."

"애, 그까짓 섬월이년의 소리는 그만 작작하고 어떠냐? 내가 진정 네 머리를 얹어 줄 작정인데 네가 받아 주려느냐?"

"오입쟁이로 자처하시는 이 비장 나리께서 일부러 장난하시는 겝니까? 아무리 천한 기생이라 하나 머리를 얹어 주는 첫 서방만은 중매가 있어야 하고 친구를 청해서 잔치를 해야 하고, 육례는 갖추지 못한다 할지라도 버젓이 3일 신방은 치러야 하는 법입니다. 오입판 경계도 모르시면서 오입쟁이로 자처하십니까? 호호호."

논개는 눈을 게슴츠레 뜨고 또다시 차갑도록 웃어댄다.

"논개야, 왜 내가 그 경위를 모르겠느냐? 네가 허락만 해준다면 3일 신방이 아니라 5일 신방도 치르고, 네 편 친구, 내 편 친구를 다 청해 놓은 뒤에 떡 벌어지게 한 번 잔치도 차려 주마. 그저 내 마음이 조급해서 주머니 속에 송곳 삐져나오듯 부랴사랴 모수자천* 격으로 너를 찾아온 길이다."

"난처한 일입니다."

고개를 푹 숙이는 논개의 눈길은 새초롬하게 내리깔린다.

"난처하지 않게 해주마."

"중매 없이는 말씀드릴 수 없습니다."

"우리 터에 어떠냐? 먼저 내 말을 듣고 나중에 중매를 늘어세우고 잔치를 하자꾸나."

"기생방 풍속입니다. 아무리 천기라 하나 머리 얹히는 데 이 풍속을 둔 것은, 그래도 기생이 사람의 탈을 쓰고 나왔다고 해서 금수와 구별하기 위해서입니다. 해서 머리 얹어 주는 첫 서방만은 중매를 두게 마련입니다. 싫고 좋은 것은 당자에게 맡기려는 때문이지요."

논개는 눈을 내리깐 채 또렷또렷 야무지게 대답한다.

이 비장은 얼근한 중에도 기가 질린다.

"오오, 고것. 요 따위는 처음 본단 말이야, 하하하. 깜찍하구나. 하하하."

* 모수자천毛遂自薦 : 자기가 자기를 추천함. 중국 춘추전국시대에 조나라 평원군이 초나라에 구원을 청하기 위하여 사신을 물색할 때에 모수가 스스로를 추천하였다는 데서 유래한다.

너털웃음을 연해 웃으며 너스레를 놓고 논개의 도둑한 귀뿌리를 넌지시 잡아 흔든다.

논개가 얼른 손을 들어 이 비장의 팔을 뿌리칠 때였다. 대문 소리가 삐걱 나면서,

"계옥아, 아가씨 있냐?"

중년 계집의 목소리가 들려온다. 부엌문이 벌컥 열린다.

"초향 아주머니 어서 오세요."

하는 계옥의 목소리가 떨어진다. 논개는 벌떡 자리에서 일어난다. 기막히도록 반가운 모양이다.

"언니, 어서 올라오시오."

반색을 해서 맞아들일 때, 뒤미처 중문간에서 사내 한 사람이 나타난다. 구릿빛 얼굴이 듬성듬성 얽은 배 비장이 갓을 딱 젖혀 쓰고 들어선다.

"배 비장 나리까지 오시네."

논개는 분홍 신을 신고 뜰 아래로 내려서서 배 비장을 맞아들인다.

배 비장의 눈은 환한 논개의 얼굴에 취한 듯 어리었다가,

"어서 올라오시죠."

하고 논개가 재촉하는 소리에 마루 끝을 바라보니, 검은 사내 신 한 켤레가 놓여 있는 것이 보인다.

"먼저 온 손님이 있구나. 누구냐?"

배 비장은 소리를 죽여, 턱짓을 해서는 누구냐 하고 논개한테 물어본다.

"이 비장 나리십니다."

논개는 방싯 웃고 일부러 큰 소리로 대답한다.

배 비장의 눈이 별안간 실쭉해지고 고리눈엔 불이 이글이글 붙는다.

이 비장은 배 비장과 초향의 말소리를 듣자 방 안에서 그만 기가 탁 질린다.

배 비장은 희떠운 소리를 해가면서 논개 같은 것은 생각지도 않는다 해서 자기는 마음을 턱 놓고 오늘 논개를 찾아왔다. 그런데 강적인 배 비장이 뛰어들고 보니 일이 고약하게 되었다 싶은 것이다.

이 비장이 주먹 맞은 감투가 되어 앉아 있는 터에 눈치 빠른 초향이가 마루 위로 쑥 올라와 방 안을 한 번 흘끗 들여다보더니 한 마디를 내뱉는다.

"에이그, 이 비장 나리가 오셨구려. 작작 좀 돌아다니쇼. 우리 논개를 껑*으로 후려 삼켜 보시려고요? 될 법이나 한 소리오? 쯧쯧."

초향과 섬월은 이 비장한테 걸려서 톡톡히 해를 본 위인들이었다. 성미 급한 초향은 이곳에서 바로 앙갚음을 해주어 버리려 한다.

"오입쟁이가 무슨 짓은 못할라고. 껑으로라도 집어삼킬 수가 있다면 먹어 버리는 게지."

이 비장은 아무리 낯이 소댕**처럼 두껍다 하나, 인제는 더

* 껑 : 거짓말을 속되게 이르는 말.
** 소댕 : 솥을 덮는 쇠뚜껑. 가운데가 볼록하게 솟고 복판에 손잡이가 붙어 있다.

배겨 날 수가 없다. 앉았으면 앉았을수록 초향의 입에서는 자기 신상에 대해서 향기롭지 못한 소리만 나오고 말 테니, 논개 앞에서 짭짤하게 망신만 당하고 말 것이 분명하다.

이 비장은 슬며시 자리에서 일어난다.

들어오는 배 비장과 나가는 이 비장의 눈이 서로 마주친다.

두 사람의 눈에서 제각기 번갯불이 일어난다.

"왜, 벌써 가려는가?"

배 비장이 꼬아 붙이는 목소리다.

"신입구출新入舊出이란 오입판 경계 아닌가? 그런데 자네는 논개한테 뜻이 없다더니 웬일인가?"

이 비장은 흘끗 배 비장을 흘겨본다.

"흐응, 차일시피일시*일세."

배 비장은 능갈치게 코웃음을 치며 대답한다.

이 비장이 걸어 나가는 분합** 밖으로 초향이가 들고 온 색상자가 보자기 틈으로 빠끔히 내다보인다. 이 비장은 배 비장이 논개한테 보내는 패물이 아니면 보물이라 생각하니, 눈에서 쌍심지가 일어난다.

"아님 자네가 논개의 머리를 얹혀 보려고?"

이 비장이 흘끗 배 비장의 얽은 구릿빛 얼굴을 쳐다보고 빈정대면서 신을 신는다.

* 차일시피일시此一時彼一時 : 그때는 그때이고 지금은 지금이라는 뜻으로, 이 때 한 일과 저 때 한 일이 서로 사정이 다름을 이르는 말.
** 분합分閤 : 대청 앞쪽으로 한 칸에 네 짝씩 드리는 긴 창살문.

"자네가 논개의 머리를 얹혀 보려고?"

배 비장도 내려서는 이 비장을 바라보며 지지 않고 눈을 게슴츠레하게 떠 씽긋 웃는다.

고기 한 덩이를 앞에다 두고 으르렁대는 흰둥이와 누렁이 같다.

이 비장이 나간 뒤에 술상은 계옥이 손으로 치워지고 배 비장, 초향, 논개가 둘러앉았다.

"이 비장이 왜 왔더냐?"

초향이 묻는 말에 논개는 배 비장의 앞이지만 자지러지게 아니 웃을 수가 없다.

"호호호. 언니, 글쎄 다짜고짜 오늘 머리를 얹으러 왔다는구려."

"하하하, 저런 미친 것. 그래 뭐랬니?"

"오늘은 우리 어머니 돌아가신 날이라고 했지. 그리고 아무리 천한 기생이지만 머리를 처음 얹을 때는 중매가 있어야 하는 법이니 중매를 보내라고 그랬지. 그랬더니 섬월 언니를 심부름 시켰는데, 섬월 언니가 말을 안 들어서 모수자천 격으로 자기가 혼자 왔다는 거야."

"하하하."

"하하하."

배 비장도 한몫 끼어 손뼉을 치면서 깔깔 웃는다.

눈치 빠른 배 비장은 한바탕 웃어 댄 뒤에 슬며시 자리에서 일어난다.

"나는 먼저 가네. 초향이 놀다 오소."

초향이도 배 비장의 눈치를 알았다.

"왜, 나리 가실라오? 그럼 먼저 가시어요. 나중에 만나십시다."

논개는 말리지도 않는다.

배 비장과 초향은 서로 눈짓하며 헤어진다.

배 비장은 중문으로 나오면서 초향이,

'그럼 먼저 가시어요. 나중에 만나십시다.'

하던 소리를 다시 한 번 생각해 본다.

'아뿔싸, 나중? 나중이 어느 때란 말인가. 오늘밤이란 말인가, 내일이란 말인가? 시각을 꼭 정해서 물어볼 것을!'

배 비장은 몸이 닳아서 초조하다. 발길을 되돌려서 나중이 어느 때냐고 초향한테 물어보고 싶었으나, 논개가 보는 바람에 또다시 돌아가서 물어보기도 난처해서 그대로 대문을 삐걱 열고 문 밖으로 나선다.

계옥이는 계옥이대로 논개가 오입쟁이들이 드나드는 것을 싫어하는 눈치를 잘 알고 보니, 이 비장·배 비장이 차례차례 쑥쑥 나가 버리는 것이 시원하고 상쾌하다.

잡귀들을 몰아내듯 배 비장이 나간 뒤에 얼른 문을 닫고 빗장을 질러서 대문을 덜컥 잠가 버린다.

해는 어느덧 기울어 석양판이 지나고 어둑어둑한 초저녁이 되었다.

배 비장이 초향과 만날 시각을 꼭 정하지 못해서 미흡한 마음을 품은 채 막 논개 집 담을 끼고 골목 밖으로 나서려는 참인데, 담 앞에 사람 하나가 바싹 달라붙어 있다가 이 편에서 나오는 배 비장을 보자 얼른 외면을 하고 돌아서 버린다.

배 비장이 자세히 보니 이 비장이 분명하다.

"자네 웬일인가? 가지도 않고 여태 여기 서서 있었나?"

"아닐세 이 사람. 아까 집으로 갔다가 지금 다시 오는 길일세……."

배 비장에게 들킨 이 비장은 창피한 마음에 얼른 입에서 나오는 대로 거짓말을 해 붙인다.

이 비장은 배 비장이 이렇게 일찍 나올 줄은 생각도 못했던 것이다.

해도 서산에 떨어지고 거리도 어둑어둑 땅거미가 지기 시작하니, 어두운 구석에 숨어 있다가 배 비장과 초향의 동정을 보살피려던 것이, 원수는 외나무 다리에서 만난다고 창피하게 배 비장에게 들킨 것이다.

"이 사람, 자네 축지법을 하나? 그 동안에 자네 집을 다녀왔단 말인가? 무엇을 엿보고 있나! 에이 추잡한 사람 같으니."

배 비장은 뱉듯이 말을 한 뒤에 가장 점잖은 듯이 가래침을 이 비장 앞에 보기 좋게 탁 뱉어 버리고 휘적휘적 걸어간다.

배 비장한테 추잡하다는 소리를 듣고 나니 이 비장은 열이 벌컥 오른다.

"이놈, 배 비장아! 무엇이 어쩌고 어째? 추잡하다니, 누구더러 추잡하다는 게야? 남이 섰든 말든 너는 웬 놈이 오지랖이 넓어서 이렇게 참견을 하는 것이냐? 이놈아, 가지 말고 게 서거라. 다리 뼈다귀를 부러뜨려 놓을 테다."

이 비장은 펄쩍 뛰면서 배 비장한테로 덤벼든다. 초향한테 창피를 당하던 원한이 한꺼번에 올라온다. 배 비장은 가던 걸음을 딱 멈추고 뒤를 돌아본다.

"이놈아, 네가 그래 추잡하지 않단 말이냐? 오입을 해도 정 정당당하게 덤벼들어라. 담에 딱 달라붙어서 무엇을 엿보는 게냐? 생쥐 같은 놈."

배 비장은 덤벼드는 이 비장의 뺨을 보기 좋게 딱 붙여 버린다. 이 비장은 배 비장에게 뺨을 맞고 나니 분하기가 짝이 없다.

"이놈이, 사람을 친다?"

이 비장은 배 비장의 멱살을 잔뜩 붙들고 늘어진다. 치고 지르고 갈기고 한바탕 싸움판이 벌어진다.

문 안에서 대문 빗장을 지르고 돌아서려던 계옥이가 배 비장과 이 비장이 다투는 소리가 나자 빠끔히 틈 벌어진 대문 사이로 두 사람의 수작을 바라본다. 그러다가 싸움판이 벌어지니 요절을 해 웃으면서 안으로 뛰어든다.

"언니, 저 꼴들을 좀 보시오. 얼른 나와서 저 모양을 좀 보아요."

안방에서 이야기를 하고 있던 논개와 초향이는 일제히 뛰어나온다.

논개와 초향이 계옥의 뒤를 쫓아서 빠끔한 대문 틈으로 내다보니 이 비장과 배 비장이 어둑어둑한 골목 거리에서 한참 어울려서 개판으로 싸우고 있는 것이다.

배 비장의 갓끈이 떨어지고 이 비장의 코가 터진다. 이 비장은 코피가 줄줄 흐르면서 배 비장한테로 덤벼들어서 한참 싸우는 판이다.

"아이고머니, 저를 어쩌나?"

초향이가 문 안에서 발을 동동 구르며 소곤댄다.

"이 비장의 코에서 코피가 막 쏟아지네. 에그 가엾어라. 저 배 비장의 옷 좀 보아. 그대로 막 피투성이가 되어 버리네. 논개, 어때. 우리 대문을 열고 나가서 싸움을 말려 볼까?"

초향은 논개 얼굴은 잠깐 쳐다보고는 빗장에 달그락 손을 댄다.

논개의 손이 얼른 초향의 손을 탁 붙든다. 초향은 논개의 얼굴을 쳐다본다.

대문 틈에서 얼굴을 옮겨서 초향을 바라보는 논개의 눈에는 싸늘한 노기가 떠어 있다.

"내버려 두쇼. 말리긴 무엇을 말린단 말이오? 추잡한 것들, 개새끼 같군. 저런 게 비장들이야? 물이나 한 바가지 끼얹어 버렸으면 좋겠소. 들어갑시다."

논개는 초향의 손을 이끈다.

"잡것들이 혹시 문을 열어 달라고 하더라도 내 말 없이는 문을 열어 주지 말아라."

논개는 성난 목소리로 계옥에게 이르고 초향의 손을 끌어서 안으로 들어온다.

계옥은 논개가 당부하는 말을 듣자, 혹시 저 자들이 대문을 박차고 들어오면 어쩌나 하고, 헛간에 놓여 있는 절구통을 굴려서 대문을 탁 지질러 막아 놓는다.

"논개, 저것들의 싸움을 말려 놔야지 어떻게 하려고?"

나이 먹은 초향은 오히려 논개보다도 우들우들 떨면서 들어온다.

"언니는 일도 없나 보오. 그까짓 것들이 사람이오? 저것들이 감사나 병사를 도와 준다는 비장들이라 하니 나라가 아니 망하고 배기겠소?"

논개의 노기는 눈매와 코밑에 성애처럼 서린다.

"배 비장이나 이 비장이나 둘 다 똑같은 작자들이오. 언니는 왜 사람 같지 않은 배 비장을 우리 집으로 데리고 오셨소?"

방 안에 들어온 논개는 엄하도록 초향을 나무란다.

"누가 이렇게 될 줄이야 알았나베? 나야 배 비장이 하도 가자고 졸라 대기에 따라온 것이지, 무슨 내가 꼭 중매를 들려고 온 것은 아니야."

"언니가 들고 온 저기 저 상자엔 무엇이 들어 있소? 도로 배 비장한테로 갖다 주시오."

"모물이야. 털붙이 잘배자, 네모반듯한 잘배자란 말이야."

초향은 얼른 상자를 끌어안아 뚜껑을 열어젖힌다. 누르고 검은 잘배자의 부드러운 털이 층층이 무늬를 지어 촛불 아래 찬란하다.

논개는 얼른 잘배자를 동댕이쳐 버린다.

"누가 언니보고 뚜쟁이 노릇 하라고 그랬소? 나는 죽어도 이 비장이나 배 비장 따위한테는 머리를 얹히기 싫어요!"

논개의 맑은 눈에는 악과 부정을 미워하는 감정의 표현이 촛불 아래 빛을 뿜어 자르르 흐른다.

노란 회장저고리를 입은 날씬한 어깨에 찬바람이 솔솔 일
어난다. 희고 도톰한 귓바퀴 앞에 비스듬히 늘어진 검은 살쩍
올이 불빛에 비쳐서 바르르 떠는 듯하다.

"언니, 다시는 내 앞에서 배 비장이나 이 비장의 말씀은 꺼
내지도 마시오."

초향은 논개의 푸념을 받으며 내던져진 상자에 잘배자를
주워 담는다.

"네가 싫다는 것을 내가 무슨 짝으로 억지로 우기겠느냐?
이 물건은 배 비장한테 도로 전할 테니 염려 말아라."

초향은 일부러 말소리를 부드럽게 해서 논개의 노여움을
달랜다. 부드러운 초향의 말을 들으니 논개 역시 초향에게 미
안하다.

"언니, 공연히 죄 없는 언니한테 대들어서 미안했소."

논개는 비로소 입술이 생긋 하고 벌어진다.

차고 지르고 서로 쳐서 코가 터지고 갓 테가 떨어진 이 비
장과 배 비장은 한참 싸움이 어우러졌다. 이 비장은 배 비장
을 힘으로 당해 낼 수가 없자 두 주먹을 불끈 쥐고 어둠 속으
로 사라져 버렸다.

이 비장이 달아난 뒤에 배 비장이 혼자 정신을 차리고 보
니, 의관은 모두 다 찢기고 저고리, 바지는 피투성이가 되어
버렸다.

배 비장은 얼굴과 손을 씻고 의복을 매만지려고 논개네 집
대문을 두드렸다. 그러나 대문은 꽉 잠겨서 흔들어봐도 삐걱

소리도 나지 않았다.

목소리를 높여 가며 논개와 초향을 여러 차례 불렀으나 안에서는 대답이 없었다.

배 비장은 의관이 망가진 채 집으로 돌아가 마누라와 자식들을 대할 생각을 하니 딱하고 난처했다. 가다가 되돌아와서 논개네 집 대문을 다시 두드리고, 논개를 또 불러 보았다. 그러나 안에서는 여전히 소리가 없었다.

한 식경을 논개 집 대문 앞에서 오르내리던 배 비장은, 곰곰이 궁리를 한 끝에 섬월네 집으로 가서 논개네 집 앞에서 이 비장과 만나 싸움을 하던 일을 이야기하고 얼굴을 씻고 의복 한 벌을 얻어 입었다. 그러고 나니, 초향이가 논개 집에 그저 있는지 논개의 허락을 맡았는지 궁금해서 배겨 낼 수가 없었다.

배 비장은 섬월이한테는 집으로 돌아간다고 거짓말로 작별한 뒤에 다시 슬금슬금 논개 집을 향하여 거닐었다.

한편으로 이 비장은 배 비장한테 힘이 밀려서 달아나 버리기는 했으나, 논개가 오늘밤에 배 비장한테 몸이 결딴날 생각을 하니 분하고 치가 떨렸다. 차마 그대로 집으로 돌아갈 수가 없었다.

코가 터지고 의관이 흩어진 것은 다행히 캄캄한 밤중의 일이라 아무에게도 들킬 염려가 없으니 느직해서 첩의 집으로 들어가서 시치미 떼고 누워 버릴 작정을 하고, 배 비장과 논개의 동정을 살필 양으로 도둑고양이처럼 살금살금 논개의 집 앞으로 다시 기어들어 갔다. 이 비장은 논개네 집 대문 건너편 초가집 담에 바짝 몸을 붙이고 가만히 망을 보고 서 있었다.

　대문이 꽉 잠겨진 논개의 집은 캄캄한 속에 적적히 소리가 없었다.

　이 비장은 자기가 쫓겨 달아난 뒤에, 배 비장이 논개네 집으로 들어가서 지금쯤 논개를 데리고 갖은 재미를 다 보고 있으려니 하는 생각을 하니, 가슴이 두근거리고 눈에 불이 나서 배겨 낼 도리가 없었다.

　행여나 무슨 소리를 들을까 해서 이 비장은 자기의 숨결을 죽여 가면서 귀를 기울여 논개네 집 동정을 엿보고 섰다. 그러나 논개 집에서는 인기척 소리 하나 없이 조용했다. 이 비장의 마음은 소리가 없을수록 타서 쥐어짜지는 듯했다. 이 비장은 다리가 꼿꼿해지면서 쥐가 기어오르기 시작했다.

　이 때 골목 밖에서 저벅저벅 인기척이 들리기 시작했다. 발자국 소리는 골목 안으로 들어서는 모양이었다.

　이 비장은 숨을 더 한층 떨어뜨리고 가만히 주저앉아서 저려 올라오는 발목을 주물렀다.

　걸어오던 발자취는 논개네 집 대문 앞에 딱 서자 대문을 힘차게 두드리고 있었다.

　'이놈은 또 웬 놈인고?'

　이 비장이 정신을 바짝 차려서 노려보고 있을 때,

　"논개야, 문 열어라. 나다, 배 비장이다."

　하는 질뚝배기를 깨뜨리는 듯한 배 비장의 목소리가 들렸다.

　이 비장의 가슴은 후련했다.

'저놈이 논개하고 한참 재미를 보는 줄로 알았더니 아직도 못 들어갔구나.'

어둠 속에 파묻힌 이 비장의 얼굴엔 빙긋 웃음이 배었다.

논개의 집에서는 여전히 소리가 없었다.

배 비장은 쉴 새 없이 문을 두드렸다. 목청을 높여서 논개를 불렀다. 그러나 영영 논개 집 대문은 철옹성처럼 굳게 닫혀 있었다.

이 비장은 어둠 속에서 배 비장의 행동을 잔뜩 노려보았다.

배 비장은 열 번, 스무 번 문을 두드려도 대답이 없으니, 이번엔 걸음을 옮겨서 굳게 닫힌 들창문 앞에 바짝 붙어 서서 주먹으로 들창문을 두드리기 시작했다.

쿵쿵쿵, 딱딱딱, 들창이 자꾸 울렸다. 그러나 안에서는 여전히 조용하고 대답이 없다. 배 비장은 계속해서 들창문을 두드리다가 엄지·식지 두 손가락을 아로새긴 교창 틈에 넣어 버썩 들창을 잡아당겼다. 창에 바른 종이가 퐁 하고 뚫어졌다. 들창은 안으로 걸렸는지 꼼짝달싹도 아니 했다.

배 비장은 무척 몸이 달았다.

"동자치야, 문 좀 열어라. 동자치야, 아까 초향이하고 같이 왔던 배 비장이다. 문 좀 열어라."

배 비장은 동자치 계옥의 이름을 잊었던 것이다.

이 때 방 안에서 달그락 하고 고리 벗기는 소리가 나더니, 들창문이 별안간 펄썩 열리며 희끗한 무엇이 들창 밖으로 홱 던져졌다. 그러자 요란스런 질그릇 깨지는 소리와 함께 배 비장은 상투 끝에서부터 발뒤꿈치까지 흠뻑 물을 뒤집어써서 물초가 되어 버렸다.

물이 아니라 오줌이었다. 별안간 치욕을 당한 배 비장은 펄썩 땅에 주저앉아 버렸다. 지린내 나는 퀴퀴한 오줌 냄새가 배 비장의 코를 쿡 찔렀다.

이마에서부터 흘러내리는 오줌이 배 비장의 입술로 기어들었다. 배 비장은 퉤퉤 침을 뱉고 아찔한 정신을 수습해 가지고 이마와 콧잔등과 입술로 흘러내리는 오줌을 저고리 소매로 닦았다. 그러나 저고리 소매도 오줌에 젖었다.

맞은편 초가집 앞에서 이 광경을 바라보던 이 비장은 삼복더운 날에 얼음냉수를 들이키는 듯 가슴속이 후련하고 시원했다. 이제는 논개와 배 비장의 사이를 의심하고 시기할 거리가 없었다. 그대로 어둠 속에서 입이 딱 벌어지면서 껑충껑충 골목 안으로 뛰어나왔다.

"이놈 배 비장아, 보물을 주고 논개의 머리를 얹으려다가 논개 동자치의 지린내 나는 오줌만 먹었구나. 네놈 날 보고 추잡하다 하더니 네 추잡한 이 꼴을 어이 하면 좋단 말이냐? 하하하."

이 비장은 어둠 속에서 배 비장의 수염 난 턱을 번쩍 손으로 치켜들어 바라본 뒤에,

"에이, 지린내 되게도 난다. 내 손까지 버렸구나, 히히히."

하고는 더 높이 소리 내어 웃고, 또다시 얻어맞을까 보아서 어둠 속으로 사라져 버렸다.

배 비장은 이 비장이 이렇게 어둠 속에서 뛰어나올 줄은 꿈에도 몰랐다. 오줌 요강을 뒤집어쓴 뒤에도 깊은 밤중이라 아

무도 이 꼴을 아니 본 것이 그래도 다행이라고 스스로 자신을 위로했던 것인데, 이 비장한테 이 꼴을 들켜 놓았으니 이것은 오줌을 뒤집어쓴 그 모양보다도 더 창피한 노릇이었다.

'도대체 이 비장이란 놈은 이런 참에 어디서 튀어나왔단 말인고.'

배 비장은 마음속으로 한탄을 했다. 영락없이 도깨비한테 홀린 것 같았다. 배 비장은 기운이 탁 풀려서 어슬렁어슬렁 골목 밖으로 발을 옮겼다. 발길을 옮기면서도 배 비장은 또 한 번 논개네 집 들창을 원망스럽게 바라보았다. 불빛도 새지 않는 캄캄한 들창은 다시 철갑을 친 듯 굳게 닫혀 있었다.

들창으로 오줌 요강을 내던진 것은 논개의 동자치 계옥이었다.

밤이 깊은데 하도 여러 차례 찾아와서 잠도 못 자게 구니, 주인 논개의 마음이 이 자들에게 없는 것을 잘 알고 있는 계옥은 참다못해서 오줌이 가득하게 담겨 있는 요강덩이를 내던진 것이었다.

논개는 일부러 이날 밤에 초향을 꼭 붙들고 못 가게 했다. 아니나 다를까. 자정이 되도록 밖에서는 문을 열라고 귀찮게 구는 소리가 들렸다.

밤중에 계옥은 안으로 들어와서 들창으로 요강덩이를 내던진 소리를 했다. 논개와 초향은 박장대소를 하며 깔깔 웃었다.

이튿날 초향은 논개한테 가지고 갔던 색 상자에 담은 잘배자를 배 비장에게 돌려보냈다.

　이 일이 있은 지 사흘이 못 돼서 진주 육방관속과 기생청에
는 이 비장과 배 비장이 어림없이 논개의 머리를 얹으려고 덤
벼들었다가, 이 비장은 코가 터지고, 배 비장은 오줌을 뒤집
어썼다는 소문이 쫙 퍼져서 허리가 부러지도록 웃어대는 조
소거리가 되어 버렸다.

　이 비장은 코 터진 제 흉허물을 감추느라고 배 비장의 오줌
뒤집어쓰던 추잡한 꼴을 이야기하고, 배 비장은 제 구린내 나
는 꼬락서니를 덮느라고 이 비장이 논개네 집 담에 붙어 서서
엿보고 있다가 코가 터진 이야기를 뿌려 놓고 다녔다.

　섬월이는 섬월이대로 배 비장이 피투성이가 된 의복으로
찾아와서 옷을 얻어 입고 가던 이야기를 했다. 게다가 초향은
초향이대로 이 비장과 배 비장이 논개네 집 대문 밖에서 멱살
을 잡고 싸움을 하다가 이 비장은 코가 터져 달아나고, 배 비
장은 밤새도록 논개네 집 대문과 들창을 두드리다가 논개네
동자치 계옥이 던진 오줌 요강을 뒤집어쓰게 된 경위를 설명
했다.

　육방관속이며 기생청 안으로 돌아다니던 이 비장과 배 비
장의 이야기는 진주 인근에까지 자자하게 퍼졌다.

　늙은 전등사또의 이야기며 이 비장, 배 비장이 망신을 당한
소문이 쫙 퍼질수록 기생 논개가 조촐하고 깨끗하게 처녀성
을 지킨다는 소문은 진주 일대에 더 한층 빛나게 되었다. 진
주뿐만 아니라 논개의 갸륵한 소문은 논개의 태생인 전라도
장수 고을까지도 자자하게 되었다.

　이 비장과 배 비장은 제각기 마음속으로 논개한테 망신을

당한 것이 분해서 앙갚음을 하고 싶었으나, 이 비장은 배 비장이 걸리고 배 비장은 이 비장이 걸려서 논개에게 보복을 할 수 없게 되었다.

진주판관으로 있던 김시민도 논개가 조출하고 똑똑하고 깨끗한 것을 알게 되었다.

그러나 왜란이 일어나게 되면서 진주성을 끄떡없이 지키라는 큰 임무를 맡아서 내려온 김시민은 온 정신이 이곳에만 집중되어 있었다.

'논개는 보기 드물게 예쁘고 똑똑한 기생이면서도 몸을 조출하게 갖는 깨끗한 계집이거니.'

이쯤 생각할 뿐 아무 다른 뜻이 없었다.

논개는 논개대로 누구 사랑하는 사람이 한 사람 따로 있어서 그를 위하여 기생이지만 정조를 지키자는 것이 아니었다.

이왕 기생이 되었으니 육례를 갖추어 일평생을 같이 할 남편을 섬길 수는 없는 일이다. 그러나 자기의 몸은 양갓집의 딸이란 것이 머릿속에 꽉 박혀 있었다.

자기도 모르는 결에 어린 몸으로 기생이 되어 떨어진 것이 어려서 돌아간 아버지와 어머니한테 미안하고 죄송하기 그지없었다.

만일 아버지와 어머니의 영혼이 있다면 지하에서 오죽이나 단 한 점의 혈육인 자기를 가엾고 불쌍하게 생각해서 애를 태워 걱정할 것이랴? 부모는 돌아가도 눈을 감지 못했을 것이라고 생각을 하니, 자기는 양갓집 딸로서 부모의 죄인이라 생각했다.

이것을 속죄하는 길은 아무리 기생이라 하나 남자에게 의탁하는 경우엔 조강지처는 못 될망정, 단지 사람다운 사람에게 몸을 의탁하는 것뿐이라 판단했다. 이래서 논개는 모든 오입쟁이들의 허튼 장난을 거부해 버린 것이었다.

난리는 기어이 터지고 말았다. 늙은 그전 사또는 달아나다가 등창이 나서 죽어 버렸고, 진주 고을은 진주판관 김시민이 새로이 목사가 되어 지금 왜적을 대항하여 막아 내게 되었다.

이것이 기생 논개가 여태껏 진주에 살아온 그대로의 이야기이다.

*　　*　　*

논개는 전쟁터로 나와서 모든 기생들과 함께 돌을 깨뜨리고 물을 끓이고 부지런하게 일을 할 때 뜻밖에 새 사또 김시민이 던져 주는 손수건을 받았다.

참으로 꿈에도 생각하지 못했던 뜻밖의 일이었다.

젊은 진주판관 김시민이 새로이 사또가 되었을 때 논개는 두어 차례 잔치하는 공석에서 새 사또한테 술을 따라 올린 일이 있었다.

논개는 마음속으로 새 시또는 참으로 사내답게 잘생긴 분이라 생각했을 뿐, 아무런 다른 뜻도 감히 갖지를 못했다. 그것은 진주목사 김시민이 기생들에게 너무도 담담한 때문이기도 했다.

논개와 김시민의 거리는 이렇게 멀었다.

이렇던 논개가 뜻밖에 김시민의 백설같이 흰 손수건을 받고 나니 마음은 수줍고 흔들렸다.

그 많은 기생 속에서 자기에게만 던져 준 하얀 손수건. 이것이 김시민의 사사로운 행동이 아니고 공적으로 부지런하게 일을 잘 한다는 표창으로서 땀을 씻으라고 자기한테 던져 준 손수건인 줄은 누구보다도 논개 자신이 잘 아는 노릇이지만, 이 손수건을 받고 난 뒤로 논개의 마음은 공연히 두근거리고 출렁거렸다.

모든 동무와 언니들이 자기를 놀리고 충동질을 해서 그런 것이 아니었다. 아무리 처녀성을 지닌 몸이라 하나, 논개는 규중에서 자라난 처자는 아니었다. 가지가지의 유혹과 별별 풍파를 다 겪어 온 논개였다.

수줍고 부끄럽다는 것도 정도 문제다. 풀솜 속에 싸여서 길러 온 여염집 처녀들이 별안간 체험 없는 유혹을 받는 것과는 거리가 먼 것이다.

논개의 가슴속에 비로소 진정한 사랑의 싹이 트기 시작했다.

김시민이 던져 준 흰 수건을 누가 볼세라 곱게 품속 허리춤에 간직하는 논개에게는 벌써 한 사람 남성인 김시민을 향한 사랑의 봄 물결이 가슴속에 출렁거려 물결치기 시작한 것이다.

이리해서 논개는 적병을 막아 내어 5천여 명을 무찔러 죽인 달빛 흐르던 그날 밤, 초향이 논개의 사랑을 걱정하면서,

"너 내가 주선해 줄 테니 사또한테 몸을 맡기면 어때?"

하고 물었을 때, 목매어 울다가 가늘게 떨리는 목소리로,

"좋아요."

하고 대답했던 것이다.

그러나 논개는 또다시 자기의 사사로운 한낱 작은 계집의 사랑으로 행여나 나라의 큰 임무를 맡은 김시민의 마음을 어지럽게 할까 염려했다.

"아예 내 말을 전쟁 중에는 사또한테 꺼내지도 마시오. 남들은 목숨을 내걸고 싸우는 이 마당에, 남자와 여자가 사랑을 한다는 것은 죄스러운 일이오."

하고 초향에게 자기의 심경을 드러냈던 것이다.

논개의 가슴속에는 김시민으로 가득 차 있었다. 가슴속만이 아니었다. 물을 긷는 물동이 속에도 김시민의 그 잘생기고 봉의 눈을 치켜뜬 광대뼈가 턱 바친 젊은 얼굴이 비쳤다.

군사들의 새벽밥을 짓느라고 가마솥에 불을 지르는 장작더미 불길 속에도 삼군을 지휘하면서 말을 치달리는 김시민의 구군복한 헌걸찬 모습이 떠올랐다.

초향과 섬월이 김시민한테서 머리 얹어 주는 허락을 받았다는 기쁜 소식이 들어오기도 전에, 논개의 가슴속에는 불길이 벌룽벌룽 일어나기 시작했다.

'내 몸은 김시민 나리 때문에 이 세상에 나왔나 보다.'

논개는 이렇게 생각해 본다.

'내 몸이 김시민을 만나려고 전라도 장수에서 우리 부모가 일찍 돌아가고 경상도 진주로 떨어져서 기생이 되었나 보다.'

논개는 이렇게도 골똘히 생각해 본다.

논개가 한참 이런 생각에 파묻혀 전쟁터에서 일을 할 때,

어느덧 밤은 드새고 날은 밝기 시작했다.

논개는 모든 기생들과 함께 군사들에게 새벽밥을 지어 먹이느라고 한참 바빴다.

지난날 싸움에 5천여 명의 군사를 일시에 잃어버리고 5리 밖으로 쫓기어 나갔던 적병들은, 우리 민심을 흔들려고 어린 포로들을 진주성 밖으로 보내서 항복하라는 동요를 부르게 했다. 그러나 이 편에서는 풍악 소리만 자지러지고 도리어 역효과를 내게 되니 적장들은 밤새도록 새로운 계획을 세웠다.

날이 밝자 적병들은 진주성 밖에 3층 높이로 부게를 만들어 진주성을 굽어보게 하고, 대로 엮은 사다리 수천 개를 하나씩 들고 쳐들어와서 성을 넘어오기 위해 까맣게 덤벼들었다.

5백여 보 밖에 떨어지는 비격진천뢰의 위력을 피하여 적들은 그대로 몸을 던져서 독하게 육탄전을 개시하려는 것이다.

진주목사 김시민은 급히 전령을 내린다.

"성 밖에서 사다리로 기어오르는 적병을 향하여 군사들은 활을 쏘고 창으로 찔러서 떨어뜨리고, 백성과 부녀자들은 끓는 물과 돌팔매로 막아 내라."

네 대문 성 안에서는 팔매질하기 좋게 깨뜨려 놓은 돌이 10리에 연하여 무더기를 이루고, 수많은 가마솥에는 끓는 물이 소용돌이쳐 용솟음친다.

군인들의 화살은 잉잉거려 날고, 백성들은 남녀노소를 가릴 것 없이 함빡 성 위로 기어올라서 사다리에 오르는 적병들에게 끓는 물과 돌팔매를 던진다.

논개도 초향, 섬월이 등 여러 기생과 함께 머리에 붉은 수

건을 질끈 동여매고 사다리를 놓고 성으로 기어오르는 왜적
들의 대가리에 펄펄 끓는 물을 끼얹었다.

사다리를 붙잡고 기어오르던 왜적들은 뜨거운 물에 얼굴이
벗겨지고 손이 오그라지고 눈이 뿌옇게 멀어서 사다리에서
쿵쿵 나가떨어져 버린다.

독한 왜장들은 뒤에서 칼을 들고 저희 군사들을 몬다. 끓는
물을 받아 화상을 입고 떨어지는 왜병의 뒤에는 또 다음 왜병
이 기어오른다.

논개는 이를 악물고 기어오르는 적병에게 물을 쉴 새 없이
끼얹는다. 일초 일각도 자기가 서 있는 자리를 조금도 옮기지
아니 한다. 논개는 왜적이 넘어오려는 사다리 하나를 맡은 것
이었다.

논개의 어여쁜 눈에 새파란 불길이 붙는다. 침략해 들어오
는 왜적을 향하여 증오의 불길이 파랗게 타오른다.

'사다리로 기어오르는 적병 한 놈을 놓치는 날로 진주는 그
대로 결딴이다!'

논개는 이렇게 생각한다.

'진주성은 내 성이다!'

논개의 머릿속엔 이런 생각이 또다시 번뜩 일어난다.

'진주성은 진주목사 김시민이 책임을 져서 지키고 있는 성
이요, 기생 논개는 진주목사 김시민 때문에 이 세상에 나온
사람이다.'

'진주가 망하는 날은 진주목사 김시민이 망하는 날이요, 진
주목사 김시민이 결딴이 나는 날은 기생 논개도 살 수 없는

날이다.'

논개의 생각이 여기까지 미쳤을 때, 논개의 눈동자에 또다시 사다리로 기어오르는 적의 모습이 비친다. 논개는 이를 악물고 바가지를 든다. 끓는 물을 새로 기어오르는 왜적의 면상에 사정없이 획 끼얹는다.

끓는 물을 끼얹고 나서 논개는 강하게 입 안에서 부르짖는다.

'진주성은 기생 논개가 지키는 성이다.'

논개의 눈에 새파란 불길이 또다시 일어난다. 파란 연기가 금방 논개의 눈에서 아물아물 일어난다.

이번에 사다리로 기어오른 자는 보통 군사들이 아니라 적의 결사대장이었다.

적장은 논개가 끼얹는 끓는 물을 면상에 정통으로 받자, "흑!" 하는 소리를 부르짖으며 눈을 홉뜨고 사다리 아래로 "쿵" 하고 나가떨어진다.

논개는 끊일 새 없이 기어오르는 적장과 적병들에게 물을 끼얹는다.

자기 자신이 서 있는 곳도 잊어버린 채 무아의 경지에서 물을 끼얹는다. 적병이 사다리 위로 꿈틀하기만 하면 물을 끼얹는다.

논개가 성첩 위에서 끓는 물로 적병을 떨어뜨린 수가 여남은 명이 넘었을 때였다.

별안간 방포일성을 군호로 하여 성 안에서는 대완구와 천·지·현·황 총통이 일제히 우렁우렁 울면서 비격진천뢰 한 덩어리가 공중으로 날아가더니, 적이 쌓아올린 3층 부게를 보기 좋게 맞혀 버린다.

3층 부게가 깨강정이 되어 부서지면서 적병들을 지휘하던 적장 10여 명이 화염 속에 까맣게 솟구쳐 팔다리가 동강이 나서 떨어진다.

비격진천뢰는 뒤를 이어 계속해서 떨어진다. 적진은 아수라장의 불지옥이 되어 버린다.

군사들이 사다리로 올라가도록 칼을 빼어 독전을 하던 적장들도 폭탄 파편에 죽어 넘어져 버린다. 장수를 잃은 수만 명의 왜적들은 구슬픈 비명을 지르면서 강둑이 터져 물결이 헤어지듯 까맣게 몰려 달아난다.

두 번째 싸움 역시 아군의 쾌한 승리로 돌아간 것이다.

쫓겨 달아나는 왜적들을 바라보자 진주성 안의 환호성은 하늘에까지 사무칠 듯하다.

성첩 위에 서서 적병들이 머리를 싸안아 달아나는 꼴을 바라보자, 노기를 띠었던 논개의 눈에는 더운 눈물이 왈칵 솟아나온다.

“와” 하는 환호성이 논개의 귀에 물결쳐 들어온다.

논개도 주먹을 불끈 쥐어 푸른 하늘 위로 손을 솟구쳐 올린다. 그리고 “와” 하는 고함을 쳐서 환호하는 소리에 화답한다.

열 배나 되는 적병을 두 번이나 쫓아낸 진주성 안의 군사와 백성들의 사기는 하늘을 이고 도리질을 칠 듯 솟구친다.

김시민은 다시 삼군에 영을 내려서 군사들에게 배불리 밥을 먹게 하고 친히 군사들을 격려하고 위로한다.

그러나 적병은 아주 간 것이 아니었다. 이번 큰 싸움에도 6

천여 명이나 되는 엄청난 군사들을 죽였건만, 왜적의 군사는 아직도 2만여 명이나 남아 있었다.

수효 많은 것을 믿는 적장들은 두 번 싸움에 1만여 명의 목숨을 잃었건마는, 그래도 진주를 아주 포기할 수는 없는 모양이었다.

적병들은 이번엔 진주성 10리 밖으로 물러나갔다.

김시민은 적병과 싸워서 이길수록 더욱더 자기의 마음을 다잡고 군사와 백성들에게 단단히 경계하라고 일렀다.

"우리가 조금 이겼다 해서 마음을 놓아서는 아니 된다. 병법에서 가장 꺼리는 것은 교만한 마음을 갖는 것이다. 우리에게는 아직도 열 갑절의 적병이 있다는 것을 잊어서는 아니 된다."

김시민은 말을 달리면서 이렇게 군사와 장수들에게 일러 주었다.

김시민은 군사들뿐이 아니라 성중에 있는 늙은이와 아낙네며 남복 입은 기생들까지 일일이 찾아다니며 위로를 했다.

"한마음 한뜻이 되어서 진정 잘 싸워 주었다. 연약한 몸으로 얼마나 고단한가? 적병이 쳐들어온 지 여러 날에, 밤낮 한잠도 못 이룬 채 뜬눈으로 싸웠으니 무척 고단할 게다. 그러나 조금만 더 참아라. 우리는 기어이 큰 승리를 얻고 말리라."

김시민의 격려하는 소리에 늙은이와 젊은 여인들은 모두 다 눈물을 머금었다.

논개도 섬월과 초향과 함께 진주목사 김시민이 위로하는 말을 들었다.

논개는 이제 김시민을 바라보는 것이 부끄럽지 않았다. 안개

어린 눈으로 김시민의 얼굴을 그윽하게 바라보았다. 잊으려고
해야 잊을 수 없는 반가운 얼굴이었다. 그리운 얼굴이었다.

　왜적이 10리 밖으로 물러간 뒤에 진주목사 김시민은 가만
히 척후병들을 보내어 적의 동정을 살폈다. 이것이 임진년 10
월 초열흘날 일이었다.
　밤은 깊어 사경이 되었는데, 5리에 뻗친 적진에서는 진마
다 횃불이 대낮같이 밝아서 불야성을 이루더니 적병들은 우
마에 수레와 짐짝들을 실어 내면서 대오를 지어서 움직이기
시작했다.
　아군의 척후병들이 의아해서 더 한참 바라보니 적병들은
줄불을 늘여 세우고 개울과 벌판을 지나서 진주를 버리고 달
아나는 것이었다.
　척후하는 군사들은 단숨에 뛰어와서 진주목사 김시민에게
아뢴다.
　"적병들이 지금 진주를 버리고 물러가옵니다."
　척후병의 보고를 받는 김시민은 눈을 딱 감고 무엇을 한동
안 생각하는 모양이다.
　"적병들이 불을 끄고 행동을 하더냐, 불을 밝히고 행진을
하더냐?"
　"영문마다 횃불이 불야성을 이루고 군사들은 홰를 잡아 행
진을 하옵니다."
　김시민은 고개를 끄덕인다.
　"이것은 적병이 정말 물러가는 행동이 아니다. 우리의 외로

운 군사가 성문을 열고 쫓아오도록 하자는 간사한 꾀다. 그렇지 않다면 절대로 불을 밝힐 리가 없다. 캄캄한 속에서 가만히 움직였을 것이다. 다시 가 보아라."

김시민은 척후하는 군사들을 보낸 뒤에 성 안 네 대문 문루에 급한 경종을 울리게 한다.

경종 소리는 적이 급히 쳐들어오는 때 울리는 경보다.

별안간 종소리를 들은 군인과 백성들은 모두들 허리끈을 바짝 졸라매고 활과 창이며 대완구 채를 잡고 제각기 제 임무를 맡은 자리로 들어선다.

논개도 초향도 섬월도 요란히 일어나는 경종 소리를 듣자 머리에 쓴 수건을 풀어서 다시 바짝 동이고, 앞을 가다듬고 허리띠를 바짝 조른다.

한 식경, 두 식경이 지난다. 긴장된 시간이다.

김시민의 명을 받들어 적의 동정을 살피러 갔던 척후병들이 급하게 성문을 두드린다. 수문장의 손에 문이 덜컥 열리며 척후병들이 대장 김시민의 앞에 나타난다.

"사또 말씀대로 5리쯤 후퇴하던 적들이 지금 불을 끄고 가만히 다시 기어오고 있사옵니다!"

군사들은 대장 김시민이 귀신처럼 아는 것을 탄복하면서 보고한다.

김시민은 갑옷 투구에 장창을 들고 일어선다. 곤양군수 이광익도 구군복을 떨치고 일어난다. 만호 최덕량·군관 이눌·윤사복 들도 대장 김시민의 뒤를 쫓아 일어난다.

김시민은 마상에 높이 앉아 장창을 비껴들고 모든 장수를 지휘한다.

"곤양군수 이광익은 남문을 지키고, 만호 최덕량과 군관 윤사복·이눌은 북문을 지키라. 나는 진주판관과 함께 동문을 지키리라!"

김시민은 영을 내리고 동문과 북문 사이에 있는 북장대로 말을 치달린다.

적병들은 과연 달 떨어지는 어둠 속을 뚫고 물밀듯 조총을 쏘면서 동문 편으로 몰려든다.

대장 김시민은 북장대에서 시시각각으로 전령을 내리고, 진주판관은 말 탄 군사와 보병들을 거느리고 동문 옹성에서 적을 막아 낸다.

우리 편의 대완구가 터지고 비천뢰가 난다. 적의 조총 소리는 바각바각 바가지를 긁는 듯하다.

용감한 논개는 독성에 몸을 의지해서 펄펄 끓는 물을 성으로 기어오르는 적병들의 면상으로 끼얹는다. 뜨거운 물은 적병의 얼굴 껍질을 훌떡훌떡 벗겨 버린다.

적은 결사적으로 덤벼들었다. 우리 군사 3천7백여 명의 10배나 되는 3만5천~3만6천 명의 군사로써 진주성을 포위한 지 열흘이 가까웠건만, 진주를 함락시키지 못한 채 오히려 1만여 명의 군사들만 죽이고 보니, 이제는 저희 나라 다른 장수들에게 낯을 들 수 없게 되었다.

왜적의 일곱 장수들은 나머지 2만5천~2만6천 명의 군사들을 몰살시키더라도, 진주성만은 기어이 함락을 시킬 작정을 했던 것이다.

천지를 뒤엎는 듯한 비격진천뢰가 터져서 무더기무더기 1백 명, 2백 명씩 팔다리가 떨어져도 적병들은 이를 악물고 덤벼들었다.

돌팔매에 눈알이 빠지고 콧등이 터지고, 끓는 물에 허물이 벗겨지고 손이 오그라져도 적병들은 그대로 덤벼들었다. 던지는 횃불에 머리털이 그을리고 옷섶에 불이 붙어도 적병들은 덤벼들었다. 성 밖에 깔아 놓은 능철에 걸려 거꾸러지고 쇠뇌와 화살에 맞아 쓰러지면서도 적병들은 덤벼들었다.

덤벼들지 않거나 달아나는 적병의 뒤에는 반드시 총으로 쏘아 죽이는 왜장들이 서 있는 때문이었다. 적병은 이래 죽으나 저래 죽으나 죽기는 매한가지라, 죽음을 무릅쓰고 이를 악물고 진주성으로 기어드는 것이었다.

논개는 자꾸자꾸 기어오르는 적병들에게 물을 끼얹었다. 얼마나 끼얹었는지 펄펄 끓던 가마솥 세 개의 물이 다 없어져버렸다.

논개는 이제는 끓는 물이 없으니 하는 수 없이 돌팔매질을 하기 시작한다.

진주목사 김시민도 전쟁이 하도 가열하니 북장대에서 전령만 내리고 있을 수 없었다. 누에서 내려 말을 타고 친히 삼군을 독려하며 치달린다.

논개의 돌팔매질은 처음엔 빗나갔으나 하도 많이 던지고 보니 나중엔 제법 능숙해진다.

논개는 "팽팽" 소리가 나도록 돌팔매질을 한다. 마치 채를 잡고 북을 치듯 돌을 던진다.

적장의 대강이가 성 주위로 넘실 보이기만 하면 논개는 온몸의 정신을 모아 돌을 던진다.

돌은 소리를 내며 날아서 적의 머리통을 보기 좋게 맞힌다. 성 밖으로 나자빠진 적병은 머리가 터져도 기어오른다. 논개는 다시 돌을 들어 이번에는 눈알을 맞혀 버린다.

섬월도 잘 싸우고, 초향도 잘 싸운다.

초향은 산더미같이 묶어 쌓아 놓은 홰에 불을 붙이고, 섬월은 불붙은 홰를 밖으로 집어던져서 적병을 막아 낸다.

"가마솥에 물이 떨어졌다. 어서 물을 길어라!"

행수* 기생 초향이 크게 외친다.

남복 입은 기생들이 줄을 지어 서서 물동이를 성큼성큼 전한다. 가마솥마다 순식간에 물이 가득 차고 아궁이 속에는 장작불이 이글이글 다시 타오른다.

"아궁이에 불을 꺼뜨려서는 아니 되오. 그리고 이번엔 끓는 물을 한 박 푸거든 뒤미처 찬물을 한 박씩만 넣어 주시오. 그러면 끓는 물은 영영 떨어지지 않을 테니. 당부합니다, 초향 언니!"

논개가 돌팔매질을 하면서 초향에게 당부를 한다.

통장작을 집어넣은 가마솥에서는 순식간에 물이 끓는다.

"논개야, 물이 끓었다."

초향이 외친다. 논개는 돌팔매질을 그치고 또다시 펄펄 끓

---

* 행수行首 : 한 무리의 우두머리.

는 물을 바가지에 퍼서 성으로 기어오르는 적병들의 면상에 끼얹어 버린다.

동문으로 기어오르던 적의 기세는 차츰차츰 수그러지기 시작한다. 이제는 성 위로 널름거리는 적병의 대가리가 뜨음하고 보이지 않는다.

논개는 팔이 뻐근하다. 빈 물박을 든 채 팔을 잠깐 쉬면서 성을 바라보고 있다. 혹시나 또 덤벼드는 적병은 없나 하고 두루두루 보살피고 있을 때였다. 홀연 논개의 뒤에서 누군지 어깨를 가볍게 툭툭 친다.

논개가 흘긋 돌아보니 자기의 어깨를 툭툭 치는 사람은 다름 아닌 진주목사 김시민이다.

김시민의 환한 얼굴이 미소를 풍기며 논개의 얼굴을 들여다본다. 사나이면서도 달 같은 얼굴이다. 봉의 눈에도 웃음이 소리 없이 감돈다. 관옥 같은 흰 얼굴 바탕, 너부죽한 턱 위로 주홍을 칠한 듯한 입술가에도 웃음이 어리어 성긴 수염 사이로 흩어진다.

너무도 뜻밖의 일이다. 논개는 급한 충격을 받아 심장이 쿵쾅거리면서 이내 가슴이 출렁 하고 뚝 떨어진다.

"논개! 참으로 잘 싸워 주었다. 나는 아까부터 너희들의 등 뒤에 있으면서 너희들이 목숨을 내걸고 조국을 위하여 싸우는 모습을 눈물을 머금고 바라보았다. 아마 논개 네가 적병을 성에 떨어뜨린 수만 해도 1백 명은 넘었으리라! 애 많이 썼다."

논개는 차마 더 김시민의 얼굴을 똑바로 바라볼 수가 없다.

7분은 눈이 부시고 3분은 까닭도 없이 부끄럽다. 볼이 화끈하게 달아오르면서 고개가 수그러져 버린다. 가슴은 여전히 두근거린다. 무어라고 대답을 한 마디쯤 해보고 싶었는데 입이 굳어져서 말을 할 수가 없다.

김시민이 다시 두어 번 논개의 등판을 가볍게 어루만질 때다.

별안간 함성이 천지를 진동하면서 북문 편이 소란하다. 티끌이 자욱하고 꺼먼 연기가 뭉게뭉게 치솟는다. 경종 소리가 요란하게 들려온다.

동문에 주력을 퍼붓던 적병들이 북문으로 힘을 옮긴 모양이다. 김시민은 논개를 버리고 백마 위에 선뜻 올라 채찍질을 한다.

백설마가 "히힝" 소리를 내지르며 주장을 등에 실은 채 네 굽을 모아 반공중에 솟구치면서 비호처럼 북문으로 치달린다.

동문에 주력을 쓰던 왜적이 별안간 북문으로 몰리니, 동문의 전세를 후원하고 있던 북문 장수와 군사들은 당황하지 않을 수 없다. 적병 5~6명이 칼을 빼어들고 성 안으로 뛰어뜬다.

여러 군사들이 황당하여 우르르 몰리기 시작한다.

구름을 박차고 뛰어 달리듯 채찍을 쳐서 북문으로 치닫는 김시민의 시야에 성을 뛰어넘는 왜적이 보인다. 김시민은 달리면서 활을 당기어 뛰어넘은 왜병 두 명을 연달아 쏘아 맞힌다.

푹푹 고꾸라지는 왜적을 보자 비로소 아군들의 사기는 소생이 된다. 만호 최덕량, 군관 이눌과 윤사복이 나머지 왜적을 한 사람이 한 명씩 찍어 버린다.

동문에서 쏘던 대완구 수레를 급히 몰아 북문으로 향하게 한다. 우렁우렁 비격진천뢰 터지는 소리는 다시 천지를 진동한다.

논개와 초향, 섬월 등 남복 입은 기생들도 가만히 동문에서 바라만 보고 있을 수가 없다. 김시민의 뒤를 쫓아 북문으로 달음질친다.

이글이글 탄 화톳불이 날아가고 끓는 물이 끼얹어지고 돌팔매가 쌩쌩 울린다.

논개는 동문에서처럼 장렬하게 싸운다. 돌팔매를 던지고 끓는 물을 끼얹는다.

논개의 머릿속은 김시민을 도와 주어야 한다는 생각으로 만화경을 이루었다. 진주성을 적에게 빼앗기지 않아야만 김시민을 도와 주는 것이다. 논개의 머릿속은 오직 김시민과 진주로 꽉 차 있었다.

김시민 때문에 논개의 가슴속에는 진주가 있는 것이요, 김시민 때문에 논개는 제 몸이 있는 것이라 생각했다.

논개의 한 조각 붉은 마음덩이는 김시민 때문에 펄펄 끓는다. 적의 조총 탄환도 무섭지 않다. 적의 대검도 두렵지 않다. 돌팔매와 끓는 물로 동문에서 보다 더 한층 격렬하게 싸운다.

북문 싸움은 동문 싸움보다도 더 가열했다.

왜적의 때는 무수하게 죽어 가면서도 악착스럽게 덤벼들었다. 성 밖 군데군데 산더미처럼 쌓인 저희 편 군사들의 죽은 시체를 밟고 불가사리 떼처럼 덤벼들었다.

새벽 어두컴컴한 때부터 싸우기 시작해서 한낮이 지났건만 승부는 결단이 나지 않았다.

성안 네 대문 주변에 무더기무더기 깨뜨려 놓았던 그 많은 돌무더기도 팔매질로 번쩍 바닥이 드러나고야 말았다.

"성 안에 있는 기와집 지붕의 기왓장들을 모조리 벗겨라!"

김시민은 급한 전령을 내린다.

정면에 서서 싸우는 군사들만 놔두고 모든 백성들은 함빡 기와집 지붕으로 기어오른다.

논개도 용감하게 사다리를 놓고 지붕으로 기어올라서 기왓장을 벗긴다. 초향과 섬월이며 모든 남복 입은 기생들도 논개의 뒤를 따라 지붕으로 기어오른다.

성 안에 있는 기와집의 기왓장은 모조리 벗겨져 성 앞에 날라진다.

논개와 초향 들은 또다시 날라진 기왓장을 깨뜨린다.

깨뜨려진 기왓장은 "쌩쌩" 소리를 내며 또다시 성으로 기어오르는 왜적들의 이마를 터뜨리고 콧등을 갈기고 눈망울을 맞혀 버린다.

아군의 비격진천뢰는 또다시 우렁우렁 산천을 움직이며 적의 진으로 꽃불을 터뜨린다.

별안간 하늘이 먹장을 갈아 붙듯 캄캄하게 어두워지면서 진주성 일대는 그믐밤이 되어 버린다.

바람이 드높게 일며 회오리바람이 진주성 밖 왜진 일대를 엄습한다.

왜적들의 기가 부러지고, 군사들의 벙거지가 날아 달아난다. 모래가 하늘을 뒤덮어서 눈을 뜰 수가 없다. 총대를 잡은 적병들은 겨냥을 대어 탄환을 쏠 수가 없다.

우리 편에서 비격진천뢰가 더 한층 위세를 뿜어 일어난다. 불꾸러미는 바람을 타고 적진으로 떨어져서 활활 적병들의 옷으로 옮아 붙는다.

"와지끈" 벽력 소리가 일어난다. 하늘에서 벼락불이 떨어진다.

하늘의 벼락 소리인지 땅의 비격진천뢰 소리인지 적병들은 분간을 할 수가 없도록 정신이 아뜩해진다. 번개가 번쩍번쩍 일어나면서, 댓줄기 같은 사나운 비가 쏟아지기 시작한다.

10월 초승의 때 아닌 폭우다. 하늘마저 적병들을 미워하는 모양이다.

성 밖 벌판에 있는 적병들은 더 싸우고 싶었으나 이제는 온몸이 춥고 떨려서 싸울 수가 없다. 나머지 패잔병들은 총대를 거꾸로 잡고 달아나기 시작한다.

때 아닌 소낙비는 적의 더러운 피를 깨끗이 씻어 놓고 뚝 그쳐 버렸다. 새파란 하늘이 드높게 드러나고 햇볕이 쨍하게 솟아나면서 10월 바람은 차갑도록 쌀쌀했다.

이 때 왜적이 죽은 수는 장수가 3백 명이요, 군사들이 3만 명 템이나 되었다.

왜적의 대군은 진주 싸움에 전멸이 되어 버렸다.

왜적의 가장 높은 장수 하세가와 슈이치 · 호소카와 타다오키 · 가토 미쓰야사는 겨우 목숨을 보전하여 패잔병 수백 명을 거느리고 영영 진주를 단념한 채 부산으로 달아났다.

그 후 저희 나라로 돌아간 최고 적장 하세가와는 도요토미 히데요시를 대할 낯이 없으니 분통이 터져서 도중에 병들어 죽었다. 하세가와 슈이치란 자는 도요토미 히데요시의 조카로서, 하시바 후지와라라고도 불리는 자였다.

임진왜란 7년 싸움에 남해바다에는 무적함대 이순신이 있었고, 육지에는 적병 3만 대병을 몰살시킨 김시민의 진주대첩이 있었고, 장차 앞으로 나타날 권율의 행주대첩이 있다.

이 겨레의 장쾌한 의기를 으쓱하도록 북돋워 주는 빼어난 삼각의 세 봉우리 중에 이순신의 바다싸움이 더 한층 우뚝하고, 삼천리에 가득 찬 적병 속에서 3천의 외롭고 미미한 군사로 3만 대병을 몰살시킨 진주성 싸움이 다음의 자리를 차지할 것이다.

* * *

진주성은 10월 초사흗날부터 10월 열흘까지 한 7일 동안을 적과 대치해 싸웠으니, 밤과 낮 싸움을 합해서 친다면, 열네 번을 싸운 큰 싸움이었다.

3천7백의 군인으로 3만5천~3만6천의 적병을 이겨 낸 이 아슬아슬한 전쟁을 치르고 난 진주성 안의 군인이며 백성들은 "와" 하고 고함을 치면서 하도 기뻐서 눈물을 줄줄 흘렸다.

남복을 한 기생들도,

"적병들이 달아나 버렸다! 진주성은 튼튼한 반석이다!"

고함을 치면서 모두들 즐거움에 겨워서 눈물을 주르르 흘렸다.

기생 논개도 성에서 내려서 외쳤다.

"인제 진주성은 완전히 우리 땅이다!"

논개는 목이 터지도록 부르짖고 감정은 환희의 절정에 올라서 눈물이 핑그르르 돌아 눈에 어렸다.

"인제 우리는 죽지 않고 살았구나!"

기생 섬월과 초향이 논개한테로 뛰어와서 논개를 얼싸안고 부르짖었다.

대취타 소리가 촉석루 앞에서 흥겹게 일어났다. 장관 일행이 말 타고 구군복을 입고 행렬을 지어 나왔다.

진주판관이 앞에 서고, 대장 김시민이 영기를 앞에 세워 은안백마를 탄 모습으로 다음에 나오고, 고성군수 이광익이며, 만호군관들이 뒤를 따랐다. 배 비장·이 비장도 맨 꼬리에 끼어 따랐다.

남문이 활짝 열리면서 일행들은 성 밖으로 나섰다.

대장 김시민이 전쟁터를 순찰하러 성 밖으로 나가는 것이었다.

"군인 3초*만 뒤를 따르라!"

군인 3백 명이 초관의 지휘를 따라 대장의 뒤를 따랐다.

"다음엔 남복 입은 기생이 뒤를 따르라!"

전령관의 목소리가 떨어지니, 논개·초향·섬월 등 남복 입은 기생들이 대장의 뒤를 좇았다.

"다음엔 백성의 대표로 노인 10여 명만 뒤를 따르라!"

* 초哨 : 약 1백 명을 단위로 하던 군대의 편제.

전령관이 외치는 소리를 따라서 성 안의 늙은이 10여 명이 뒤를 따랐다.

남문에서 나온 대장 일행은 서문을 지나서 격전 지대였던 동문 · 북문으로 순력을 돌았다

전쟁터는 너무나 처참해 눈이 시었다.

왜적의 시체는 무더기무더기 쌓여서 산을 이루었다.

무더기무더기 쌓인 시체 위에는 푸른 연기가 기운 없이 일어났다. 적병이 달아날 때 그래도 저희들은 같은 피를 받은 동료라 해서 까마귀밥을 면해 줄 양으로 시체에 불을 지르고 달아난 것이 비가 쏟아져서 불이 꺼지고 남은 화기가 기운 없이 연기를 올리는 것이었다.

한두 개의 시체를 보아도 끔찍스러운 일인데, 3만여 명의 시체가 세로 가로 자빠져서 다리가 떨어진 채, 팔이 부러진 채, 목이 떨어진 채 데굴데굴 구르고 있으니 기막힌 일이었다. 논개는 자기가 끓는 물을 끼얹어 죽이고 돌팔매를 던져 죽인 왜적도 이 속에 섞여 있으리라 생각하니 머리털이 쭈뼛하고 소름이 쫙 끼쳤다.

"까닭 없이 남의 나라를 침략해서 의 아닌 욕심을 내는 족속들은 당연히 이렇게 천벌을 받아야만 한다!"

앞에 대장기를 세우고 백설마를 다고 가는 장군 김시민의 목소리가 우렁우렁 떨어졌다.

"악한 인류가 선한 인류를 아무리 침범하려 하나, 악은 영원히 선을 이기지 못하고 마는 것이다!"

대장 김시민의 목소리가 또다시 우렁우렁 떨어졌다.

논개는 김시민의 소리를 듣자 고개가 저절로 수그러졌다.

"보아라. 저 쌓이고 쌓인 적의 시체, 남의 나라를 침략하여 우리의 피와 기름을 먹으려다가 저희들이 먼저 피를 흘리고 쓰러져 버렸다!"

등채로 적의 시체를 가리키며 우렁우렁 목소리를 떨어뜨리는 김시민의 눈은 화경처럼 빛났다.

김시민의 뒤를 따르는 모든 장수며, 군사며, 기생들의 마음은 엄숙하도록 경건해졌다. 논개도 옷깃을 바로잡아 고개를 숙였다.

이 때 김시민이 지나가는 길 옆, 무더기를 이루어 쌓여 있는 적의 시체 속에서 무엇이 꿈틀 하고 움직였다.

김시민이 지나가는 곳에서 한 바탕 떨어져 있는 거리였기 때문에, 아무도 이 꿈틀 하고 움직이는 물체를 발견한 사람은 없었다.

적의 시체 하나가 스르르 옆으로 굴러 떨어졌다. 이윽고 시체 하나가 또다시 앞으로 굴러 떨어졌다. 조금 있다가 시체 속에서 새까만 것이 움직이면서 야트막히 고개를 들었다.

송장이 아니라 산 사람의 얼굴이었다. 들려진 얼굴은 소리 없이 사면을 살펴보더니, 대장 김시민과 군인들의 모습을 바라보며 살살 배밀이를 하여 송장 틈에서 두서너 자 가량 기어 나왔다.

배밀이를 하고 기어 나오는 이 자의 엎드린 팔에는 소총 자루가 쥐어져 있었다.

이 자는 적의 일곱 두목 장수 중의 한 자였다. 우리 군사의

화살촉을 맞고 가사 상태에 빠져서 송장 틈에 끼어 있다가,
정신이 소생이 되어 살아난 것이었다.

적장은 화려한 구군복에 은안백마를 타고 시체를 둘러보며
천천히 지나가는 김시민의 몸 위에 가만히 총을 겨냥했다.

적장은 이를 악물고 방아쇠를 틀었다. 몰래 숨어서 쏘는 비
겁한 총이었다. 탄환은 "팽" 소리를 내면서 허공으로 날아 무
심하게 지나가는 김시민의 이마를 철썩 맞혀 버렸다.

불의의 저격을 당한 김시민은 외마디 소리를 지른 채 백설
마 아래로 떨어져 버렸다.

뜻밖의 일이었다. 장수와 군사들은 우르르 몰려들어 김시
민을 호위했다.

논개와 초향과 섬월도 뛰어나와 김시민을 부축했다. 적의
시체 속에서는 또다시 "팽" 하고 탄환이 날아오면서 군사 한
명이 쓰러졌다.

군인들은 분함을 참지 못하여 눈이 벌겋게 상기가 되면서
탄환 날아온 방향으로 달음질쳤다.

한 패는 대장을 업어 모시어 성 안으로 들어가고, 한 패는
적의 시체를 헤치고 적장을 붙들어 내서 총자루를 빼앗아 당
장에 박살을 내 버렸다.

3천7백 명의 적은 군사로 3만5천~3만6천 명의 왜적을 대
항해서 열네 주야를 싸워 기어이 적병 3만여 명을 죽이고, 진
주성을 튼튼하게 지켜 놓은 명장 김시민이 왜적의 부상자 총
한 방에 맞아 넘어지게 되니, 진주성 안 백성과 군사들의 비
통한 분노는 형언할 수가 없었다. 모든 사람들은 어서 대장

김시민이 회춘하기를 간절히 바랐다.

여기에 누구보다도 가장 분함과 절통함을 느끼는 사람은 논개였다.

논개는 남복을 벗고 김시민을 모시었다. 지성으로 약을 달이고 고약을 고았다.

한 초도 김시민의 곁을 떠나지 않으면서 치료하는 시중을 들었다.

그러나 김시민이 맞은 탄환은 다리나 팔에 맞은 탄환이 아니라 이마에 맞았으니 살 속에 박힌 탄환처럼 얼른 도려서 꺼낼 수도 없었다.

진주 부중府中은 수선수선하고 물 끓듯 했다.

김시민의 이마에서는 출혈이 대단했다.

그래도 적의 탄환은 소뇌를 범하지 않았는지 약간의 의식이 있어서 눈물을 비오듯 흘렸다. 나라를 걱정하는 눈물이었으리라.

논개는 흐르는 피를 닦아 내고, 베개 위로 떨구는 눈물을 씻어 올렸다. 급하게 달인 약을 흘려서 입에 넣었다. 논개의 간장은 쥐어짜지는 듯했다.

어찌하면 김시민을 살려 내나 하고 가슴이 타는 듯했다.

'진주는 죽음 속에서 다시 살아났다지만 사또께서는 돌아가시게 되다니, 이런 기막힌 일이 세상에 또 있는가!'

논개는 부나비 날 듯하면서 미음이며 약을 달여서 김시민의 입에 흘려 넣었다.

그러나 백약이 무효였다. 이날 밤 안으로 김시민은 운명을 하려는 것이었다.

김시민의 눈은 차츰차츰 이상해지면서 모로 홉뜨기 시작했다. 논개는 기가 막혔다. 얼른 주머니 고름에 찬 은장도를 뽑았다.

새파란 칼날이 촛불 아래 반짝 했다. 논개는 떨리는 손으로 은장도를 잡은 채 자기의 왼편 무명지를 방바닥에 놓고 푹 찔렀다.

빨간 피가 줄기줄기 솟구쳐 올랐다. 논개는 얼른 김시민의 입술을 벌리고 피를 흘려 넣었다.

김시민의 운명을 모시려던 모든 사람들은 논개의 민첩한 행동을 보자 고개가 저절로 수그러졌다.

이윽고 김시민의 홉떠지려는 눈이 스르르 풀리자, 잠깐 눈을 바로 떠서 논개를 바라다보았다. 논개의 가슴 안엔 기쁨이 함박꽃처럼 환하게 피었다.

모든 사람의 얼굴 위에도 신기로운 기쁜 빛이 소리 없이 흘렀다. 그러나 그것은 찰나의 기쁨이었다.

김시민은 다시 눈을 모으면서 이내 최후의 마지막 괴로운 부르짖음을 지르고 숨을 거두었다. 논개가 손가락을 끊어 수혈한 것도 아무런 소용이 없었다.

논개는 정신이 아찔했다. 그대로 김시민의 신체 앞에 엎드려 흑흑 느꼈다. 억울하고 한스러운 일이었다. 장차는 자기의 한 몸을 오붓하게 바치리라 결심했던 이 분을 잃고 보니, 하늘이 무너지는 듯싶었다.

처음으로 느낀 사랑, 깨끗한 사랑의 거울은 편편 조각이 나서 부서졌다.

'이 몸의 신세는 이다지도 박복한가?'

논개는 이런 생각을 하면서 흐느꼈다.

어려서는 조실부모를 하고 자라서는 자기도 모르는 결에 기생이 되어 버렸다. 사내다운 마음속의 애인은 영영 자기를 버리고 이승을 떠나고 말았다.

논개는 눈물이 비오듯 흘렀다. 소리를 죽여 우는 논개의 어깨는 격동하는 슬픔으로 물결쳐 흔들렸다.

엎어 땋은 검은 머리채가 제비부리 자주댕기를 머금은 채 출렁출렁 처녀성을 자랑하면서, 연두색 저고리 등판 옆으로 미끄러져 떨어졌다.

논개의 머릿속에는 문득 사또가 던져 준 하얀 손수건이 떠올랐다. 논개의 가슴에 첫사랑의 화살을 꽂아 줬던 하얀 손수건은, 오늘날 눈물을 받으라는 손수건이 되어 버리고 말았다.

'기막힌 인연이 아니냐?'

이쯤 논개가 생각하고 나니 논개의 설움은 뼛골 속속들이 사무쳤다.

논개의 한스러운 설움을 아는 사람은 오직 초향과 섬월이뿐이었다. 초향과 섬월도 눈물을 닦고 느껴 우는 논개를 껴안아 일으켰다.

논개의 단지한 무명지 손가락을 초향과 섬월이 하얀 헝겊으로 잡아 매주었다.

"사또의 수시收屍를 받들어 모셔라."

군관 한 사람이 영을 내렸다.

논개는 슬픔을 진정하고 조용히 일어나서 김시민의 신체 앞에 꿇어앉았다.

초향과 섬월도 단정히 꿇어앉아서 김시민의 신체에 수시를 하기 시작했다. 논개는 김시민의 눈을 쓸고 상처를 깨끗이 씻었다. 주먹 쥔 손을 펴서 가만히 가슴 위에 모아 놓았다. 처음이자 마지막으로 쥐어 보는 사랑하는 사람의 손이었다.

몸을 반듯이 펴게 하고 홑이불을 덮고 얼굴에 하얀 수건을 덮었다.

병풍을 둘러 친 뒤에 기생들은 물러나지 않으면 아니 되게 되었다.

논개는 다시 울면서 내아로 들어가서 사또 김시민이 마지막 길에 입고 갈 수의를 지었다. 훔치고 감치는 바늘과 실에는 솔기솔기 단 끝마다 논개의 정성이 엉키고 서리었다.

천금, 지의, 심의를 다 지어 놓은 뒤에 논개는 김시민의 소렴, 대렴을 정성껏 마치고 입관을 하게 한 뒤에 사일성복*을 하여 성복제를 지내게 되었다.

진주 부중은 통곡 속에 파묻혔다. 진주를 구해 낸 명장 김시민을 생각하고 군사와 백성들은 부모를 잃은 듯 곡지통을 했다.

성복제에 참례한 논개는 하얗게 눈이 부신 소복을 입었다.

* 사일성복四日成服 : 장례에서, 사람이 죽은 지 나흘 만에 상주 이하의 복인들이 상복을 입음.

치렁치렁한 머리채에는 붉은 댕기를 끄르고 검은 댕기를 드렸다.

손에는 일찍이 김시민이 전쟁터에서 던져 줬던 하얀 손수건이 들려 있었다. 사랑의 싹을 트게 했던 손수건이었다. 논개가 자나깨나 품안에 간직했던 손수건이었다.

논개는 성복제에 함께 참례한 초향과 섬월에게 가만히 손수건을 내보이며 속삭였다.

"언니, 사또가 주신 이 손수건이 오늘 눈물 받는 손수건이 될 줄이야 어찌 알았겠소?"

논개는 말끝을 채 마치지 못하면서 눈물이 핑그르르 돈다.

"기막힌 노릇이야. 정 들여 주신 그 수건이 오늘 네 눈물을 닦는 수건이 될 줄이야 꿈엔들 생각이나 했던 노릇이냐?"

초향도 언짢았다.

"모두 다 구슬픈 인연이야. 전생에 그렇게 마련이 다 되어서 이렇게 나왔나 보다."

섬월도 비창해서 눈물을 머금었다.

모든 장수들이 일제히 통곡을 하기 시작했다.

논개도 얼굴에 수건을 대고 엎드려 곡지통을 했다. 모든 슬픔이 일시에 복발을 해 쏟아졌다.

어려서 부모를 잃은 슬픔, 양갓집 딸로서 자기도 모르는 사이에 기생으로 떨어진 슬픔, 이십 평생의 몸을 깨끗이 가지려고 모든 유혹과 마의 손길을 악착같이 물리쳐 가며 싸워 온 슬픔, 마음으로 한평생 의탁해 바치리라 작정했던 분을 잃어버린 슬픔이 한꺼번에 송두리째 솟아올랐다.

곡소리가 잠깐 그치고 장수들은 성복제 축문을 읽고 제문을 읽었다.

처량하고 구슬픈 제문이었다. 제문을 읽는 소리가 끝나니 논개는 더 한층 구슬폈다. 그대로 자리에 엎드린 채 땅을 치면서 통곡을 했다.

이 때 김시민의 나이는 서른아홉이었다.

김시민의 유해는 고향으로 돌아가지 못했다. 상여가 성 밖으로 나가면 적병들이 명장 김시민이 죽은 줄 알고 다시 부산에서 진주로 쳐들어올까 염려가 되어 토굴을 파고 김시민의 빈소를 모시었다.

김시민은 죽어서도 진주성을 지켰다.

논개는 거상을 입고 읍소를 하면서 죽어서 진주를 지키는 김시민의 빈소를 모시었다. 조석상식을 논개의 손으로 올렸다. 초하루 · 보름의 삭망제를 논개 손으로 차려 올렸다.

나라에서는 김시민에게 충무공의 시호를 내렸다.

되찾은 천년고도

김시민이 진주성을 죽음으로 막아 내어 왜적의 큰 군사를 대패시키기 직전에 경주에서는 좌병사 박진이 왜적에게 잃어버린 경주성을 찾으려 했다.

박진은 본시 밀양부사로 적병을 막아 내면서 끈기 있게 군사를 모집하여 적병에 대항한 사람이다. 적의 대병이 부산서부터 물밀듯 올라오니 모든 장수들은 혼비백산이 되어 군사와 병기를 버리고 달아났지만, 박진만은 홀로 백절불굴하는 정신으로 외로운 군사들을 격려하면서 동에 번뜻, 서에 번뜻, 적병을 괴롭히면서 의주에 있는 조정에 자주자주 연락을 취했다.

자주 연락을 받는 조정에서는 경상도에는 오직 박진이 그 중 패기 있게 잘 싸우는 줄 알게 되었다.

선조도 박진이 경상도에서 동충서돌하는 공로를 가상히 생각해서,

"박진 같은 사람이 경상도에 있기에 경상도 땅이 유지되는 것이다. 그러나 박진은 어찌 그리 몸을 아끼지 않고 적의 앞으로 너무 돌진하면서 가볍게 덤벼드는가?"

탄식하면서 박진을 아꼈다.

조정에서는 경상좌병사 이각이 군사를 버리고 달아나고 임진강으로 왔을 때, 군법에 처하여 목을 벤 뒤에 박진에게 경상좌병사의 책임을 맡겼다.

박진은 병사가 된 뒤에 모든 장수들을 안강 땅에 모이게 하고, 열여섯 고을의 군사 1만여 명을 인솔한 뒤에 군관 권응수와 판관 박의장으로 선봉대장을 삼고 밤에 가만히 40리 길을 행군하여 새벽에 경주성으로 육박해 들어갔다.

장차 경주 왜적을 포위하려고 성 밖에 있는 빈집에 불을 지르니, 화염은 충천하고 성 안에 있는 왜적들은 당황했다.

박진은 경주성을 불로 치려 했다. 문을 부수고 불을 질러서 성 안으로 군사들이 몰려들려는 찰나였다.

별안간 경주성 동편 10리 밖에서 왜적의 대병이 우리 군사의 등 뒤를 엄습해 들어왔다.

아군의 후면을 공격하는 적병은 아군보다 하루 먼저 언양에서 경주로 이동하던 큰 부대였다. 산골 속에 잠복하고 있는 것을 우리 군사들은 까맣게 모르고 밤에 그 앞으로 행군을 해서 온 것이었다.

경주성 안에 있는 적병들은 구원병을 얻으니 기운이 새로웠다.

우리 군사들은 앞뒤로 적병을 만나게 되었다. 일군이 대패하지 않을 수 없게 되었다.

안강으로 다시 쫓겨 온 박진은 그러나 조금도 낙심하지 아니 했다. 어떻게 해서든지 경주성을 다시 찾아내리라 결심하고 밤낮으로 연구를 했다.

때마침 진주에서는 김시민이 한양에서 내려온 화포장 이장손을 초빙해서 비격진천뢰라는 포탄을 만든다는 소문을 듣고, 박진은 급히 사람을 진주로 보내서 이장손을 데려온 뒤에 안강에서도 포탄을 만들어 냈다.

박진은 다시 결사대 1천여 명을 모집한 뒤에 박의장을 선봉대장으로 앞세우고 또다시 경주성으로 진군을 했다.

한 번 실패한 박진의 군사는 커다란 경험을 얻었던 것이다. 주밀한 관찰로 적의 행동을 보살핀 뒤에, 가만가만 경주성을 육박해 들어갔다. 어두운 밤을 타서 경주성 앞에는 비격진천뢰를 실어 놓은 대완구가 놓였다.

한밤중이었다. 경주 적병들은 꿈속에 들었는데, 별안간 천지를 진동하는 큰 음향과 함께 비격진천뢰가 성 안으로 떨어졌다.

포탄 한 방이 터진 뒤에야 적병들은 우르르 몰려나오기 시작했다. 또다시 한 방의 비격진천뢰가 날았다.

왜적들이 우르르 몰려들어 떨어진 물체를 보살필 때, 포탄은 별처럼 터지면서 한꺼번에 30여 명의 적병들이 파편에 맞아 가루가 되어 버렸다.

적이 웅거하고 있는 성 안에서는 경주성 밖에서 아군이 쏘는 비격진천뢰가 맹렬한 화염을 뿜으며 자주 터졌다.

동경관에도 터지고, 삼문 안 동헌 뜰에도 터졌다. 굉장한

폭음과 함께 객사와 동헌이 우렁우렁 울리면서 적병들은 20명, 30명씩 무더기무더기 죽어 버렸다.

뜻밖에 변을 당한 왜적들은 부들부들 떨었다.

엊그제 승리를 얻어 안일한 꿈속에 빠졌던 왜적들은 생전처음 보는 비격진천뢰의 위력을 바라보니, 조총 따위로는 도저히 막아 낼 도리가 없었다.

적장은 급한 전령을 내렸다.

"날만 밝거든 경주성을 버리고 울산 서생포로 달아나자."

적의 전령 군사들은 적장의 영을 받들어 떨어지는 비격진천뢰를 피하면서 경주성 안에 벌어져 있는 여러 진문으로 뛰어 달렸다.

우리 군사의 비격진천뢰는 여전히 우렁우렁 울었다. 경주성 안은 아수라장이 되어 버렸다. 죽어 넘어지는 적병들의 수는 점점 불었다.

경상병사 박진은 손수 비격진천뢰를 쏘는 대완구 자루를 잡았다.

"콰르릉" 하는 큰 소리와 함께 성문이 뻐개져 버렸다.

우리 군사들은 "와" 하는 고함을 지르면서 경주성 안으로 물밀듯 몰려들었다.

적병들은 다급하니 병기와 마소들을 내버린 채 울산 서생포로 달아나 버렸다.

적의 군사는 1만여 명이요, 우리 군사는 단 1천 명밖에 아니 되었다.

경상병사 박진은 이장손이 발명한 비격진천뢰를 써서 단 1

천 명의 군사로 1만여 명의 왜적을 쫓아내고 경주성을 수복
한 것이다.

경주성은 1백40일 만에야 다시 아군의 손으로 돌아왔다.
거의 다섯 달 만에 잃었던 경주를 빼앗은 군인들의 눈에는 기
쁜 눈물이 글썽글썽 괴었다.

승전의 환호성은 천지를 진동했다.

죽을 고비를 몇 번씩 넘기면서 끈기 있게 잘 싸워서 경주를
빼앗은 경상병사 박진은 군관 권응수와 박의장이며 비격진천
뢰를 만들어 낸 이장손과 함께 서로 눈물을 머금고 손을 잡아
치하했다.

"박 병사의 끈기 있고 용맹스런 기백으로 해서 경주성이 다
섯 달 만에 다시 우리 땅이 되었소이다."

군관 권응수와 박의장이 치하를 올렸다.

"모두 다 권 군관과 박 판관이 줄기차게 싸워 주신 덕택이
오. 그리고 이번 경주성을 수복한 가장 큰 원훈은 비격진천뢰
를 만들어 낸 저 이장손에게 있소."

박 병사는 군기서 화포장 이장손의 어깨를 툭툭 쳤다.

*　　*　　*

경주는 삼한을 통일한 천년 옛 도읍이다. 땅은 넓고 물화는
풍부했다.

경주 남편엔 기이한 바윗돌이 뾰족뾰족 솟구쳐 있는 남산
이 자갈색으로 솟아 있고, 푸른 기운을 함초롬하게 뿜고 있는

명활산이 동편으로 둘러 있고, 서편에는 구불구불 선도산이
녹음을 껴안아 아름다운데, 북편에는 소금강산이 붉은 바윗
돌을 머리에 이고 우뚝이 솟아 있다.

동편 명활산에서 구불구불 굽이쳐 내려오는 용의 꼬리는
낭산과 월성을 이룩한 뒤에 서편으로 떨어지고 세 갈래 굽이
치는 냇물이 흘러서 경주 평야는 기름지게 벌려 있다.

남산과 망성산 사이를 흘러 경주 평야를 서편으로 돌다가
북으로 다시 나가서 바다로 들어가는 큰 냇물의 상류를 이천
이라 부르고, 하류를 형산강이라 일컫는데 이 내를 다시 서천
이라고도 부른다.

남편으로 흐르는 내는, 불국사가 있는 토함산에서 흐르기
시작해서 명활산과 남산 사이를 꿰뚫고 월성을 스쳐 내려서
북으로 굽이치다가 천경림 숲 앞에서 서천과 합세를 하게 되
는데, 상류를 사등이천이라 하고, 하류를 문천이라 부른다.
가는 모래가 구부러져 흐르는 물결에 거꾸로 밀려서 소복소
복 아름다운 모래성을 이룩하니, 이것이 계림팔경 중의 하나
인 문천도사라는 것이다.

경주의 동천은 동대령에서 근원이 시작되어 급한 여울을
지어 울멍줄멍 돌부리를 드러내놓고 급류가 되어 흐른다.

살기 좋은 경주였다. 이 나라 동남 편에 좋은 자연의 위치
를 차지하고 있는 경주 분지는 하늘이 이 민족에게 준 풍성한
땅이다.

옛적부터 우리 민족은 고구려 북편에서, 인천 제물 서편에
서, 끊임없이 모여들어서 살기 좋은 이 땅을 발견하고 오래오

래 대를 이어 살아왔다.

언덕마다 해가 따뜻하게 비추는 양지는 모두 다 우리 조상들이 살던 복스러운 땅이었다.

남산 서편 기슭 나정이 있는 곳이며, 외동면 영지와 괘릉이 있는 양지 넓은 언덕이며, 천북면 동산리의 너부죽한 언덕이라든지 선도산의 서남편 산기슭과 안강 동북편 띠같이 퍼진 남향이며, 망망한 동해 바다 푸르게 굽이치는 물결을 바라보는 넓고 넓은 들판은 몇천 년 전 태고 때부터 우리 겨레가 살던 곳이다.

이 고장에는 우리 겨레 태고의 손때가 서리고 배인 세련된 솜씨와 아름다움을 사모하는 마음이 담긴 석부·석촉·석검들이며, 손자국 어린 소박한 토기들이 점점이 땅 속에 흩어져서 이 나라 민족의 태고의 냄새를 풍긴다.

이러한 우리 땅이 1백40일 동안 적의 진흙 발길 아래 짓밟혔던 것이다.

경상병사 박진은 모든 장수를 거느리고 감개 깊게 경주 산천을 바라보았다.

강산은 변함이 없건만 집과 정자며 전각은 모조리 다 타버렸다. 왜적들이 불을 지른 것이었다.

이 중에 더 한심스러운 것은 불국사가 다 타버린 것이었다.

불국사는 신라 19세왕 눌지왕 때 창건해서 22대 법흥왕 때 다시 늘려 지었고, 31대 신문왕 때 김대성이 왜적을 막으려는 대원으로 크게 중수한, 규모가 이 나라에서 제일가는 불전이었다.

대웅전 · 극락전 · 자하문 · 비로전 들이 드높이 솟구쳐서 2천여 칸이나 되는 굉걸한 신라의 아름다운 건축이었다. 불국사는 김대성이 쉰한 살 때부터 그가 죽는 일흔다섯 살 때까지 25년이란 긴 세월을 두고 고구려, 백제의 명공들을 함빡 불러서 신라 예술의 극치를 자랑해서 지은 이 겨레 문화재의 최고봉이었다. 야비하고 무지한 적병들은 2천여 칸의 화려한 예술의 전당을 하루아침에 잿더미로 만들었다.

다만 다보탑 · 석가탑과 청운 · 백운의 돌사다리와 연화교 · 칠보교 돌다리가 성하게 살아 있을 뿐이었다.

경주를 수복한 다음에 모든 장수와 군사들을 거느려 경주성 밖을 순찰하던 경상좌병사 박진은 불국사 2천여 칸이 타 버린 잿더미를 보니 마음이 아팠다. 마상에 높이 앉아 칼자루를 쥐고 부르르 떨었다.

"도요토미 히데요시의 악독한 군사들이 1천 년을 지켜온 2천 칸의 불국사를 다 태워 버렸구나! 이 기막힌 한을 어느 때나 씻어 버리고 마는가!"

박진의 눈에는 분한 불길이 벌룽벌룽 일어났다.

석양 넘어가는 해가 석가 · 다보 두 탑으로 비쳤다. 황홀한 아름다움의 극치가 서기를 뻗쳐 빛났다.

박진은 석가 · 다보 두 탑을 어루만졌다.

"불행 중 다행이다. 이 두 탑이 남아 있으니 김대성의 천년에 뻗친 대원은 아직도 쓰러지지 아니 한 것이로구나!"

박진은 탑을 한 번 더 어루만진 뒤에 말머리를 돌려 성 안으로 들어갔다. 말을 타고 앉은 박진은 이를 부드득 갈았다.
  성 안 창고엔 왜적들이 버리고 간 쌀 1만여 석이 있었다.
박진은 군사들을 배불리 먹이고 경주 백성들을 평안히 살게
했다. 박진의 이름은 임진 난리 속에 명장의 한 사람으로 우
뚝이 솟구치게 되었다.

승려들 역시
조선의 백성이다

이 겨레가 살고 있는 동북 편 함경도 서북 끝에 하늘도 찌를 듯이 까맣게 솟구쳐 있는 영봉 백두산은 백설을 머리에 인 채 천 줄기 만 줄기 푸른 산맥을 남으로, 남으로 퍼뜨린다.

이 중에 가장 큰 줄기가 1천 리를 내리 뻗어서 함흥의 황초철령이 되고, 황초철령에서 다시 갈라진 굵은 산맥은 영변으로 떨어져 묘향산이 되어 묘향산맥을 이루었다. 그리고 영변 · 회천 · 덕천 · 개천 · 순천 · 강동 · 자산 · 안주 · 숙천 · 순안 · 영음 · 평양 · 강서 · 용강 · 삼화 · 함종 · 증산, 열일곱 고을의 4백여 리를 껴안은 뒤에 안주 청천강, 평양 대동강을 굽어본다.

구름 밖에 우뚝이 수려하게 솟은 묘향산의 비로봉은 해발 6천여 척의 높은 봉우리로서 백두산 다음가는 이 나라 모든 산 중 왕의 자리를 차지한다.

묘향산의 별명은 태백산이니 이곳엔 이 겨레 5천 년의 신화를 전해 주는 단군굴이 있고, 향로봉 · 금강폭포 · 산주폭 · 용연폭 · 인호대 · 천신폭 · 상원암 들의 천하 절경이 이 산 속에 벌려 있다.

이 수려하고 웅장한 묘향산을 오르는 동구를 찾아가자면, 안주 청천강을 건너서 청천강 상류 향천강을 바른편으로 끼고 돌아 시오리를 들어가야만 한다. 흰 구슬이 부서지고 푸른 구슬이 굴러 흐르는 듯한 맑고 맑은 향천강을 뒤로 등지고 동구 안으로 들어서면, 천 년 신비가 서린 푸른 봉우리들이 흰 구름을 반허리에 감고 구름바다 속에 숨바꼭질을 한다.

푸른 숲이 무성한 산을 등지고 시냇물이 앞에 맑게 흐르는 질펀하고 넓은 터전에 붉고 푸르게 단청을 칠한 주란화각이 즐비하게 반공중에 솟아 있으니, 이것이 천 년의 역사가 있는 보현사의 대웅보전과 여러 전각들이다.

*　*　*

솔바람 새소리와 한가로운 풍경 소리며, 승려들의 불경 외는 소리만이 들리던 이 그윽하고 깊숙한 첩첩산중도 왜적이 쳐들어온 전쟁으로 인하여 그대로 태고연하게 평온할 수가 없는 모양이다.

보현사 넓은 뜰 낙락장송이 우거진 속에 승려 1천여 명이 이곳저곳에 흩어져서 흑장삼에 붉은 가사를 멘 채 조련을 하고 있는 것이다.

승려 한 떼는 솔밭 사이 1백 보 밖에 과녁판을 놓고 활시위를 당기어 활쏘기를 연습하고, 다른 한 패는 시퍼런 계도戒刀를 빼어 들고 칼춤을 추면서 적진을 치는 연습을 하고 있다. 또 다른 한패는 진을 치고 행군하는 연습을 하고 있다.

심검당 드높은 채의 문이 스르르 열리면서 노승 한 분이 나타난다. 석장을 짚고 당 아래로 내려서면서 가만히 시 한 수를 읊는다.

만국 도성은 저마다 개미집 같고

수많은 호걸들은 낱낱이 초파리 몰골

창 가득 비쳐드는 밝은 달빛에 베개머리 시원하고

끝없이 불어오는 솔바람은 각기 다른 소리를 내네.

萬國都城如蟻蛭

天家豪傑若醯鷄

一窓明月淸虛枕

無限松風韻不濟

해사하고 조촐한 노인이다. 깎은 머리는 눈을 인 듯 하얗고 얼굴은 갸름한데 귀뿌리는 도독하다. 일흔을 넘은 듯한 노인이지만 눈에는 정기가 광채를 뿜고 서리어, 시 읊는 소리는 구슬을 울리는 듯 반공중에 흩어진다.

노승은 장삼 자락을 휘날리며 천천히 걸음을 옮기어 탑 사이로 거닐다가 뜰 앞에 멀찍이 떨어져 있는 1천6백 근의 큰 종이 달려 있는 만세루로 올라가 절 앞 넓은 터전에서 1천여 승려들이 땀을 흘리며 조련을 하고 있는 것을 내려다본다.

활을 쏘고 계도를 들어 검무를 추고 행진하는 모양을 바라보는 노승의 입가에는 만족한 웃음이 떠돈다.

노승은 천천히 발길을 돌리면서 혼잣말로,

"그만하면 올 때가 되었는데 웬일인고. 오늘도 못 대어 오려는가?"

노승은 다시 만세루로 내려서자, 서편 하늘로 기울어지는 해를 바라본다.

노승이 다시 석장을 이끌고 심검당으로 발길을 돌이킬 때였다. 짚신 감발(발감개)을 한 상좌중 한 명이 걸음을 빨리 하여 심검당 앞으로 돌아온다.

상좌중은 노승을 뵙자 공손히 손을 모아 합장 배례를 올린다. 상좌를 바라보는 노승은 반가운 빛이 얼굴에 드러난다.

"오, 무사히 다녀왔구나. 그래, 과히 고생이나 아니 하였느냐?"

"괜찮았사옵니다."

"그래, 전하께옵서는 참으로 압록강을 건너셨다더냐?"

"소문과 전혀 다르옵니다. 처음에는 의주 백성들도 모두 피란을 가서 다 달아나 버리고 성이 텅 비었는데, 상감께옵서 압록강을 건너지 않고 조정 대관들과 함께 머물러 계시니, 이제는 백성들도 의주성 안에 안접을 하고 있사옵니다."

"오, 참으로 다행한 일이다. 그래도 의주 한 귀퉁이나마 조정이 우리 땅 안에 버티고 있어야지, 압록강을 건너다니 말이 되는 소리냐? 이제는 이 나라가 아주 망하지는 아니 하겠다. 한 줄기 광명이 있을 게다."

노승은 비로소 마음이 놓이는 듯 석장을 짚고 공중을 향하여 허기를 천천히 내뿜는다.

"처음에는 적병이 의주까지 쫓아올 줄 알고 상감과 백관들도 모두 다 놀라서 압록강을 건너 명나라로 가시려고 했던 것이 사실이었다고 합니다."

"허허허, 그랬을 게다. 적병이 평양 서편 30리 밖에서 고개를 더 넘어가지 못했으니 말이지 참으로 아슬아슬한 판국을 지냈느니라. 그럼 고단할 테니 너는 물러가거라. 나는 내일 아침에 의주로 가겠다."

"그렇게 급히 가시렵니까?"

"무슨 소리냐? 일각이 여삼추같이 급한데."

"제자들을 모두 다 데리고 가시렵니까?"

"상감께 보이고 말씀을 들어야만 군사를 움직일 테다. 우선 열 사람만 동행을 하겠다. 그리고 네 몸이 고단하겠지만 다시 앞장을 서야겠다."

"분부대로 거행하겠사옵니다."

노승은 심검당으로 다시 들어가고 상좌는 자기 처소로 물러 나온다.

*   *   *

당 안으로 들어간 노승의 속명은 완산 최씨의 여신이란 분으로, 불가에 출가하여 승려가 된 뒤에는 법명을 휴정이라 부르고 당호를 청허당이라 불렀다. 그는 묘향산에 많이 있었기 때문에 서산이라고도 불렸다. 묘향산이 우리 나라 서편에 있는 까닭이었다.

서산대사는 임진년에 일흔세 살로, 본시 안주 태생이다.

서산대사의 외조부 되는 김우라는 이가 군수 벼슬을 하다가 연산군 때 강릉으로 귀양살이를 했고 나중엔 안주로 이사를 해서 살았는데, 서산대사의 어머니 김씨가 안주 선비 최세창이란 이와 결혼을 하여 오늘의 서산대사가 된 최여신을 낳았다.

최여신은 어려서부터 총명하고 영리했다. 열 살 안짝서부터 공부가 놀라우니, 당시 안주목사였던 아버지의 친구에게 커다란 귀염을 받았다.

그러나 최여신의 초년 운수는 몹시도 나빴다. 아홉 살 때 어머니를 잃고, 열 살 때는 아버지마저 돌아가 버리고 말았다. 최여신은 하늘과 땅 사이에 의지할 곳 없는 외로운 아이가 되어 버렸다.

안주목사는 최여신을 불쌍하게 생각해 고을 내아에서 거두어 기르다가 벼슬할 나이가 되자 한양으로 옮기게 했다. 최여신을 한양 성균관 재실에 넣어 선비 공부를 하도록 주선해 주었던 것이다.

최여신은 10년 동안을 성균관에서 골똘히 공부했으나 세상은 차가웠다. 의지할 곳 없는 혈혈단신인 최여신은 아무리 공부를 잘해서 과거를 보려 했으나, 호화스러운 진사 급제가 배경 없는 최여신에게 떨어질 리가 없었다.

공부 실력 있는 최여신은 해마다 과거를 볼수록 낙방 거자*

---

* 거자擧子 : 고려 · 조선 시대에 각종 크고 작은 과거 시험에 응시하는 사람을 이르던 말.

가 되어 버리고, 학문 실력이 없는 김 판서·이 판서·조 승지·민 교리의 아들들만 장원급제가 되어 진사가 되는 판국이었다.

최여신은 차차 자기를 인식하게 되자 울화가 터져서 배겨 낼 수가 없었다.

사고무친四顧無親한 외로운 설움과 실력 있는 글을 내었건만 번번이 과거에 떨어지는 이 사실은 최여신이 성균관 재실 속에 엎드려 공부를 계속 할 수 없게 하였다.

최여신은 괴나리봇짐 하나를 등에 걸머지고, 친구들과 작별한 뒤에 산천경개나 구경할 작정으로 방랑의 길을 떠났다. 이 때 최여신의 나이는 겨우 스물한 살이었다.

죽장을 짚고 촌촌 문전마다 걸식을 하면서 남으로 내려가는 최여신의 앞에 웅장한 명산 지리산이 나타났다. 최여신의 발길은 지리산을 향하여 올라갔다.

산 속은 들어설수록 깊고도 으슥했다. 천년 묵은 나무들은 제멋대로 푸르게 무성했는데, 시냇물은 옥을 부수는 듯 굽이굽이 감돌았다.

새소리, 솔바람 소리, 시냇물 흐르는 소리, 천 길 절벽에서 폭포수 떨어지는 소리……. 다람쥐가 기어 달아나고 노루와 사슴이 인적에 놀라 뛰어 달리는 모양이며, 무심한 흰 구름이 푸른 산봉우리 사이에 쉬어 넘는 듯 청산과 이마받이를 하면서 훨훨 매인 데 없이 넓고 넓은 9만 리 창공으로 선녀의 치맛자락인 듯 날리는 모습…….

기막힌 대자연이었다. 최여신은 세상에 나온 뒤에 이러한 커다란 대자연을 대해 본 일이 없었다.

남의 눈칫밥을 얻어먹어 가며 성균관 재실에 쭈그려 있던 최여신은 이 웅장한 대자연 속으로 그대로 도취되어 휩쓸려 들고 말았다.

최여신은 더욱 그윽하고 유수한 산길 속으로 발길을 떼었다. 홀연 산골 속에서 은은히 맑은 종소리가 들려왔다.

최여신은 반갑고 신기해서 종소리 나는 곳을 찾아가 보니, 산 속에 한 채 깨끗한 절간이 있고, 절 속에는 노장 스님이 제자들에게 불경을 가르치고 있었다.

생각지도 못했던, 이 세상에 또 하나의 천지였다. 하룻밤을 이곳에서 묵은 최여신은 일찍이 돌아간 부모의 명복을 빌면서 한평생을 불문에 의탁하여 불제자가 될 것을 결정지어 버렸다.

이튿날 최여신은 노승을 찾아 머리를 깎고 중이 되기를 원했다. 노승은 최여신의 내력을 물은 뒤에 최여신을 시험해 보려 했다.

"네가 글공부를 많이 했다 하는데, 그럼 시 한 수를 지어 보겠느냐?"

"분부대로 하겠습니다. 무슨 시를 지으오리까?"

"네가 티끌 세상을 버리고 산 속으로 들어오겠다 하니 반드시 느낀 바 있으리라. 그대로 시를 지어 보아라."

최여신은 아침에 일어나서 우물가에서 물을 긷던 광경이 눈앞에 떠올랐다. 이 광경을 보고 유교나 불교나 도학은 마찬가지라 생각했던 것이다. 얼른 시를 지어 노승에게 바쳤다.

물 뜨다 홀연 머리를 돌이키니

무수한 푸른 산이 구름 속에 잠겼구려.

汲水歸來忽回首

靑山無數白雲中

노승은 최여신의 응구첩대*하는 시상을 보자 깜짝 놀라지 않을 수 없었다. 벌써 불가의 선의 경계에 들어선 것이었다.

노승은 최여신이 나중에 큰 인물이 될 것을 짐작했다. 이내 그의 머리를 깎아 주고 법명을 내린 뒤에 수계를 주어 제자로 삼으니, 노승은 일선화상이라는 드높은 승려였다.

최여신은 이렇게 하여 몸을 불도에 의탁하게 되었던 것이다.

이제는 최여신이 아니라 법사 휴정이었다.

휴정은 밤과 낮으로 불경을 외고 연구했다. 생각은 넓어지고 도학은 높았다. 하루는 산에서 내려가 동냥중이 되어 촌 앞을 지나다가 홰를 치고 목청을 높여 우는 닭 울음 소리를 듣자, 부처의 계시를 받은 듯 홀연히 시심이 움직였다.

머리는 세도 마음은 안 세는 것

옛날 사람들이 이미 말하였네.

오늘 닭 우는 소리를 들으니

장부의 할 일이 끝났는가 싶네.

* 응구첩대應口輒對 : 묻는 대로 거침없이 대답함.

髮白心非白

古人曾漏泄

今聽一聲鷄

丈夫能事畢

휴정은 필낭을 끌러, 시를 떨어진 잎에 써서 물에 띄워 흘린 뒤에 팔도강산을 두루 다니면서 대자연으로 벗을 삼았다.

그가 10년 동안 금강산을 위시하여 관동팔경을 두루 찾고 다시 한양으로 들어오니, 때마침 승려들의 과거가 있었다. 시험에 응시하여 선교양종판사의 영예로운 자리를 얻었으나 그에게는 대수로운 임무가 아니었다.

휴정은 곧 벼슬을 버리고 금강산으로 들어갔다가 다시 묘향산으로 돌아와서 칠십 평생을 두고 제자들을 가르치니 그의 제자 수는 나라 안에 수천 명이요, 그를 받들어 서산대사라 존칭해 불렀던 것이다.

묘향산에서 한평생을 보낼 것을 작정하고 돌아왔을 때 그는 제자들을 향하여 시를 읊었다.

금강산은 수려하나 장엄하지 못하고

지리산은 장엄하나 수려하지 못하다.

구월산은 장엄하지도 수려하지도 않으나

묘향산은 대단히 장엄하고, 대단히 수려하다.

金剛秀而不壯

智異壯而不秀

九月不壯不秀

妙香亦壯亦秀

서산대사는 이렇게 금강·지리·구월·묘향, 네 산 중에 묘향산을 제일가는 명산이라 예찬했다.

이리하여 휴정 서산대사는 묘향산 속에서 도를 높였고 묘향산 속에서 몸이 늙었던 것이다.

그러다 임진왜란이 일어나니 한양이 적병의 손으로 들어갔다는 놀라운 소리가 첩첩 산중인 묘향산 속까지 들려오고, 뒤미처 임금은 평양성을 버리고 의주로 납시게 되니, 서산대사는 가만히 앉아서 나라가 망하는 꼴을 바라볼 수가 없었다.

더구나 왜병은 영변서 멀지 않은 평양성을 차지했고, 임금은 다시 의주를 버리고 압록강을 건너 명나라로 간다는 소문이 파다했다.

서산대사는 아무리 속세를 떠나서 산중에 깊이 숨은 불제자지만, 이 나라를 왜적의 말굽 아래 밟히게 내버려 둘 수는 없다고 생각했다.

서산대사는 묘향산에 있는 1천여 명 제자에게 일제히 활 쏘고 창 쓰는 법을 가르치고, 적을 막아 진을 치는 병서를 읽혔다. 장차 대의를 짚어 팔도의 승병을 거느려 일어나자는 계획이었다. 이리하여 서산대사는 한편으로 상좌 제자를 급히 의주로 보내서 임금이 명나라로 가고 아니 간 여부를 살피게 했고, 상좌는 대사의 명을 받들어 의주에 있는 조정의 동태를

살핀 뒤에 묘향산으로 돌아와 자세히 의주의 모습을 사뢰었
던 것이다.

* * *

날이 밝으니 보현사 만세루에서는 종소리가 우렁차게 울린다.
모든 중들을 소집하는 군호다.
1천여 명의 승려가 이곳저곳에서 대웅보전 넓은 뜰을 향하
여 모여든다.
심검당에서는 서산대사가 일흔세 살의 높은 나이지마는 석
장 짚고 큰 칼 차고 꼿꼿하고 해사한 모습으로 10여 명의 제
자를 이끌고 대웅전 섬돌에 나타난다.
뜰 아래 있는 1천5백 명의 제자들은 대사가 나타나자 일제
히 두 손을 모아 합장을 올리면서 허리를 굽혀 예불을 올린다.
서산대사는 모든 제자를 대해 합장하여 답례한 뒤에 말한다.
"나는 지금 의주를 향하여 떠나려는 길이다. 의주에 가서
전하를 뵌 뒤에 명을 받들어 왜적을 토벌할 계획이다. 그러니
너희들은 이 동안에 더욱더 무예를 훈련하라."
서산대사는 말을 마친 다음에 대웅보전에 예불을 드리고
표연히 의주 길을 떠난다.

서산대사는 제자 10여 명을 거느리고 의주에 도착하자 행
궁을 찾아 임금 뵙기를 청했다.
선조는 묘향산의 드높은 서산대사가 멀리 뵈러 왔다는 소

리를 듣자 반갑기 그지없었다. 시각을 지체치 않고 어전으로 불러들인다.

서산대사는 초라한 행궁에 계신 선조를 뵙자 눈물이 앞을 가린다. 합장 국궁해서 배례를 올리어 모시고 서니 선조는 구슬피 한숨을 쉬면서 서산대사에게 하소연을 한다.

"뜻밖에 왜적이 침노해 들어와서 나라가 이 꼴이 되어 어지럽게 되었다. 대사는 능히 이 세상을 한 번 건져 줄 수는 없는가?"

"그리하지 않아도 지금 소승이 전하께 배알하러 온 것은 이 일을 품하여 아뢰러 온 것이옵니다."

"무슨 좋은 수가 있는가?"

"승려들도 사람이올시다. 국난이 온 것을 그대로 바라보고만 있을 수 없사옵니다. 온 나라의 승려들을 일으켜 왜적과 한 번 싸워 볼 것을 결심하였사옵니다. 이리하여 전하께 처분을 묻자 오러 온 길이옵니다."

선조의 얼굴에는 기쁜 빛이 넘쳐흐른다.

"아니, 그대들 승려들이 전쟁에 나와 싸워 줄 수 있다는 말인가?"

"전하께옵서 의주로 파천하시었다는 안타까운 소식을 듣자옵고 소승은 제자들에게 병서를 읽히고 무예를 훈련시켰사옵니다. 나라 안에 있는 늙고 병든 승려들은 절에 남아 부처님이 도우시도록 빌게 하옵고, 젊은 승려들은 함빡 소승이 영솔하여 어가를 호위할까 하옵나이다."

"장하오. 대사! 작히나 좋겠소."

선조는 서산대사의 의기를 격려한 다음에 승지 이정구를
어전으로 부른다.

"묘향산의 덕 높은 도승 서산대사 휴정에게 팔도 16종 도
총섭의 직첩을 주라."

이정구는 명을 받들고 어전에서 붓을 들어 도총섭의 첩지
를 임금께 써 바친다.

임금은 첩지를 읽어 본 뒤에 친히 서산대사에게 첩지를 내
린다.

"그대에게 팔도에 있는 선교 양종 도총섭의 직책을 맡기리
로다. 사양치 말고 받아서 국난을 하루 바삐 바로잡아라."

조선 팔도에는 선종 계열의 불교와 교종 계열의 승려가 도
마다 한 파씩을 이루고 있는 까닭에 한 도에 두 종씩, 팔도에
16종이 있었다.

서산대사는 첩지를 받들어 모시자 두 번 절하고 어전에서
물러 나온다.

"충과 의를 짚어 나라에 죽을 것을 맹세하나이다."

서산대사는 결연한 굳은 마음을 작정하고 어전에서 물러
나온다.

선조는 행궁 마루 앞까지 납시어 늙은 서산대사를 위로해
작별한다.

대사는 표연히 다시 묘향산으로 돌아가자, 팔도 승려들에
게 도총섭 서산대사의 이름으로 격문을 써서 상좌들을 팔도
로 떠나보냈다.

　조선 팔도 깊고 깊은 산 속에 흩어져 있는 모든 스님들이 서산대사의 격문을 받자 모두 다 먹장삼에 붉은 가사를 메고 칼과 활과 창을 짚어 이곳저곳에서 일어났다.

　기허당 영규대사는 공주 청련암에 의병 수백을 거느려 조헌을 도와 일어나고, 뇌묵당 처영대사는 전라도에서 일어나 권율을 도와 수원에 있고, 사명당 송운대사는 금강산 표훈사에서 서산대사의 격문을 받자 눈물을 흘리고 책상을 치고 일어나서 금강산에 있는 제자 1천여 명을 거느려 평양으로 향했다.

　한편으로 서산대사는 묘향산의 제자 1천5백 명을 몰아 순안 법흥사에 본거를 두고 적과 대치하여 팔도와 연락하니, 날쌔고 힘찬 젊은 승려들은 서산대사의 덕망을 사모하여 왜적의 서리 같은 칼을 두려워하지 않고 서편으로, 서편으로 서산대사가 진을 치고 있는 순안으로 모여들었다.

운명을 건 승부
12장

아슬아슬한 판국

통사 홍순언 통사와 정곤수가 명나라로 건너가 병부상서 석성의 마음을 움직여서 명나라 황제 앞에 어전회의를 열고, 모든 반대하는 의견을 누른 뒤에 조선을 위하여 출병하기를 결정할 무렵의 일이었다.

조선 조정에서는 의주에 조정을 둔 뒤에, 사신이 끊일 사이 없이 만주로 건너가서 요동에 있는 명나라 장수들에게 구원병을 보내 줄 것을 여러 차례 간청했다.

강 건너 불붙는 것을 바라보듯 꼼짝하지 않던 명나라 요동 부총병 조승훈은 명나라 본국 조정이 재차 조선에 구원병을 보내기로 결정되는 기미를 알게 되자, 제1선인 만주 요동벌에 부총병으로 있으면서 공을 나중에 나오는 본국 구원병에게 빼앗기기 싫은 욕심이 슬며시 일어났다.

조승훈은 부하 장수 통양정에게 영을 내려서 병마를 거느리고 압록강을 건너가 조선 군사와 합세하여 왜적을 시험해 보라는 명령을 내렸다.

통양정은 압록강을 건너서 순안에 진을 치고 있는 조선 순찰사 이원익의 군사와 서산대사의 승병들과 합세하여, 날마다 유격전을 일으켜 왜적의 목 10여 급을 베게 되었다. 통양정은 큰 공이나 세운 듯이 나날이 이 사실을 요동부총병 조승훈한테로 보고를 올렸다.

요동부총병 조승훈이 가만히 생각해 보니, 불과 1백여 명의 군사를 거느리고 간 부하 통양정이 아무리 조선 군사와 합세를 하였다 하나 날마다 10여 명씩의 왜적의 목을 베었으니, 자기가 5천~6천 명의 군사를 친히 움직여 압록강을 건너간다면 왜적을 평양에서 몰아내기는 손바닥을 뒤집기보다도 더 쉬운 일같이 생각되었다. 이러한 공로를 본국에서 나오는 낙상지나 사수대나 이여송 같은 이에게 빼앗기기가 싫었다.

조승훈은 명나라 맹장이란 칭호를 받는 사람 중의 한 사람이었다. 여러 차례 만주의 여진족을 쳐 이겨서 북쪽에서는 호랑이 장군이라는 칭호를 듣는 사람이었다. 고집이 세고 자부심이 강했다. 남에게 지기를 싫어하고 욕심이 많았다.

여태까지 조선 형편을 팔짱만 끼고 바라보던 조승훈은 명나라 본국에서 출병을 결정한 것을 알게 되자, 남보다 앞질러 왜적을 물리치려는 욕망이 마음속으로 탱중했다.

조승훈은 결연히 수하 군병 5천여 명에게 압록강을 건너가 조선을 구원하라는 동원령을 내리고 조선 사신 이덕형을 향하여,

"불일 내로 내가 친히 요동 군사를 움직여서 귀국을 구원할 테니, 빨리 돌아가 도로와 교량을 고쳐서 군사 행동에 지장이 없도록 하라."

하고 조선 조정에 출병할 것을 통지해 주었다.

이덕형은 조승훈의 말을 듣자 기쁘기 한량없었다. 명나라 본국에서 오는 큰 군사는 아니라 하지만 일각이 여삼추같이 급한 이 때, 바라고 졸라 대던 요동 구원병이 움직인다 하니, 하늘이 도와 주는 것이라 생각했다.

한음 이덕형은 급히 말머리를 돌이켜 압록강을 건너 의주로 치달렸다.

명나라 요동부총병 조승훈이 명나라 본국 군사가 움직이기 전에 먼저 조선을 도우러 5천여 명의 군사를 친히 거느리고 압록강을 건너온다 하니, 임금 선조를 위시하여 행궁 속에 있는 대관들의 얼굴에는 살았구나 하는 기쁜 빛이 넘쳐흘렀다.

"요동부총병 조승훈이 5천 군사를 거느려 우리를 도와 주러 나온다 한다. 경에게 접반사의 큰 임무를 맡기나니, 그대는 압록강까지 나가서 조승훈을 맞이하고, 일체 군사들이 오는 연도에는 군사들이 먹을 것을 준비하며, 도로와 교량을 수축하여 군사 행동이 편하도록 하게 하라."

유성룡은 명을 받들어 어전에서 물러 나왔다.

온 조정 안에는 생기가 돌기 시작했다. 모두들 벙글벙글 웃었다.

이 소문은 삽시간에 의주성 안 백성들의 귀에도 퍼졌다. 백성들도 이제는 왜적이 쫓겨 가나 보다 하고 수군거리며 좋아했다.

유성룡은 어명을 받고서 명나라 장수를 맞는 접반사의 몸이 되어 구군복하고 말을 달려 나라 안에 명나라 군사들을 맞아들일 모든 준비에 바빴다.

가산의 대정강에서는 선사포첨사에게 영을 내려 군사가 건너올 부교浮橋를 만들게 하고, 안주의 청천강에서는 노강첨사에게 호령을 내려 청천강 부교를 만들게 했다.

이 때 유성룡은 치질이 나서 몹시 괴로웠다. 그러나 국가가 흥하고 망하는 기로에 서 있는 큰일이었다. 천재일우로 나오는 이 구원병을 도와 주지 아니 한다면 이것은 중신으로 앉아 있는 자기 책임을 다하지 않는 것이라 생각했다. 그는 병을 무릅쓰고 결연히 일어났다.

임금 선조도 유성룡에게 병이 있는 것을 알자, 무예청을 시켜 웅담과 밀로 만든 치질약을 전해 내렸다.

유성룡은 더욱 감동이 되어 괴로운 몸을 돌보지 않고 말을 타고 군량미를 조달시키러 큰길 주변의 고을을 순찰했다.

서애 유성룡은 경제에 밝았다. 명나라 구원병들이 나오는 것도 좋은 일이지마는 우선 군사를 먹일 쌀 문제가 더 긴급하다는 것을 알고 있었다. 아전들과 백성들을 풀어서 각 처에 있는 쌀을 운반해 오지 아니 하면 안 되었다.

그러나 가는 곳마다 아전과 백성들은 피란으로 도망을 가 버려서 사람을 구할 길이 없었다.

명나라 군사 5천 명이 앞으로 평양을 치러 간다면 의주 이남 정주와 가산 사이에서 하루 이틀 동안 5천 병마의 양식을 지탱해야 하는데 안주·숙천·순안 세 고을에는 곡식이 탕진이 되어서 한 톨의 쌀도 없었다.

우선 명나라 군사가 안주·숙천·순안을 지나면서 먹어 댈 곡식을 준비해야 할 것이요, 또다시 명나라 군사가 평양으로 진격하는 경우에 평양성을 단 하루 안에 수복한다면 모르되 여러 날 동안 이겨 내지 못할 때는 평양성 밖에 진치고 있는 명나라 군사들의 양식을 어떻게 해서든지 대어 주지 않으면 안 되었다.

서애 유성룡의 마음은 걱정과 근심으로 타는 듯했다.

의주성을 뒤로 두고 35리를 가서 소곶이所串 역말 앞에 당도하여 역졸들을 찾으니, 의주에서 불과 30리 밖이건만 역졸 그림자조차 찾을 길이 없었다. 유성룡은 군관을 보내어 촌락을 뒤져서 겨우 두어 사람의 역졸을 데려왔다.

유성룡은 가만히 꾀를 내었다. 그는 품안에서 공책 한 권을 꺼내 들고 순순히 역졸들에게 일렀다.

"이 사람들아, 나라에서 평상시에 자네들을 길러서 먹여 살리는 것은 이런 국가의 위급한 때 쓰려던 것인데 어디로들 피해 달아났단 말인가? 지금 명나라에서 구원병이 나오게 되었네. 이 때야말로 우리들이 명나라 군사와 힘을 합해 가지고 왜적들을 물리쳐서 크나큰 공을 세울 때라 생각하네. 자네들, 이름이 무엇인가? 이 책에 적어 두었다가 다음날 평양을 수복한 뒤에 나라에 아뢰어 자네들에게 후한 상을 주기로 하겠네."

유성룡은 붓을 들고 두 사람 역졸의 이름을 적었다.

이 소문이 퍼지니 달아났던 역졸들은 뒤를 이어 한 명씩 두 명씩 나타났다.

"소인의 이름도 적어 줍시오. 잠깐 일이 있사와 촌으로 갔습니다. 어찌 감히 부역을 피하려 했겠사옵니까?"

명나라 군사가 구원을 오고, 평양이 수복되면 상을 준다는 바람에 역졸들은 자꾸 모여들었다.

서애 유성룡은 모여든 역졸들을 시켜 군사들이 거접할 방을 만들고, 밥 지어 먹을 솥을 걸게 하고, 불 지필 나무를 실어 오고, 가마솥을 거리마다 걸게 하여 명나라 군사들이 의주서부터 평양까지 지나가는 길가에 지장이 없도록 만반 준비를 차려서 차근차근 지휘를 하며 대로 주변의 열 읍을 돌아다녔다.

유성룡은 각 읍 수령에게 군량미로 쓸 곡식을 모아들이라 영을 내린 뒤에, 실제 형편을 시찰하기 위해 괴로운 몸을 무릅쓰고 정주로 말을 달리니, 정주에서는 벌써 삭주·구성 사람들을 함빡 동원시켜서 정주와 가산으로 마태콩이며, 좁쌀을 2천여 섬이나 실어 왔다.

유성룡은 마음이 거뜬했다. 정주와 가산에 며칠 먹을 군량미는 넉넉하게 마련되어 있었다. 그러나 안주 이남의 군량미가 문제였다.

유성룡이 막 안주 청천강을 향해서 말을 타고 나가는 판인데, 정주 강가에는 뜻도 없는 곡식 배 10여 척이 닿아 있었다.

유성룡이 급히 사람을 보내서 알아보니, 충청도 아산에서 세금으로 낸 쌀 1천2백 석을 싣고 의주 조정 있는 곳으로 간다는 것이었다. 난리 통에 기막히도록 고마운 일이었다.

유성룡은 손뼉을 치면서 좋아했다. 말머리를 돌이켜 정주로 들어온 뒤에 급히 붓을 들어 임금에게 상소를 썼다.

'신이 정주와 가산의 군량미를 조절하옵고 안주로 향하는 도중에, 마침 정주강에는 충청도 아산에서 오는 세미 1천2백

석이 닿아졌사옵니다. 이것은 하늘이 나라의 중흥할 것을 도
와 주시려는 뜻인가 하옵니다. 이 곡식을 안주 이남의 명나라
군사를 접대할 군량미로 쓸까 하오니, 어떠하올지 윤허하옵
심을 바라나이다.'

유성룡은 쓰기를 마치자 군관에게 상소를 받들어 파발마를
타고 의주 비변사로 치달리게 했다. 말은 비호같이 뛰었다.

이윽고 비변사는 임금의 '좋다' 하는 윤허를 받아서 정주
로 돌아왔다.

유성룡은 군관을 시켜서 세미 1천2백 석을 나누게 했다.

"2백 석은 정주로 보내고, 2백 석은 가산으로 보내고, 안주
로는 8백 석을 보내게 하라!"

유성룡은 이렇게 해서 군관을 보낸 뒤에, 머리에 홀연히 다
른 생각이 번쩍 스쳐 지나갔다.

유성룡은 얼른 역졸을 보내서 군관을 다시 불렀다.

"다시 가만히 생각해 보니, 안주는 평양과 거리가 너무도
가깝다. 안주에다가 곡식을 두었다가 까딱 잘못하면 적의 좋
은 일만 하게 될는지도 모른다. 전쟁 되는 형편을 보아서 다
시 영을 내릴 테니, 안주로 보내라는 8백 곡식은 배에서 하륙
시키지 말고 강변에서 대기하고 있도록 해라!"

유성룡의 머리는 이토록 주밀하고도 밝았다.

유성룡은 다시 길과 다리를 보살피면서 말을 달렸다.

대정강 부교도 목수들이 모여들어 사흘 만에 놓여졌고, 청
천강 부교도 난리 통에 크나큰 역사건만 밤을 도와 일하여 거
의 공사가 끝이 났다.

요동부총병 조승훈의 5천 병마가 압록강을 건너오는데 선봉대장으로는 사유가 되고, 조승훈은 후군 대장이 되어 의주를 향해 들어왔다.

조정에서는 서애 유성룡이 접반사의 자격으로, 백사 이항복이 병조판서의 자격으로 명나라 요동 장수 조승훈을 압록강변까지 나아가 맞았다.

명나라 군사 5천 명은 50여 척의 배를 띄워 차례차례 의주 통군정 앞으로 상륙했다.

명나라 선봉장 사유가 배에서 내리고, 뒤미처 부총병 조승훈이 아장들에게 부축되어 접반사 유성룡과 병조판서 이항복의 읍하는 인사를 받으며 거만하게 통군정으로 올라갔다. 모든 장군들이 뒤를 따랐다.

의주 통군정에는 명나라 장군들을 대접하는 주안상이 차려 있었다.

조승훈은 거만을 빼면서 미리 준비해 놓은 호피 교의에 털썩 걸터앉았다.

의주 기생이 접반사 유성룡의 명을 받들어 총병 조승훈과 선봉장 사유한테 술을 따라 권한다.

조승훈은 기생이 따라 올리는 잔을 들면서 접반사 유성룡과 병조판서 이항복을 향하여 명나라 말로 묻는다.

"평양의 왜적들이 아직도 달아나지 않고 있는가?"

우리 편 통사가 이 말을 접반사 유성룡에게 전한다.

"아니 물러갔소이다."

서애가 간단하게 대답한다. 통사가 다시 말을 옮긴다.

"하하하, 아직도 아니 달아나고 있다? 꾀가 있는 놈들 같으면 내가 압록강을 건넌다는 소문만 들어도 벌써 달아날 터인데, 하하하하! 이것은 하나님이 나로 하여금 큰 성공을 거두라고 일부러 기회를 주시는 것이다. 하하하!"

조승훈은 술잔을 번쩍 들어, 하늘에 축배를 올리면서 술을 쭈욱 들이킨다.

백사 이항복과 서애 유성룡은 가만히 조승훈의 행동을 차갑게 바라본다. 몹시도 급하고 거칠다.

술잔을 들어 한 잔을 마시던 조승훈은 잔을 던지고 칼을 잡아 벌떡 자리에서 일어선다.

"자아, 어서 행군을 하자! 평양성의 왜적을 순식간에 무찌른 뒤에 허리띠를 끄르고 밤새도록 마시기로 하자!"

조승훈이 자리에서 벌떡 일어서는 것을 보자, 모든 장수가 우르르 따라 일어난다.

이 때 유성룡은 조승훈이 의주 이남의 지리에 대한 것을 반드시 한 번은 물어볼 줄 알고 대답할 것을 준비해 가지고 있었다. 그러나 조승훈은 접반사에게 아무것도 묻지 않는다.

유성룡이 참다 못하여 통사를 거쳐서,

"지리와 산천에 대하여 물어볼 것이 없습니까?"

하고 자진해서 되묻는다.

그러나 조승훈은 간단히 고개를 흔든다.

"평양은 전에도 다녀본 일이 있는 걸."

지극히 간단하고 평이한 대답이다.

유성룡은 이제는 더 말할 수 없게 되었다.

조승훈과 사유는 통군정에서 내리자, 군사를 휘동하여 말 채찍을 높이 갈겼다.

명나라 5천 기병은 나는 듯이 의주를 떠나 정주·가산·안 주·숙천·순안·평양을 향해 치달리기 시작했다.

유성룡은 접반사의 직무가 있으니 안주까지 따라가지 않을 수 없었다. 치질을 무릅쓰고 또다시 말머리를 돌이켜 남으로 향해 나아갔다.

서애 유성룡이 말을 타니, 병조판서 이항복이 전송을 하면 서 서애의 소맷자락을 지그시 끌어당긴다.

"이거 야단났소이다!"

백사 이항복이 근심하는 얼굴로 서애 유성룡을 바라보며 말을 꺼낸다. 서애도 백사의 근심하는 눈치를 알아차린다.

"조 부총병이 너무도 황급하오이다."

또다시 백사의 걱정하는 소리다. 유성룡의 얼굴도 명랑하 지가 않다.

"그러기에 나도 안주로 보낼 군량미 8백 석을 정주 강변에 대기시키라 한 일이 있소."

서로의 얼굴을 쳐다보는 유성룡과 이항복은 마음이 조마조 마하다.

"하나, 벌여 놓은 춤인데 별 수가 있소? 다만 하늘에 운명 을 맡길 뿐이오."

유성룡은 이렇게 말끝을 맺고 말고삐를 잡는다.

"몸 거북하신데 조심해서 성공하십시오."

백사 이항복은 서애 유성룡에게 공손히 작별 인사를 한다.

*　　*　　*

　조승훈의 5천 병마는 정주·가산을 거쳐 순안에 당도했다.

　순안은 우리 군인의 일선이 있는 곳이었다. 도원수 김명원은 숙천에 진을 치고 있고, 순찰사 이원익과 병사 이빈이며 서산대사의 승병들은 순안에 진을 치고 있었다.

　조승훈은 가산서 순안까지 오는 동안에도 여전히 황급하고 거칠었다.

　"평양의 왜적들은 여전히 달아나지 않고 그대로 있느냐?"

　우리 나라 백성을 붙들고 물었다.

　"아직 그대로들 있나 봅니다."

　"아하하, 이놈들! 꼭 내 손에 잡혀서 죽고야 만다. 아하하."

　조승훈은 가산서도 의주 통군정에게 하듯 이렇게 큰소리를 쳤다.

　명나라 5천 병마가 순안에 당도했을 때 부슬부슬 내리기 시작하던 비는 점점 빗발이 굵어졌다. 가을비건만 비는 좀처럼 개일 성싶지 않았다.

　조승훈은 요동에서 자기가 데리고 온 점쟁이 왕만자를 비밀히 진중에 불러들여서 어느 때쯤 평양성을 공격하는 것이 좋을 것인가 물었다.

　왕만자라는 자는 조승훈 앞에서 산통算筒을 흔들어 뽑아 보더니,

　"어허, 이것 참 좋은 점이 나옵니다. 아주 대길이올시다. 이 밤 안으로 순안을 떠나서 바로 평양성을 공격합시오."

하고 흔쾌히 답했다.

조승훈은 대길이란 바람에 정신이 상쾌하고 어깨가 더 한 번 으쓱해졌다.

조승훈은 왕만자를 돌려보낸 뒤에 선봉장 사유와 아장 장세충·마세융·대조변이며, 우리 나라 접반사 유성룡과 도원수 김명원을 불러들였다.

"오늘밤 안으로 순안을 떠나서 평양으로 진격할 예정이다. 선봉장 사유는 오늘 삼경 때 제1대를 거느려 출발하고, 장세충은 제2대를 거느려 나가고, 마세융은 제3대를 지휘하고, 대조변은 제4대를 지휘한다. 나는 제5대를 인솔하리라. 그리고 조선 도원수는 옆에서 군사를 거느려 유격전을 전개시키라!"

가을비는 여전히 부슬부슬 내리는데 조승훈은 이런 명령을 내렸다.

접반사 유성룡이 참다못하여 통사를 통하여 조승훈의 조급한 행동을 만류했다.

"비가 와서 길이 미끄러울 뿐 아니라, 적의 허하고 실한 것을 주밀하게 보살핀 연후에야 군사를 움직여도 늦지 않을까 하오."

"비가 무서워서 행군을 못하다니, 말이 되는 소린가? 비는 가을비라 곧 갤 것이다. 나는 겨우 30명밖에 아니 되는 기마대로 오랑캐 군사 10만 대병을 물리친 사람이다. 그깟 놈의 왜새끼는 개미떼나 모기 새끼만도 못한 것들이다. 허실을 알아볼 필요가 없다!"

조승훈은 점쟁이 왕만자의 크게 길하다는 점괘가 가슴 안에 뻐근히 차서 호기가 더욱 대단했다.

　감히 누가 더 막을 사람이 없었다. 야삼경이 되자 명나라 군사들은 비를 무릅쓰고 순안을 떠나 행군을 하기 시작했다.

　5천 병마가 순안에서 평양을 향해 위세 좋게 들끓어 나가는데, 앞에서 보발 군사가 뛰어와서 적의 동정을 보고한다.

　"왜적의 큰 부대는 명나라 군사가 온다는 소식을 듣자 며칠 전부터 모두 다 짐을 쌓아 가지고 한양으로 달아났다 하옵니다. 지금 남아 있는 왜적들은 극히 작은 부대라 하옵니다. 그리고 포로로 잡힌 여인네들이 가만히 성으로 기어 올라와서는 이 기회를 타 평양성을 공격하면 문제없이 수복되리라 하면서 군인들을 부르고 있다 하옵니다."

　조승훈은 이 보고를 받자 기쁜 빛이 얼굴에 가득하다.

　"그것 보아라. 내 말이 맞지 않느냐? 내가 의주서부터 묻지 않았더냐? 내가 압록강을 건넜다는 소리를 듣고도 달아나지 않는 놈들은 어리석은 놈이라고, 하하하하! 어서 빨리 군사를 몰아 평양성으로 진격해라!"

　조승훈은 채찍을 높이 들어 큰 소리로 호통을 친다.

　채찍을 들어 호통 치는 조승훈의 목소리가 떨어지자, 선봉장 사유의 부대는 말을 달려 평양성으로 돌진한다.

　평양성은 아무런 방비도 없었다.

　조승훈의 5천 병마는 보통문을 부순다. 성 안에서는 두서너 방의 미미한 조총 소리가 일어날 뿐 강렬하게 응전하는 빛이 없다.

성문이 뻐개지면서 선봉장 사유는 1천 명의 명나라 군사를
이끌어 보통문 안으로 몰려 들어간다. 선봉장 사유는 칼을 빼
어 들고 앞에 서서 달린다.

적병들은 모두들 한양으로 달아나 버렸는지 평양성 안엔
왜적의 그림자 하나 보이지 않는다.

선봉장 사유는 칼을 휘두르면서,

"왜적들아, 어서 나와서 내 칼을 받아라! 압록강을 건너온
명나라 선봉대장 사유의 칼을 받아라!"

큰 소리로 외치면서 돌진을 한다.

말 뛰닫는 소리, 말울음 소리, 수천 병마의 돌진하는 소리
가 평양성의 적막을 뒤흔든다.

명나라 군사의 제2진이 들어서고, 제3진이 뒤를 이어 평양
성으로 돌진한다. 제3진이 입성하자 북소리와 고함 소리가
천지를 진동한다.

제4진 · 제5진이 뒤를 따른다. 명나라 군사는 함빡 평양성
안으로 들어선다.

제일 먼저 입성을 한 선봉장 사유의 1천여 명의 군사가 깊
숙이 평양성 안 대동관 앞을 지나갈 때다.

별안간 일성포향을 군호로 하여 저잣거리 좌우편 가가호호
첩첩이 닫힌 빈집 틈에서 조총 알이 일제히 비 퍼붓듯 쏟아진
다. 총소리는 천지를 뒤흔든다.

왜적들은 꾀로써 명나라 군사를 성 안으로 유인시킨 것이다.

선봉장이 거느린 1천 여 기와 제2진 1천여 기, 제3진 1천여
기는 고스란히 왜적의 포위망 속에 빠지고 말았다.

명나라 선봉대들은 칼을 빼어 응전을 하려 하나, 칼로 찌를 적병의 모습이 보이지 않는다. 활을 당기어 보나 활 쏠 대상이 보이지 않는다.

명나라 군사는 조총을 맞으며 자꾸 쓰러진다.

선봉대장 사유가 탄환을 맞고 말 아래로 가로 떨어져 구른다.

명나라 선봉대는 와르르 무너지면서 오던 길로 되돌아 달아나면서 서로들 밀치고 짓밟아 아수라장이 되어 버린다. 땅은 질어서 발목이 진흙 속에 퍽퍽 빠진다.

그러자 좌우편 기생집 속에 매복하고 있던 왜병들이 새까맣게 쏟아져 나와서 달아나는 명나라 군사들에게 조총을 쏘아 붙인다.

2대·3대·4대가 차례차례로 뭉그러지며 대장 장세충·마세융·대조변이 모두 다 말 아래 떨어져 죽어 버린다.

맨 뒷진에서 호기가 가득하던 조승훈은 혼비백산이 되어서 말 궁둥이에 채찍을 갈기면서 평양성 문 밖을 겨우 벗어났다. 다행히 왜적은 조승훈의 뒤를 더 쫓지 아니 했다.

조승훈의 뒤에는 2천 명의 명나라 군사가 따랐다. 가을비는 여전히 그치지 않고 쏟아졌다.

조승훈은 순안·순천을 지나 하루 3백 리를 치달렸다. 밤에 안주 청천강 부교를 지나서 안주성 안으로 들어오지 못하고 성 밖에서 우리 나라 통사를 불렀다.

적병이 쫓아올까 겁이 나서 안주성 안으로 들어가지 못하는 것이었다.

명나라 군사가 평양에서 패한 소식은 안주에 있는 도원수 김명원과 접반사 유성룡의 가슴을 아프게 했다.

접반사 유성룡이 쓰린 가슴을 부여잡고 통사를 거느려 안주성 밖으로 나가 보니 명나라 장수 조승훈은 비에 젖은 옷을 강변 정자에서 말리고 있었다.

조승훈은 유성룡을 보자 등불 아래 얼굴이 벌개진다.

"유 승상……."

조승훈은 유성룡을 부른다.

"명나라 군사들은 오늘 왜적을 많이 죽였소."

조승훈은 먼저 거짓말을 꺼낸다.

유성룡은 기가 막히다. 그러나 아무런 대답도 하지 않는다.

"그러나 불행히 일기가 좋지 못하고, 선봉장이 전사를 해서 왜적들을 더 몰살시키지 못한 것이 한이오. 내 다시 요동으로 돌아가서 정병을 더 데리고 건너올 테니, 그쯤 알고 기다리시오."

서애 유성룡은 분하기 짝이 없다.

"그렇게 급히 갈 것이 아니라 나머지 군사 2천여 명의 몸을 돌봐서 생각하시오. 찬비를 맞고 어찌 가려 하오? 우리 나라 형편도 형편이려니와, 당신네들 부하들도 생각해 보시오."

유성룡은 통사를 통하여 이렇게 만류한다.

그러나 조승훈은 겁이 나서 더 지체할 수가 없는 모양이다. 그대로 젖은 옷을 입고 안주를 떠나 서북으로 말을 달린다.

3천여 명의 생명을 하루아침에 다 잃어버리고 압록강을 건너는 조승훈은 요동으로 돌아가 낯을 들 수가 없으매 밑도 뿌리도 없는 거짓말을 지어내었다.

“조선 군사 한 명이, 별안간 왜적의 편이 되어서 명나라 군사를 공격하는 바람에 승리를 얻지 못하고 돌아왔소!”

터무니없는 기막힌 소리였다. 그러나 명나라 편에서는 조선을 버썩 의심하게 되었다.

명나라 요동총병은 군사를 거느리고 구련성까지 나와서 우리 나라의 동정을 탐지하고, 명나라 병부상서 석성은 요동총병의 보고를 받자 사람을 보내어 사건을 확인하지 않을 수가 없었다.

명나라 조정에서는 지휘사 황응량이 의주까지 와서 조선 군사와 왜병이 합세를 해서 명나라 군사를 공격한 사실에 대해 진위 여부를 알아보았다.

임금 선조는 친히 용만관까지 나가서 명나라 사신 황응량을 맞이하여 소리를 내어 통곡하면서 조승훈이 거짓말한 것을 변명했다.

“내 정성이 부족해서 차마 못 들을 소리를 들으니, 차라리 압록강 푸른 물에 빠져 죽어서 이 깨끗한 마음을 보여 주는 수밖에 없겠소.”

임금 선조는 말을 마치자 다시 통곡을 했다. 조정 신하들도 임금을 따라 사신 앞에 목을 놓아 울었다.

구슬픈 통곡 소리가 명나라 사신 황응량의 마음을 감동시켰다.

이 때였다. 백사 이항복이 관대 소매 속에서 얼른 문서 한 뭉치를 꺼내어 명나라 사신에게 올렸다.

“자아, 보시오. 이것은 작년 신묘년 이래 왜적이 우리에게

보낸 문서이외다. 왜적들이 우리에게 명나라를 치러 갈 테니,
길을 비켜 달라 한 서신이 여러 통 있소이다. 우리 겨레가 오
늘날 이 기막힌 난을 당하는 것은 오로지 명나라를 지키자는
데서 오는 수난이오.”

백사 이항복은 통사를 통하여 말을 보냈다.

명나라 사신 황응량은 왜국의 문서를 자세히 보고는, 임금
선조의 두 손을 모아 잡았다.

“이제야 조선의 참마음을 알게 되었소이다. 하마터면 의리
있는 조선 나라를 잊어버릴 뻔했소이다. 병부상서한테 자세
히 전후 전말을 고하오리다.”

명나라 사신 황응량은 당일로 압록강을 건너 북경으로 돌
아가서 병부상서 석성을 만나, 조선의 억울한 사정을 일일이
전했다.

“그러면 그렇지. 의기 남아 홍 통사가 있는 조선 나라에서
구원하러 나간 요동 군사를 왜적과 한편이 되어 공격했을 리
가 있는가?”

석성은 병부에 앉아서 요동부총병 조승훈을 즉각으로 파면
시키는 첩지를 쓰게 했다.

세 치 혀로 전쟁을 멈추리

명나라 병부상서 석성은 의주로 갔던 사신 황응량을 대동하고 북경 황극전에 들어가 명나라 임금에게 조선의 억울한 사실을 일일이 아뢰고, 요동부총병 조승훈을 패군과 무고죄로 파직시키는 윤허를 맡은 뒤에 적극적으로 조선을 구원할 것을 명나라 임금에게 아뢴다.

"지난번에 낙상지에게 남방에 있는 군사 3천 명을 거느려 압록강변에 둔병하라 하였사옵고, 원임 부총병 사대수에게 북방의 보병 3천 명을 거느려 조선왕을 호위하라 하였사오나, 이번 요동 군사가 패한 것을 보면, 낙상지나 사수대의 적은 병력으로는 도저히 왜적을 평양에서 내쫓지 못할 듯하옵니다. 어찌하면 좋을지 굽어 통촉이 계시기 바라옵니다."

병부사서 석성의 아뢰는 소리를 묵묵히 듣고 있던 명나라 임금은,

"영하 땅을 정복하고 있는 이여송의 군사는 어느 때쯤 회군할 것인가?"

하고 묻는다.

"영하는 거의 평정이 되었사오나, 군사가 돌아오자면 아직

도 한 달 이상은 지체될 줄로 아뢰옵니다."

"왜적이 조선만을 침략하려는 것이 아니라, 근본 뜻은 우리 나라 대륙을 공격하자는 것이 확실하니, 조선의 압록강변뿐 아니라 바닷길에도 강력한 경비 태세를 취해야 할 것이다. 사세가 지극히 급하니, 등래·천진·여순·회양에 군사를 증원시켜서 연해안을 엄중하게 방어하여 왜적이 절대로 상륙하지 못하도록 하고, 조선을 회복시키는 급한 조처의 하나로 상賞을 달아 천하의 영웅을 모집하게 하라."

상을 달아 천하의 영웅을 모집하라는 명나라 임금의 말을 듣자, 병부상서 석성도 마음이 움직인다.

"진실로 지당하신 조처이옵니다. 조선을 회복하는 사람에게는 얼마만한 상을 준다 하오리까? 삼가 처분을 묻자옵니다."

"황금 1만 냥에 백작 벼슬을 대대로 시키도록 하라."

병부상서 석성은 명나라 임금의 어전을 물러 나온다.

* * *

병부에서는 즉각 천하에 영을 내려 방을 붙이게 했다.

'왜적을 물리치고 조선을 회복시키는 사람에게는 황금 1만 냥에 백작을 세습시킨다.'

방문은 고을마다 거리마다 붙여졌다.

북경 번화한 거리에도 군데군데 방이 붙어졌다.

북경 거리에 방이 붙여지니 지나가는 사람들은 군데군데 무리를 지어 방문을 읽었다. 군중들은 비로소 조선에 왜적이 쳐들어 와서 큰 전쟁이 일어난 줄을 알게 되었다.

지나가는 백성들은 모두들 호기심을 가지고 방을 바라보았다.

"여보게, 상금 한번 두둑하네. 황금 1만 냥에 백작을 봉한다네."

"당대뿐이 아닐세. 대대로 내려갈 수 있는 백작일세."

"제기, 한 번 조선 안의 왜적을 평정해 놓기만 하면 금시발복이 되네마는, 도대체 왜적이란 어떻게 생긴 도둑인가?"

"동해 바다 맨 끝에 있는 조그마한 섬에 사는 족속이라네."

"아하, 진시황 때 삼신산 불사약을 캐러 간다고 서시가 동남童男·동녀童女 5백 명을 데리고 동해 바다로 들어갔다던 바로 그 족속 말인가?

"맞았네, 그렇다네."

"욕심은 나지만 왜적을 평정할 재간이 있어야지, 하하하."

군중들은 이렇게 호기심이 가득 찬 눈으로 방문을 읽고 지나갔다.

이 때 즐비하게 벌려져 있는 음식 파는 집 속에서 마흔쯤 되어 보이는 장년과 묘령의 계집이 나타났다.

장년은 이목이 수려하고 얼굴빛이 해사했다. 기름한 검은 수염이 풍채 있게 삼각수를 늘여 턱 아래로 드리워졌다. 의복 차림은 능라 주단으로 감았다.

아무리 뜯어보아도 선비 같지는 않고, 벼슬하는 사람 같지도 않다. 놀고먹는 오입쟁이 모습과 비슷하다.

계집의 나이는 서른쯤 되어 보인다. 단번에 보아 여염집 여자가 아니고 기생인 것을 짐작할 수 있다.

아름다운 얼굴판에 검은머리를 층층이 틀어 올렸고, 남빛 수옷에 감겨진 붉은 띠는 바람에 날려 구불구불 곡선이 화려하다. 걸음을 걷는 대로 몸에서 풍겨지는 향내는 사람들의 코를 스친다.

남녀 두 사람은 거리로 나오자, 사람들이 웅기중기 모여 있는 앞을 지난다. 두 사람 남녀의 눈에도 방이 보인다.

남자는 지나가다가 문득 발을 멈춘다. 여자도 따라 주춤하고 방을 바라본다.

'왜적을 물리치고 조선을 회복시키는 사람에게는, 황금 1만 냥에 백작을 세습시킨다.'

남자의 눈에는 방 글씨가 깊이깊이 망막 속으로 스며든다.

남자는 방을 한 번 내려 읽자, 다음 순간 또다시 읽는다.

쉽고도 간단한 글이다. 그러나 다시 세 번이나 읽는다.

계집도 방을 읽는다. 남자의 발길은 방 앞에 딱 붙은 채 떠나지를 않는다.

남자가 하도 오랜 시간을 지체하자,

"가십시다."

계집이 재촉하는 말을 한다.

그러나 남자의 귀에는 들어가지 않는 모양이다. 남자는 잠깐 무슨 궁리 속에 빠진 듯하다.

계집은 조금 더 참아 본다.

'흥미 없는 방을 왜 저리 들여다보고 섰누?'

계집은 마음속으로 이렇게 생각하면서 조금 더 참아 본다.

또 한동안이 지났다. 방을 보고 가는 군중들의 시선이 계집한테로 자꾸 쏠린다.

계집은 이내 더 참을 수가 없다.

"고만 가십시다."

지그시 사내의 옷소매를 당긴다.

남자는 비로소 여자와 동행한 것을 생각하고 걸음을 앞으로 떼어 놓는다. 계집이 뒤를 따른다.

"조선에 전쟁이 난 모양이죠?"

"그런가 보이."

"무슨 흥미 있는 일이라고 방을 그렇게 오래 두고 보셨소?"

"그저 좀 생각해 볼 일이 있어서."

남자는 어깨를 으쓱하면서 팔짱을 끼고 걸음을 옮긴다.

"상금 1만 냥에 백작 벼슬이 탐이 나오? 호호호."

계집이 남자의 얼굴을 갸우뚱 교태를 지어 들여다보면서 네 뱃속을 다 안다는 듯이 방긋 눈웃음을 머금는다.

남자는 "픽" 하고 웃음이 터진다. 다음 순간 여전히 묵묵히 발길을 옮긴다.

"당신이 무슨 장군이라고 그런 엉뚱한 생각을 하시오? 말주변은 좋아서 계집들은 잘 후려 내지만, 백만 대병을 거느리고 압록강을 건너 좌충우돌하면서 백만 적병을 몰아 낼 포부가 있느냐 말이오. 호호호."

"남의 계집 후리는 것도 인생의 전쟁이거든. 그것이 그리 쉬운 줄 아나베."

남자도 빙그레 웃으며 농조로 대답하면서 걸음을 옮긴다.

"당신이 여자를 잘 후리는 것은 풍채가 좋고 언변이 좋은데

다가 몸꼴이 튼튼하니까 당신 맘먹는 대로 다 되는 것이지마
는, 어떻게 왜적을 물리칠 꿈을 꾸시오. 활을 쏠 줄 아나, 창
을 쓸 줄 아나, 칼을 만져나 보았나, 백수건달인 당신이 임진
대적을 어떻게 한단 말이오? 헛생각 작작하고 어서 창극이나
구경하러 갑시다."

"내가 언제 백만 대병을 거느리고 전쟁터엘 나간댔나? 왜
이리 수다를 떠는 거야? 그러나 오늘 창극 구경은 못 가겠네.
자네하고 조용히 의논할 일이 있어. 도로 집으로 가세나."

"모처럼 창극 구경을 한 번 하겠더니."

"이 사람, 협기 있고 마음이 툭 터진 자네 아닌가? 한평생
의 대원인 내 청을 좀 들어 주게나."

계집은 방싯 웃음을 지어 남자의 얼굴을 쳐다본 뒤에 슬쩍
오던 길로 발길을 돌이킨다.

남자와 여자는 북경 화려한 창루로 발길을 옮긴다.

남자는 절강 태생 심유경이란 사람이요, 여자는 북경의 소
문 높은 협기俠妓 진담여라는 계집이다.

남자와 여자는 어깨를 나란히 하여 진담여의 집으로 들어
선다.

두 사람이 화사하게 꾸며진 진담여의 침실로 들어가자 심
유경은 캉 위에 올라 비스듬히 누워 버리고, 계집은 심유경의
무릎에 의지해 앉는다.

심유경은 캉에 올라온 진담여의 분같이 흰 손을 어루만져
잡는다.

"인제는 내가 하도 많이 진 자네 신세를 갚을 때가 되었나 보이."

"백수건달인 당신이 무슨 수로? 귀여운 강아지가 되어서 한평생 내 품안에 잘 지내면 그만 아니오? 호호호."

"망상스런 소리 그만 하오. 이래 보여도 천하의 대장부라네. 자네를 떼어 들여서 아내를 삼아 버리고, 나는 조선의 왜적을 평정한 뒤에 백작이 된단 말이네. 그러면 자네는 백작 부인이 된단 말이야. 어때, 기생 진담여가 백작 부인이 된다! 부귀영화가 이렇게 쉽게 자네 몸에 닥쳐 올 줄은 몰랐겠지?"

심유경은 금방 자기가 백작이나 된 듯, 얼굴에는 행복스런 미소가 넘쳐흐른다.

"쓸데없는 헛꿈 그만 꾸어요. 아까도 말했지마는, 백수건달 백면서생인 당신이 무슨 솜씨로 30만 왜적을 조선 안에서 물리쳐 낸단 말이에요? 당치 않은 수작은 그만두고 내 품에 안겨서 한평생 귀여운 강아지 노릇이나 해요, 호호호."

"이 사람아, 전쟁을 창과 칼만 가지고 싸우는 줄 아나베. 헛바닥 하나로 넉넉히 적군을 물리칠 수도 있는 것이거든. 두고 보게나. 한 달 안에 자네를 떼어 들여서 치가置家를 시켜 놓고 나는 조선으로 나가서 왜적을 물리친 다음에 다시 돌아와서 자네를 백작 부인이 되게 할 걸세."

"진정의 말씀이오?"

"내가 자네한테 언제 거짓말하던가?"

"작히나 좋겠소."

계집은 든든한 듯, 남자의 얼굴을 바라보며 눈에 담뿍 다정한 웃음을 싣는다.

"그러나 자네한테 청할 게 하나 있네."

"우리 사이에 청이 다 뭐예요? 할 말이 있거든 얼른 말씀하시오."

"병부상서의 첩장인 원무란 사람이 있지 아니 한가?"

"원무 노인의 딸인 석 상서의 작은집이 내 동무인 까닭에 가끔 나한테 놀러 오지요."

"그 사람을 나한테 한 번 소개해 주게나."

"어렵지 않은 노릇입니다."

"그럼, 어떻게 오늘밤 안으로 만나 보게 해주게. 일이 급하이."

계집은 맑은 눈을 굴려 한동안 무엇을 생각하더니, 캉에 내려서자 맞은편 벽에 걸려 있는 체경에 몸을 비쳐 머리를 매만진다.

"오늘 저녁이 내 생일이라고 말하고, 저녁을 같이 하자고 원 노인을 청해 오리다."

"됐어, 됐어!"

심유경은 손뼉을 치면서 일어나 앉고는, 캉 옆에 있는 책상 위에서 벼루를 당긴다.

기생 진담여가 방문을 열고 밖으로 나가자, 건달 심유경은 벼루에 먹을 갈아 종이 위에 글씨를 쓴다.

'절강 사람 심유경은 삼가 병부상서 석성 각하께 글월을 올리나이다. 소생은 세 치 혀로 조선에 침입해 들어온 30만 왜적을 물리칠 각오가 되어 있사옵니다. 한 명의 군사를 움직이지 않고도 왜적을 물리치오리다. 공을 이루는 날, 제게 황금 1만 냥과 방에 쓴 대로 백작을 내려 주소서.'

심유경은 쓰기를 다 한 뒤에 글을 봉하여 겉봉을 쓰고 손뼉을 쳐서 사환을 부른다.

기루妓樓의 사환이 심유경의 부르는 손뼉 소리를 듣자 방문 안으로 들어선다.

"부르셨사옵니까?"

"너 이 편지를 병부상서가 계신 병부 아문衙門에 갖다 전해라. 중요한 편지다. 똑똑히 전해야 한다."

사환이 굽실하고 편지를 받아 들고 나간다.

심유경은 잠깐 무엇을 생각하더니 또다시 손뼉을 친다. 나가던 사환이 다시 문을 열고 되돌아선다.

"내가 잠깐 잊은 일이 있다. 병부에 그 편지를 전한 뒤에 북경 십자로 거리, 차 파는 집에 있는 심가왕을 찾아서 곧 좀 내게로 오시라고 일러라. 나한테 늘 놀러 오는 사람 말이다."

"알겠사옵니다."

사환은 공손히 대답하고 물러 나간다.

심유경은 기생 진담여와 기루의 사환을 내보낸 뒤에 비스듬히 캉 뒤에 기대어 앉아 깊은 궁리 속에 파묻힌다.

＊　＊　＊

심유경은 어려서부터 왜국 사정을 잘 알았다. 그의 아버지는 배를 타고 바다를 건너서 일본에 다니며 물건을 파는 무역상이었다. 이러한 까닭에 심유경도 자기 아버지를 따라 여러 차례 왜국에 건너가 본 일이 있었다.

심유경은 명나라 사람들 중에 가장 왜국 사정을 잘 아는 왜국 통이었다. 그는 무역상 노릇을 하다가 실패를 한 뒤에 다시 일확천금을 해보려고 남경과 북경 사이로 돌아다녔다.

그는 북경에서 기생 진담여를 사귀게 되었다.

호협한 협기 진담여는 풍채 좋고 언변 좋은 심유경을 만나보자 단번에 마음이 쏠려 버렸다. 심유경도 진담여의 아름다운 모습과 활발한 성격에 마음이 기울었다.

이리하여 두 사람은 떨어지려야 떨어질 수 없는 사랑하는 사이가 되어 버렸다.

기생 진담여는 심유경의 일동일정을 돌봐 주었다. 그의 앞날의 성공을 빌면서 밥을 먹여 주고, 옷을 입혀 주고, 돈을 대어 주었다.

심유경이 왜국 사정을 잘 아는 데다가, 근자에 더 한층 왜국 사정을 알게 된 것은 그의 고향 후배인 심가왕이란 사람이 왜국에 장사를 갔다가 요사이 돌아온 때문이다.

후배 심가왕이 도요토미 히데요시가 30만 대병을 일으켜 조선을 공격하는 일이며, 조선이 길을 아니 빌려 주므로 조선을 치게 되었다는 왜 사람들이 지껄이는 소문이며, 왜군은 명나라를 공격한다는 것보다도 근본 뜻은 명나라에 통상을 요구하려는 데 있다는 왜국 사람들이 지껄이는 소리를 듣고 와서 심유경에게 이야기한 까닭이다.

심유경은 자기가 가지고 있는 왜국에 대한 지식에다가 심가왕이 선물로 가지고 나온 새 지식이 합쳐져 왜국에 대한 지식이 더 한 번 날개가 돋쳤다.

심유경은 역시 명나라 사람은 누구나 가지고 있는 자존심이 강했다.

그는 심가왕을 만나서 처음 왜국 사정을 들은 뒤에,

"그러면 그렇지, 제까짓 왜놈들이 감히 압록강을 건너서 명나라를 친다는 것은 말이 되지 않는 소리다. 네 말대로 통상을 요구하기 위해서 명나라를 위협하는 행동이 분명한 노릇이다."

하고는 이렇게 제멋대로 판단을 내렸던 것이다.

심유경은 북경 거리에서 조선에서 왜병을 몰아내는 사람에게는 황금 1만 냥에 백작을 세습시킨다는 병부에서 붙인 방문을 읽자, 자기 자신이 한 번 나서 볼 때라는 욕망이 가슴속에 뿌듯하게 치밀어 올랐다.

더욱이 병부상서 석성의 소실은 자기의 애인 진담여의 동무요, 병부상서 소실의 아버지 원무는 가끔 진담여의 집으로 놀러 오는 것을 잘 알고 있었다.

꾀 많은 심유경은 원무를 다리 놓아 병부상서 석성을 만나보고 싶었다. 이리하여 심유경은 진담여를 시켜 원무와 만나볼 기회를 만들고, 사환을 시켜서 병부에 자원하는 편지를 보냈던 것이다.

얼마 안 되어 북경 십자로 거리의 심가왕이란 젊은 청년이 사환과 함께 진담여의 집으로 들어온다.

"병부에 편지는 잘 전했느냐?"

"틀림없이 전했습니다."

"수고했다. 용돈이나 써라."

심유경은 사환에게 잔돈푼을 내어 준다. 사환은 굽실거려 돈을 받고 물러 나간다.

심유경은 심가왕을 바라보자 말을 꺼낸다.

"내가 장차 조선에 나가서 왜인들과 교섭을 하게 되면 너를 함께 데리고 가 볼 작정이다. 위험한 전쟁 속이라도 나를 따라 가겠느냐?"

"따라 가고 말굽쇼. 어르신네가 가시는데 위험한 곳이라고 아니 가겠습니까?"

"너도 거리에 붙은 방을 보았지?"

"상금 1만 냥에 백작 되는 것 말입니까?"

"그래."

"보았습니다."

"어떠냐, 왜인들이 명나라를 공격할 의사가 없는 것은 분명하지?"

"생각해 보십시오. 왜인들이 대병을 거느리고 바다를 건너서 3천 리 의주까지 몰아 올라오기도 힘이 벅찬데, 압록강을 건너서 다시 요동벌을 지나서 북경까지 쳐들어온다는 것은 쉬운 일이 아닙니다. 왜추 도요토미 히데요시의 본뜻은 중국과 통상을 하자는 게 확실합니다."

"너를 부른 것은 다른 것이 아니라, 이따 저녁 때 병부상서 석성 노야의 첩장인인 원 노야께서 이곳에 오실 테니, 그 때 내가 너를 부르면 왜국 형편을 원 노야께 자세히 말씀드리도록 하라는 것이다. 우선 바깥방으로 나가서 기다리고 있거라."

심가왕은 읍하고 물러간다.

이윽고 기생 진담여가 침실로 나타난다. 얼굴에는 가득히 웃음이 서린다.

"원 노인이 내 생일이라니까 반색을 하면서 꼭 오신다 하오."

"일이 돼 들어가는 판일세."

심유경은 벌떡 자리에서 일어난다.

"모두 다 자네 덕이야. 나야말로 처덕에 사는 놈일세, 하하하. 처덕이 처덕처덕하단 말이야."

심유경은 진담여를 번쩍 들어 가로 안는다.

"백작이 되면 나를 떼어 들여서 치사를 해준댔죠?"

진담여는 심유경의 가슴에 안긴 채 아리따운 눈으로 심유경을 바라본다.

"백작이 되기 전에 조선에만 나가게 되면 먼저 치가를 해주고 나간다니까."

"아이 좋아."

진담여는 소녀처럼 기뻐한다.

"자아, 놓아 주어요. 손님 잡수실 음식을 마련해야지."

진담여는 심유경의 힘차게 껴안은 가슴을 가볍게 밀치고 침실 밖으로 뛰어나간다.

심유경은 진담여를 두 팔에서 풀어놓은 뒤에, 느긋한 행복을 느끼면서 사선상四仙床 위에 놓인 호두 두 알을 손바닥 안에 굴리면서 콧노래를 부르며 방 안을 거닌다.

이윽고 해는 기울고 승석 때가 훨씬 넘었다.

진담여의 집에는 병부상서 석성의 첩장인 원 노인이 온 모양이다. 진담여의 반갑게 맞아들이는 아리따운 목소리가 구슬을 굴리는 듯 들려오고, 노인은 객실로 인도된다.

심유경은 자못 가슴이 설레기 시작한다. 체경에 몸을 비추고 의복을 단정히 매만진 뒤에 윤건을 반듯이 바로잡는다.

애인 진담여의 부르는 기별이 있기를 여삼추같이 기다리고 있다. 조금 있으려니 침실 문이 스르르 열리며 진담여가 손짓해 부른다.

심유경은 진담여의 뒤를 쫓는다. 일부러 점잔을 빼며 천천히 활개를 치면서 느릿느릿 걸음을 걷는다.

객실에는 진수성찬의 음식들이 사선상에 벌여 있고, 맞은편 정면으로 병부상서 석성의 첩장인 원무가 의젓하게 빼고 앉아 있다.

"아저씨, 제 생일날 한 사람을 소개하겠습니다. 앞으로 소녀가 한평생 몸을 의탁할 사람입니다."

심유경은 원 노인에게 공손히 절을 드리고 꿇어앉는다.

"소생은 심유경이라 하옵니다."

헌칠한 키대와 잘생긴 풍채가 벌써 원 노인의 마음을 움직이게 한다.

원 노인이 황망히 답례를 하며 묻는다.

"고향이 어디시오?"

"남쪽 절강이옵니다."

"절강 땅은 참 산천이 수려하고 아름다운 곳이거든. 그 까닭에 인물들이 저렇게 출중하단 말야."

"천만의 말씀이올시다. 앞으로 그저 노야의 두호해 주심을 많이 입어야겠습니다."

진담여는 술병을 들어 원 노인과 심유경에게 따른다.

술잔이 서너 순배 돌아 거나하기 시작했을 때다.

"노야, 요사이 얼마나 심려가 많으시옵니까? 요동의 조승훈이 압록강을 건너서 평양의 왜적을 치려다가 봉변을 당했다 합니다그려."

"아아, 나야 무슨 국가 대사를 근심할 자격이 있나? 내 사위 병부상서 석성이 미상불 이 일에 대해서 몹시 노심초사를 하는 모양이오. 영하를 치러 나간 이여송의 20만 대군은 아직도 돌아오지 않고, 조승훈은 제멋대로 날뛰다가 저 꼴이 되어 버렸으니 딱한 노릇이거든. 조금 전에 참장 낙상지가 남병을 거느리고 북상을 했고, 사대수가 요동군을 거느려 조선으로 향했지만, 이런 미미한 군사를 가지고는 맹독한 왜적을 당해내기가 어렵다고 상서 노야는 걱정 속에 쌓여 있소."

"거리에 붙은 황금 1만 냥에 백작을 세습시킨다는 방을 보셨습니까?"

"보았소, 허허. 그러하니까 이여송이 돌아오기 전에 이 난국을 수습할 인물을 구한다는 것이거든."

"소생이 방 붙은 것을 보고, 이번에 병부에 자원해서 한 번 조선으로 건너가 보겠다고 건의를 드렸습니다."

심유경의 눈이 타는 듯 빛난다.

"노형이? 참으로 갸륵한 일이오. 군사 몇 만 정도를 가지면 되겠소?"

원 노인은 뜻밖의 소리를 듣자 이쯤 대답해 둔다.

"군사는 한 명도 필요 없습니다. 소생의 부하 10여 명만 데리고 조선으로 건너가서 왜적을 물리치고 돌아오겠습니다. 소생의 부하들은 모두 다 왜국 말을 잘 하고, 왜국의 풍습이며 왜국이 무엇 때문에 조선을 거쳐서 명나라로 군사를 움직였는지를 소상하게 다 알고 있습니다. 기실은 소생도 절강서 장사하느라고 왜국에 여러 차례 갔다 온 일이 있습니다."

심유경의 말을 들은 원무 노인은 심유경이 왜국 사정을 잘 안다는 소리를 듣자 호기심이 생긴다.

"그래, 왜국이 조선을 거쳐서 명나라를 치려는 것은 무엇 때문이오?"

"수백 년 동안 바다를 통하여 해결하지 못한 남방의 여러 가지 어지러운 문제를 해결하자는 겁니다. 다시 말하자면, 해적 노릇을 아니 하고 정식으로 조공을 바쳐 통상을 하자는 것이지요. 이러하니 소생은 세 치 혓바닥을 놀려서 왜적을 몰아낼 자신이 있습니다."

"허허, 참 천하의 남아구려."

원 노인은 심유경의 그럴 듯한 언변에 마음이 휩쓸리기 시작한다.

"소생이 우선 병부에 자원했습니다마는, 노야께서 한 번 병부상서 노야께 제 말씀을 해주셨으면 합니다."

심유경은 원 노인한테 술을 따라 올리며 은근히 당부한다.

"아저씨, 나랏일은 나랏일대로 태평하게 되고, 심유경은 심유경대로 출세를 하게 될지도 모릅니다. 아저씨, 한 번 저희를 도와 줍시오."

기생 진담여도 옆에서 원 노인에게 간곡한 당부를 올린다.

원 노인이 잠깐 침묵을 지켜 무엇을 생각하고 있을 때, 심유경은 진담여의 귀에 입을 댄다.

"심가왕이 저 편 방에 있으니, 가왕을 불러다가 왜국 사정을 원 노인께 말씀드리도록 하게."

진담여가 얼른 자리에서 일어나 문 밖으로 나가더니 바로 한 사람의 젊은이를 데리고 들어온다.

"소생의 말씀을 못 믿으시겠거든 이 사람의 말씀을 자세히 들어보십시오. 이 사람도 절강 사람으로 오랫동안 왜국에 있다가 요즈음 갓 돌아온 심가왕이란 사람입니다. 왜국 말을 잘할 뿐 아니라, 왜국 사정을 잘 아는 사람이올시다."

심가왕은 공손히 일어나 원 노인에게 인사를 올린 뒤에 천천히 왜국 사정을 이야기하기 시작한다.

그는 왜나라 간바쿠 도요토미 히데요시의 요사이 동정이며, 왜국이 3년 전부터 조선을 공격하려던 계획이며, 사신을 보내서 조선에게 길을 빌리려고 했으나 조선 편에서 이것을 거부한 때문에 조선을 공격한 일이며, 왜인들은 명나라를 친다고 거죽으로 위협하지만 실상인즉 명나라와 통상을 하기 위하여 이런 계책을 세웠다는 것들을 제가 보고 느낀 대로 청산유수로 이야기한다.

원 노인은 병부상서 석성의 첩장인이었으나 오입판으로 돌아다니니 천하대세를 짐작할 리가 없었다. 심유경과 심가왕의 말을 들으니, 전혀 모르던 왜국의 사정이 그럴 듯하게 곧 이들렸다.

원 노인은 몇 번이나 무릎을 치면서 신기하게 왜국 사정을 들었다.

밤이 깊어 연회는 파하고 사람들은 흩어졌다.

이튿날 원무는 병부상서 석성의 집을 찾았다. 이 때 병부상서 석성은 출병 문제로 걱정이 태산 같은 판이었다.

"조선 문제로 영웅호걸을 부르시는 방을 붙이셨습니다그려. 얼마나 걱정이 되시오?"

원 노인이 인사말을 꺼낸다.

"이여송의 군사가 빨리 돌아오기만 하면 그까짓 것 문제가 없으련마는, 그 동안이 답답하네그려."

"상서합하, 천하에 기남자 한 사람이 있습니다."

"누구란 말인가?"

"절강 사람 심유경이란 자인데, 왜국을 여러 차례 왕래해서 왜국 사정을 손바닥같이 알고 있습디다. 말 한 마디로 왜적을 조선에서 물리칠 수 있다 장담하옵디다."

"심유경이라? 으음, 일전에 자원해서 병부에 건의를 들인 자로구먼. 어떻게 그 자를 아는가?"

"협기 진담여의 애인이올시다. 그곳에서 여러 차례 만났습니다. 왜국 사정도 들으실 겸 그 자를 한 번 만나 보십시오."

출병 문제로 골치를 앓고 있던 석성에게는 시원한 냉수를 머리에 끼얹는 듯 정신이 쇄락한 소리였다.

"한 번 데리고 와 보시게."

원 노인은 기운이 나서 활개를 치며 진담여의 집으로 가서 심유경을 데리고 석성의 객실로 안내했다.

신언서판이 나무랄 곳 없는 헌칠하게 잘생긴 심유경이었다. 병부상서 석성은 먼저 심유경의 잘생긴 얼굴에 마음이 움직였고, 다음엔 능란한 구변에 귀가 솔깃했다.

심유경은 능소능대能小能大한 행동거지로 왜국의 사정과 풍속을 낱낱이 들어 입으로 그려 바친다.

"그럼, 자네 주장은 왜적과 화친을 해보자는 것인가?"

병부상서 석성이 장중하게 말을 떨어뜨린다.

"그렇사옵니다."

병부상서 석성의 머릿속에는 한편으로 왜적과 화친하는 계획을 세우고, 한편으로 왜적을 무력으로 구축해 보자는 생각이 번갯불같이 스쳐 지나간다.

"아직 내 집에 있고 나가지 말게."

병부상서 석성은 즉각 북경 대궐 황극전으로 들어간다.

병부상서 석성은 명나라 임금 신종 앞에 부복해 엎드린다.

"병부상서 신 석성은 삼가 어전에 조선에 대한 일을 아뢰옵니다. 병부에서 조선 안의 왜적을 몰아내는 사람에게는 상금 1만 냥에 백작 벼슬을 세습시킨다는 방을 붙인 뒤에 한 사람의 기이한 인물이 병부에 자원하여 나타났사옵니다. 불러 보니, 본시 절강 사람으로 왜국 사정을 잘 아는 심유경이란 자이온데, 군사를 움직여 왜적을 몰아내자는 것이 아니오라 강화를 하와 왜적을 물리칠 자신이 있다 하옵니다. 영하에서 아

직 이여송의 군사는 돌아오지 아니하여 일은 급하게 되었사
오니, 화和와 전戰의 두 태세를 취하와 먼저 심유경으로 하여
왜적을 달래어 적의 날카로운 형세를 멈추게 하고, 다음 이여
송이 들어오는 대로 대군을 움직여 왜적을 소탕하는 것도 싸
우는 전술의 한 방법이라 생각하옵니다. 심유경을 조선으로
내보내는 것이 어떠하올지 삼가 처분을 여쭈옵나이다."

"멀고 먼 길에 큰 군사를 움직이는 것보다 싸움을 하지 않
고도 적병을 물리친다면 이보다 더 좋은 일이 어디 있겠는
가? 병부상서는 좋을 대로 조처하라."

"심유경을 명목 없이 보낼 수 없사오니, 신기유격장군의 직
첩을 내리시옴이 어떠하올지 삼가 여쭈옵나이다."

명나라 임금 신종은,

"좋다."

하는 허락을 내린다.

석성은 어전을 물러 나와 병부로 들어간 뒤 집으로 사람을
보내어 심유경을 불러들인다.

석성이 대궐로 들어간 뒤에 객실에서 하회를 기다리고 있
던 건달 심유경은 정히 마음이 초조하다.

이윽고 병부의 사령이 석 상서의 객실에 이르자,

"병부상서 노야의 명령이오! 절강 심유경이란 분이 계시거
든 빨리 병부로 듭시오."

하는 소리가 들린다.

심유경은 목을 놓아 고대하고 있던 판이었다.

"내가 심유경이란 사람이오."

벌떡 자리에서 일어나 사령의 뒤를 따른다.

심유경이 병부의 삼문 안을 거쳐 웅장 화려한 병부상서 정당에 오르니, 병부상서 석성은 미소를 띠어 심유경을 맞이하고, 명나라 임금이 내린 유격장군의 첩지를 전한다.

"황제께 아뢰어 그대에게 유격장군의 큰 임무를 맡기나니, 조선에 나아가 왜적을 물리치는 큰 계획을 실천하라."

심유경은 공손히 직첩을 받든다.

"군사는 몇 명이나 거느리고 가려 하는가?"

석성이 장중한 음성으로 심유경에게 묻는다.

"군사는 한 명도 필요 없사옵니다. 소인의 부하 심가왕 이하 10여 명을 데리고 조선으로 나가면 그만이라 생각하옵니다."

"다른 것은 필요 없는가?"

"황제 폐하의 어명으로 왜장들에게 나누어 줄 용트림을 수놓은 비단 조복과 품 좋은 옥대들이 필요하리라 생각하옵니다."

석성은 잠자코 고개를 끄덕인다.

"소인이 조선으로 나가는 날 한 가지 사사로운 일을 상서 노야께 부탁드리려 하옵니다."

"무슨 부탁인가?"

"소인의 사랑하는 사람 진담여를 기적에서 떼어 들여서 아주 아내를 삼아 버리고 조선으로 나가려 하옵니다. 소인이 압록강을 건넌 뒤에 노야께서는 이것을 두호해 주셔야겠습니다."

석성은 빙긋이 웃어 고개를 끄덕인 뒤에,

"내 집 뒤에 집 한 채를 구하여 자네 아내를 살게 할 테니,

아무 걱정 말고 왜적을 물리치는 큰일이나 순성하도록 하라."
　병부상서 석성은 심유경에게 우선 모든 비용을 쓰라고 황금 3천 냥을 내린다.

　심유경은 병부상서 석성한테 3천 냥의 군자금을 받은 뒤에 병부 아문을 물러 나와 기생 진담여의 집으로 발길을 향한다.
　마음이 설레도록 기쁘다. 허공 위에 어깨가 딱 벌어지는 것을 자기 자신도 느낀다.
　신기유격장군! 백수건달 오입쟁이 심유경은 민첩한 행동으로 기회를 놓치지 않고 어마어마한 지위와 칭호를 이렇게 노리어 잡았던 것이다.
　'이제 조선에 나가서 성공만 하는 날에는 장군이 아니라 백작이 되고, 황금 1만 냥이 생기고, 귀여운 계집 진담여는 백작부인이 되고, 이 속에서 새끼가 나오면 또다시 작은 백작이 되고…….'
　심유경은 걸어가면서도 입이 벙글벙글 벌어져서 다물어지지를 않는다.
　부귀영화가 이같이 속히 굴러 들어올 줄은 참으로 자신도 몰랐다.
　심유경은 이 기쁜 소식을 어서 빨리 사랑하는 사람에게 알려 주고 싶다. 걸음을 빨리 하여 진담여의 집으로 들어선다.
　진담여는 애인 심유경을 병부상서 석성에게 보낸 뒤에 하회가 궁금해서 눈이 빠지도록 기다리고 있었다.
　침실 문이 확 열리며 심유경이 들어선다. 기생 진담여는 얼른 캉에서 뛰어내려 심유경을 맞는다.

"어찌 되었소?"

기생 진담여는 심유경의 기색을 곁눈으로 슬쩍 살펴본다. 심유경의 입이 함박만큼 벌어진다.

"되었소, 큰 성공이야. 모두 다 자네 덕일세!"

심유경은 품안에서 병부상서 석성한테서 받은 첩지를 꺼내서 진담여에게 보여준다.

'절강 심유경에게 신기유격장군을 봉하고, 조선을 침략해 들어온 왜적과의 사이에 강화를 약속하는 책임을 명한다.'

명나라 황제의 옥쇄가 붉은 줏빛을 뿜으며 화사하게 찍혀 있고, 병부상서 석성의 부서副署가 뚜렷이 써 있다.

진담여의 맑은 눈이 커다랗게 빛나면서 황홀한 행복의 꿈속에 취해 버린다.

"어머나, 신기유격장군! 인제는 당신도 장군님이 되셨습니다그려."

진담여의 말 존대가 저절로 변한다. 심유경은 이제는 일개 오입쟁이 백수건달이 아니다.

진담여는 첩지를 공손히 받들어 사선상 위에 올려놓는다.

심유경도 회포가 꿈틀거린다.

"자네가 3~4년 동안 하루도 낯을 찡그리지 않고 나를 도와 준 덕분일세."

"그처럼 생각해 주시니 너무나 고맙습니다."

진담여는 숙녀인 양 다소곳이 고개를 숙인다.

"하지만 내가 이제는 자네 곁을 잠시 떠나게 되니 이것이

섭섭하이.”

“그립기야 하겠지만 당신의 출세를 위해서 조금 참아 보는 수밖에 없지요.”

심유경은 버썩 진담여의 허리를 껴안아 가로 안는다. 진담여의 샛별 같은 맑은 눈이 하소연하는 정을 듬뿍 실어 심유경의 눈을 녹일 듯이 바라본다.

“오늘 자네의 몸값을 치르고 정식으로 내 아내로 삼을 것일세. 원무 노인과 심가왕을 청하고, 집안 아이들을 다 모은 뒤에 자네와 내가 정식 부부가 되는 잔치를 크게 차릴 테야. 내가 조선으로 나간 뒤의 자네 일은 병부상서께 부탁을 했네. 병부상서는 자기 집 근처에 자네의 집을 하나 장만해 주마 하고 쾌히 허락을 내리셨네.”

“병부상서 노야가 그렇게까지 염려를 해주신댔어요? 그렇다면 상서 노야의 작은집이 내 동무니까 더구나 좋아요. 어느 때 떠나실 테예요?”

“내일이라도 곧 떠나야지.”

이날 저녁 때 심유경은 창루 주인에게 진담여의 몸값을 치르고, 정식으로 아내를 삼는 잔치를 원무 노인과 심가왕이며 창루의 여러 친구들이 모인 곳에서 화려하게 벌였다.

이제 심유경은 건달 오입쟁이가 아니라 조선에 있는 왜적을 치러 가는 당당한 유격장군이요, 진담여는 창루의 기생이 아니라 유격장군 심유경의 부인이었다.

사람들은 모두 다 두 사람의 행운을 부러워하면서 그들의 앞날을 축복해 주었다.

* * *

심유경은 이튿날 아내 진담여를 데리고 병부상서의 소실 원무의 딸네 집을 찾아서 아내를 석성의 소실한테 맡긴 뒤에, 병부에 나아가 석성에게 하직 인사를 고하고 부하 심가왕 등 10여 명을 거느리고 조선을 향하여 말을 달렸다.

심유경은 요동벌을 지나 지체하지 않고 바로 압록강을 건넜다.

압록강 건너 의주 행궁에는 벌써 이 소식이 들어왔다.

우리 편에서는 어서 빨리 이여송의 대군이 나오기만 고대하고 있는 판인데, 당치 않게 화친을 주장하는 심유경이 나온다 하니 기가 차는 일이었다. 그러나 심유경을 푸대접할 수도 없었다.

조정에서는 직제학 오억령을 의주 용만관까지 보내서 심유경을 맞아들이게 했다.

오억령은 임금의 명을 받들어 심유경을 용만관 앞에서 만나니, 따라오는 추종들은 간단하나 심유경의 풍채는 기걸하고 헌칠했다.

오억령은 심유경을 용만관 안으로 인도한 뒤에, 멀리 온 것을 위로하고 슬며시 심유경의 의향을 더듬어 본다.

"심 장군이 이번에 오신 것은 왜적과 화친을 의논하러 오신 것이라 하던데 진정이오니까?"

오억령은 통사를 시켜서 이렇게 말을 꺼낸다.

심유경은 고개를 끄덕이면서,

"그렇소이다. 그러나 내가 친히 왜적의 진중에 들어가 본 연후에야 어떤 편이든지 결정을 지으려 하오."

"혼자 적진 진중으로 들어가시렵니까?"

"혼자 들어가지요."

"위태롭지 않겠습니까?"

"저희가 혼자 들어가는 나를 어찌하겠소? 하하하."

심유경은 호걸 웃음을 터뜨린다.

"어떠한 방법으로 말씀을 꺼내시렵니까?"

"나는 먼저 적장을 책망하려 하오. 조선은 예의의 나라다. 아무러한 허물이 없는데, 너희가 까닭 없이 군사를 일으켜서 무고한 생명을 죽이는 것은 의가 아니니 너희들은 빨리 조선에서 물러가거라. 이쯤 나는 말을 꺼내 보려 하오. 그래서 적장이 약간의 동향을 보이면 나는 화친해 보려는 계획을 세울 것이나, 만일 적장이 말을 안 듣는 경우라면 우리는 대군을 휘동해서 왜적을 진살시킬 작정이오."

심유경은 물 흐르듯 대답한다.

접반사 오억령은 의주 행궁으로 돌아와 사실대로 임금에게 아뢰었다.

임금 선조도 심유경을 만나 볼 필요를 느꼈다. 임금이 친히 군사를 거느리고 용만관으로 거동을 납시어 심유경을 만났다.

"도대체 화친이란 말이 아니 되는 소리오. 저놈이 화친을 청한 대도 이 편에서는 응하지 않을 터인데, 까닭 없이 침략 당한 우리 편에서 화친을 청한다는 것은 말이 되지 않는 소리오. 왜적들은 기막힌 독종이라, 아무리 심 장군이 명나라의 위엄을 가지고 화친을 하자 해도 그 놈들은 얼른 철병을 하지 아니 하리다. 공연한 세월을 허송할 것이 아니라 생각하오. 빨리 대군을 휘동하여 평양을 공격하는 게 상책이오.”

심유경은 임금 선조의 말씀을 듣자, 허리를 굽혀 읍을 올린 뒤에 천천히 대답한다.

“소생은 계교로써 왜장의 손과 발을 묶어서, 왜적들을 꼼짝 못하고 돌아가도록 할 작정이옵니다. 물론 함경도에서 잡아갔다는 왕자 두 분도 돌려보내라 교섭할 작정이옵니다. 과히 근심 마시기 바라옵니다.”

심유경은 임금 선조를 위로한 뒤에,

“소생은 지금 곧 이곳을 떠나서 순안을 거쳐 평양 적진으로 가야만 하겠사옵니다. 그러면 잠깐만 하회를 기다리소서.”

심유경은 임금 선조에게 하직을 고하고, 심가왕 등 10여 명을 거느려 순안으로 말을 달린다.

심유경은 순안에 당도하자 우리 편 군사들의 환영을 받은 뒤에, 순찰사 이원익과 도원수 김명원과 함께 건복산에 올라 평양성을 자세히 바라보더니 다시 순안성으로 내려와서 왜장 고니시 유키나가에게 편지를 썼다.

'대명 유격장군 심유경은 그대들과 만나서 이야기할 여유를 가지고 있다. 그대들이 능히 나를 만나 볼 용기가 있는가?'

극히 간단한 글이었다.

심유경은 편지를 써서 봉한 뒤에 부하 심가왕을 불러서 내어 주었다.

"너 이 편지를 가지고 평양으로 가서 왜장 고니시 유키나가에게 전하고 답장을 받아 가지고 오너라."

심가왕은 편지를 받들고 말을 달려 평양으로 향하였다.

평양성 문은 굳게 닫혀 있고, 보통문 문루 위에는 왜적들이 파수를 보고 있었다.

심가왕은 능란한 왜말로,

"나는 명나라 유격대장 심유경 장군의 부하다. 우리 장군의 명을 받들어 너희 장군에게 보내는 편지를 가지고 왔으니, 이것을 받아서 너희 장군에게 전하라."

왜적의 수문장은 성문을 열고 편지를 받아 들어갔다.

이 때 고니시 유키나가와 소오 요시토시와 중 겐소는 대동관에 있다가 심유경의 편지를 받았다.

고니시 유키나가는,

"이것이 무슨 계획인고?"

하고 의심하지 않을 수 없게 되었다.

고니시는 겐소, 소오 요시토시와 은밀히 의논한 뒤에 명나라 절강 사람으로 왜국에 붙잡혀 있다가 이번 전쟁에 조선으로 끌려 나온 장대선이란 자를 불러서 답장 편지를 전하게 하고, 자세한 동정을 물어 오라 일렀다.

장대선은 심가왕을 보통문 위에 오르게 하고, 고니시 유키나가의 답장 편지를 전하면서 명나라의 참뜻을 물었다.

심가왕은 같은 명나라 사람인 장대선에게 명나라에서 새로이 심유경을 보낸 것은 전적으로 화친을 하자는 뜻이 있어 온 것이란 점을 자세히 설명해 준 뒤, 고니시의 편지를 품안에 품고 순안으로 돌아와 심유경에게 바쳤다.

심유경이 편지를 뜯어 보니,

'귀국에서는 그 전 가정* 연간에도 통상을 허락한다 빙자하고 일본 사신을 해한 일이 있는데, 또다시 이러한 속임수를 써 보려 하는 것이 아닌가?'

하는 의심하는 편지였다.

심유경은 다시 두루마리를 펼쳐 들고 붓을 달렸다.

'그대들이 군사를 헤쳐 돌아간다면 대명 황제께서는 일시동인**하시는 태도로 그대의 나라를 속국으로 우대해서 조공과 통상을 허락할 것이다. 아무런 다른 뜻이 없는 것이다.'

심유경은 또다시 편지를 심가왕에게 내주었다.

"이 편지를 전하면 왜적은 반드시 나를 만나 보고자 날짜를 정해 주리라. 똑똑히 기억하고 돌아오라."

심가왕은 심유경의 편지를 품고 적진으로 달렸다.

심가왕이 평양성 밖에서 편지를 적장에게 또 전하니, 명나라 사람 장대선이 적진 중에서 나와서 심가왕을 고니시 유키나가의 앞으로 인도하였다.

심가왕은 유창한 왜말로 심유경은 군사를 쓰지 않고 양 편이 화친할 것을 주장하는 태도를 가졌다는 것을 자세히 설명해 주었다.

* 가정嘉靖 : 중국 명나라 세종 때의 연호.
** 일시동인一視同仁 : 누구나 차별 없이 똑같이 사랑함.

이 때 왜적들은 가토 기요마사가 함경도 산골 속으로 깊숙이 쳐들어갔고, 고니시 유키나가가 평양까지 와서 명나라 요동 군사 조승훈을 패배시켜 거죽으로는 큰소리를 탕탕 치며 조선과 명나라를 위협하고 있었다. 그러나 성장 이순신이 바다 싸움에서 연전연승하여 왜적의 수군을 전멸시키고 보니, 함경도와 평안도로 깊숙이 들어간 가토와 고니시는 안으로는 커다란 공포와 불안을 느끼고 있었다.

왜적의 수군이 전라도 다도해를 돌아 육군과 수군이 함께 북상하려던 큰 계획은 이순신 장군이 남해 바다의 재패권을 잡음으로써 완전히 부서지고 말았다. 바닷길이 막힌 왜적의 육군은 큰 파국으로 보아 완전히 포위 상태에 빠져 버린 것이다.

이순신 장군으로 인해서 왜국과 조선 사이에 있는 바닷길이 완전히 끊어져 막혀 있다는 것은 벌써 왜적이 완전히 패배를 당하고 있는 것이나 마찬가지였다.

후방의 수송이 끊어진 왜적 10여만 명은 앞으로 굶어죽는 아귀가 될 수밖에 없었다.

여기다가 조선 팔도는 흰 옷 입은 의병들의 천지였다.

골짜기마다 의병들이요, 산기슭마다 의병들이었다. 의병이 따로 있는 것이 아니라 백성들이 모두 다 의병이었다.

사람마다 활을 들었고, 사람마다 창을 집었다. 여자란 여자는 모조리 정절을 지켰다. 기생 속에서 계월향이 나오고, 논개가 나왔다.

땅이 넓으니 현상을 유지하기 위해 지키기만 해도 군사 수는 오히려 부족한 형편이었다. 여기다가 무섭게 추운 겨울이

장차 앞으로 닥쳐오게 되었다.

　조선의 북도와 서도의 겨울과 더욱이 요동·만주 벌판의 겨울은 왜적들이 꿈에도 생각해 보지 못했던 혹독한 겨울이었다.

　이 때 도요토미 히데요시의 명을 받아 전쟁 형편을 시찰하러 조선에 나왔던 마쓰다 나가마사·이시다 미쓰나리·오타니 요시쓰구 등은 연서를 해서 도요토미 히데요시에게 아래와 같은 편지를 올렸다.

　'선봉대는 곧 명나라로 쳐들어갈 작정이옵고, 나머지 장수들도 계속해서 뒤를 따를 것이올시다. 평양에서는 지난번 적의 습격을 받았사옵니다. 8월 1일에 이원익의 군사가 평양성을 습격하와, 한 번 싸워 패해 달아났습니다. 그러하오나 우리 편 일본 군사들의 사상자도 적지 않았사옵니다. 압록강을 건너서 요동강까지 쳐들어간다면 첫째로 군사가 먹을 양식에 커다란 곤란을 받을 것이오며, 다음엔 추위 때문에 행군을 하기가 극히 어려우리라 생각되옵니다.

　신들이 일본에서 듣기에는 조선은 거의 다 평정이 되었다 했는데, 이제 실제로 와서 보니 전혀 그렇지 않습니다. 부산서부터 요동까지는 땅은 넓고 길은 멀고 가는 곳마다 산골 속이옵니다. 과거의 군사로는 도저히 모든 요충지를 지킬 수 없다 생각하옵니다. 이곳에 있는 모든 장수들과 서로 의논하와 제각기 맡은 구역마다 반란하는 조선 백성들을 평정시키옵고, 내년 봄에는 전하께서 친히 오셔서 지휘하시기를 간절히 바라나이다.'

　이것은 조선으로 침략해 들어온 왜적들이 사정을 자세하게 그려서 도요토미 히데요시에게 보고한 내용이었다.

　이렇게 판단을 내리는 것은 이들만이 아니었다. 왜장 중에 기독교 신자요, 약간의 지식이 있고 사물을 볼 줄 안다는 고니시 유키나가의 생각은 더 한층 마음이 조마조마하고 걱정이 되었던 것이다. 조선도 아직 평정을 못했는데 요동을 치고 북경을 함락시킨다는 것은 생각도 할 수 없는 일이었다.

　이순신 장군으로 하여 바닷길이 이미 끊어졌으니 앞으로 명나라의 큰 군사가 움직이는 날에는 10여만 명 자기들의 생명은 굶어죽고, 얼어 죽고, 상해 죽는, 독 안에 든 쥐의 몸이었다. 왜적들의 반전反戰 사상은 왜국과 조선 안에 가득 차 있었다.

　이 때 이순신 장군이 나라에 올린 장계를 보면,

　'사량 권관이 왜적을 잡아 공초를 받자오니, 왜인들은 전쟁터에 나가기가 싫어서 산골로 피해 달아난 사람들을 함빡 붙잡아다가 강제로 배에 실어 이곳으로 보냈다 하옵니다.'

　하는 보고가 있었다.

　이것이 이 때 왜적들의 형편이었다.

　고니시 유키나가는 진퇴유곡이 되어 버렸다. 이러한 판에 심유경이 나타난 것이다.

　마치 물에 빠진 사람이 지푸라기를 잡는 심리였다.

　고니시는 우선 심유경을 만나서 명나라와 통상을 회복하는 정도로 체면을 세워 놓고, 요동을 정복하라는 도요토미의 어리석은 망령된 수작을 중지하기로 마음속으로 결정해 버렸다.

고니시는 심유경의 부하 심가왕을 직접 만나 본 뒤에, 날짜를 정하고 심유경과 만나 볼 것을 약속했다.

심가왕은 고니시 유키나가가 심유경을 만나겠다는 허락을 받자, 나는 듯이 평양에서 순안으로 돌아와 심유경에게 이 사실을 전했다.

심유경은 낯에 가득히 웃음빛을 띠었다.

"우리 황제께서 왜장들에게 내리시는 비단 조복과 옥띠를 보에 싸서 네가 받들고 앞에 가도록 해라. 나는 혼자서 적진에 들어가리라."

심유경은 심가왕을 앞세우고, 순안에서 평양을 향하여 나아갔다.

순찰사 오리 이원익의 마음은 마땅치 않았다. 화친이란 도대체 있을 수 없는 일이라 생각했기 때문이다.

"도대체 무슨 주의로 왜적과 화친을 하자는 것이오?"

하고 통사를 통하여 심유경에게 묻는다.

심유경은 이원익을 바라보면서 빙긋 웃는다.

"아무런 주의도 없소. 다만 사람들의 생명을 구해 내자는 것뿐, 이것은 하늘에 맹세하는 것이오."

심유경은 손을 번쩍 들어 하늘을 가리킨다.

우리 편 조정에서는 될 수 있으면 심유경의 화친한다는 수작을 깨뜨리고 싶었다. 모든 군관들이 심유경을 만류한다.

"심 장군, 위태로운 짓 하지 마시오. 단기로 적진에 들어간다는 것은 섶을 안고 불로 들어가는 격이오."

심유경은 자신이 있는 듯,

"제까짓 놈들이 나를 어찌 하겠소?"

하고 껄껄 웃으면서 평양성을 향하여 나아간다.

평양으로 향해 가는 심유경 일행은 누런 보에 물건을 싸 받들고 앞에 가는 심가왕과 심유경의 말머리를 잡고 가는 견마잡이 둘이 따랐을 뿐이었다.

심유경 일행이 평양 보통문 앞에 당도하니, 문이 스르르 열리면서 왜적들은 심유경의 일행을 성 안으로 맞아 들였다.

이 때 우리 군사들은 어찌되는지 하회가 궁금했다. 함빡 대홍산에 올라 평양성을 굽어보았다.

왜장 고니시 유키나가·다이라노 시게노부·소오 요시토시·겐소는 평양성 북편 강복산 아래서 심유경을 만나 보는데, 왜병들은 서릿발 같은 칼과 창을 뻗쳐 들고 세 겹 네 겹 둘러싸고 있었다.

우리 군사들은 모두 다 심유경의 생명을 위태롭게 생각하지 않을 수 없었다. 그러나 심유경은 검극이 휘황한 적진 중으로 들어가면서도 얼굴빛 하나 변하지 않았다.

심유경이 의젓을 빼고 진 속으로 들어가니, 고니시 유키나가·소오 요시토시·겐소의 무리가 일제히 자리에서 일어나 심유경을 맞았다.

심유경은 심가왕이 받들고 있는 누런 보자기를 고니시 유키나가에게 전하면서 말했다.

"이것은 우리 명나라 황제께서 그대들에게 보내는 예물이니 공손히 받으라."

고니시 유키나가는 벌써 심유경의 풍채와 태도에 한술이 눌리고, 명나라 황제가 내리는 예물이란 바람에 두 번 마음이 감동되었다.

얼른 황보를 받아 헤쳐 보니 명나라 대신들이 입는 붉은 비단 조복과 품 좋은 옥띠였다. 고니시의 눈이 황홀하지 않을 수 없었다.

고니시는 예물을 아장들에게 넘긴 뒤에 심유경을 의자로 인도했다.

심유경은 일부러 거드름을 빼고 의자에 천천히 걸터앉았다.

"누가 왜국의 제일가는 장수인가?"

심유경이 삼각수를 쓰다듬으며 묻는다.

"저는 섭진주攝津州 전사前司 고니시 유키나가이옵고, 옆의 장수는 대마도주 전사종습유前司宗拾遺 소오 요시토시옵니다."

"저곳에 서 있는 저 중은 누구인가?"

"종군하여 온 승려 겐소라 하옵니다."

고니시 유키나가가 또다시 공손히 대답한다.

심유경은 부귀영화를 구하기 위하여 생명을 내걸고 왜진 속으로 자원해 온 사람이었다.

홋홋하게 단기로 온 것도 왜적에게 뱃심을 한 번 보이자는 것이요, 거드름을 일부러 피우는 것도 자기의 등 뒤에는 명나라 백만 대군과 넓고 넓은 대륙의 수억만 인구와 동양 최고의 문화가 있다는 것을 위세 좋게 자랑하면서 왜적의 담보를 서늘하게 눌러 놓자는 것이었다.

겐소는 고니시의 소개를 받자, 심유경을 바라보면서 두 손을 모아 합장 배례를 올린다.

심유경은 교의에 앉은 채 고니시 유키나가를 바라본다.

"조선은 도덕 높은 나라라 그대들을 저버린 일이 없거늘, 무슨 연유로 남의 나라를 침략하여 무고한 사람들의 생명을 살육하는가?"

심유경은 왜말을 잘할 줄 알면서도 일부러 심가왕에게 통변을 시켜 따져 본다.

고니시는 대답할 말이 얼른 나오지 않는 모양이다.

심유경은 계속해서 물어 본다.

"조선과 중국은 입술과 이와 같은 형제의 나라다. 입술이 없으면 이가 시려서 차가운 법이다. 그대들이 군사를 이끌어 물러가지 않는다면 요동과 산동 군사를 모조리 내보낼 뿐 아니라, 천하의 군사를 함빡 동원시켜서 기어이 그대들의 군사를 섬멸시켜 버리고야 말리라."

심유경의 말씨는 부드러웠으나 만 근의 위압을 주어 왜장들의 마음을 짓누른다.

심유경은 다시 눈을 들어 중 겐소를 꾸짖는다.

"너는 머리를 깎고 불도를 닦는 중의 몸으로, 어찌하여 역적 오랑캐를 도와서 우리의 이웃 나라를 유린시키는가?"

겐소는 교활한 웃음을 띠고 머리를 조아리며 꿇어앉아 대답한다.

"중국과 소승과는 연이 깊사옵니다. 중국의 유명한 중봉조사의 4대손 사명선사란 분이 계시옵니다. 중국 가정 18년에 소승의 스승이 중국에 입조하와 사명 스님을 뵈옵고 제자가 된 일이 있사옵고, 그 때 중국 천자께서는 소승의 스승이 멀리 온 것을 가상히 여기시어 가사 한 벌을 내리시어 지금까지 보배로 전해 오고 있사옵니다. 소승이 스승의 뒤를 이어 의발을 전했사오나 어찌 중국에 복종할 마음이 없사오며, 까닭 없이 조선을 유린하겠사옵니까? 제 나라가 오랫동안 중국과 교통이 끊어졌으므로 여러 차례 조선에 교섭하와 길을 빌려 조공을 바치려 하였사오나 조선은 이를 거부하고 도리어 군사를 일으켜 저희에게 대항하므로 하는 수 없이 오늘날 이 싸움이 벌어진 것이옵니다. 소승의 죄가 아니올시다.”

겐소는 말을 마치자, 다시 머리를 조아리며 절을 올린다.

왜장과 겐소는 심유경이 백수건달 오입쟁이인 것을 알 까닭이 없었다. 명나라 유격장군이라는 크나큰 직함에 눌려서 고개가 저절로 수그러진다.

심유경은 더욱더 호기가 높아진다.

“이곳은 명나라 땅이다. 너희들은 잔말하지 말고 빨리 군사를 돌이켜 바다 밖으로 물러가거라. 그렇지 않고 우물쭈물 날짜를 지체한다면 혹독한 화를 면하지 못하리라!”

심유경의 말소리는 더 한층 우렁우렁 소리가 높다.

이 소리를 듣자 고니시 유키나가는 앙큼하게 조선 지도를 펼쳐 놓는다.

“이곳은 명명백백한 조선 땅이오이다. 자, 지도를 보시오. 조선이라 분명히 쓰여 있지 아니 하오? 어찌하여 조선을 명나라 땅이라 하시오?”

고니시는 빤히 심유경의 얼굴을 바라본다.

"하하하, 너희들이 모르는 소리다. 조선은 중국과 형제의 나라다. 더욱이 평양은 중국의 조칙詔勅을 받는 곳이므로 허다한 궁궐이 이곳에 있는 것이다. 너희들은 이곳에 감히 머무르지 못하리라."

왜장들은 다시 더 무어라 앙탈을 하지 못한다.

심유경은 다시 어깨를 으쓱거리며 수염을 쓰다듬은 뒤에,

"그대들이 진심으로 명나라에 조공을 바쳐서 통상하기를 소원한다면 우리 황제께서는 허물을 용서하시고 혼연히 벼슬을 내리시리라. 내가 북경으로 돌아가 이 사실을 천자께 아뢰고 허락을 얻어 돌아올 터이니, 그대들은 내가 다시 돌아올 때까지 기다리겠는가?"

이 때 왜장들은 서로의 얼굴을 쳐다보면서 가만히 눈짓을 한다.

"좋소이다."

고니시 유키나가가 대표로 대답한다.

"그렇다면 내가 가고 오고 50일쯤이면 북경을 갔다 올 것이니, 그 동안 그대들은 일체 평양성 10리 밖으로 나가지 말고 이후엔 침략 행동을 해서는 아니 될 것이다."

"좋소이다. 유격장군이 돌아오실 때만 기다리오리다."

고니시 유키나가는 말을 마치자 허리에 찼던 보검과 은빛 갑옷 한 벌을 심유경에게 바친다.

아까 심유경이 가져온 붉은 비단 관복과 옥띠를 받은 사례다.

심유경은 갑옷과 보검을 받아 부하에게 맡긴 뒤에,

"그대들이 평양 10리 밖을 더 침략하지 않는다는 증거로 표

목을 세워야 할 것이다. 그대들도 함께 가는 것이 좋으리라.”

왜장들도 좋다는 듯이 일제히 자리에서 일어난다.

심유경은 왜장 고니시 유키나가 · 다이라노 시게노부 · 소오 요시토시 · 겐소를 앞세우고 평양성 10리 밖으로 말을 달린다.

이곳은 의주로 가는 길목인 부산원 역말서 평양 쪽으로 20리 되는 지점이다.

심유경은 큰 나무를 깎아 표를 세우고, 붓을 들어 표목에 글씨를 쓴다.

‘왜인은 표 밖으로 나가지 말라. 조선 사람도 표 안으로 들어가지 말라 倭人無出標外 朝鮮人無入標內.’

심유경은 쓰기를 마친 뒤에 부하 심가왕을 돌아본다.

“너는 이곳에 아직 남아 있어서 내가 돌아올 때까지 기다리고 있으라.”

왜적들의 마음에 믿음성을 갖게 하자는 계획이다.

“분부대로 거행하겠습니다.”

심가왕이 공손히 대답한다.

왜장들은 마음이 더 한층 놓인다.

“자아, 그러면 갔다 오리라.”

심유경은 마상에서 손을 번쩍 들어 왜장들에게 작별 인사를 한다.

왜장 고니시 유키나가는 정식으로 명나라 유격장군 심유경에게 화친을 청하는 문서를 전하며 예물로 갑주 한 벌, 투구 하나, 창 한 자루, 긴 칼 한 자루, 단검 한 자루, 활 한 개, 화살 꽂은 동개 한 벌을 바친다.

심유경은 문서와 물품의 목록을 차근히 바라보다가,

"이 문서는 나에게 보내는 사사로운 편지다. 따로이 상주문
上奏文 한 통을 써서 우리 황제께 바치도록 하라. 그리고 예물
물목을 보니, 무기 중에 조총이 빠져 있다. 그대들의 훌륭한
무기인 조총을 구경하고 싶다. 나는 잠깐 조선진 순안을 거쳐
의주에 지체할 테다. 속히 상주문과 조총을 보내라."

심유경은 왜국의 비밀한 무기를 자세히 연구해 보자는 요
량이다.

고니시 유키나가는 비밀을 지키기 위하여 일부러 새로운
무기 조총은 예물 속에서 빼놓았던 것이다. 겐소는 고니시를
쳐다보면서 가만히 혀를 두른다.

심유경은 심가왕을 왜진 속에 떨어뜨린 채 종자 4~5명을
데리고, 말머리를 돌이켜 순안으로 기세 좋게 달린다.

순안에 있는 조선 진에서는 심유경이 해가 저물도록 오지
아니 하니 왜적에게 꼭 붙잡힌 줄 알았는데, 아무 일도 없다
는 듯 다시 순안으로 돌아오니, 모두들 신기하게 생각하지 않
을 수 없었다. 뿐만 아니라 왜적은 다음날 순안으로 아장을
보내어 공손히 문안을 드리고, 편지와 조총을 올렸다.

심유경이 고니시 유키나가의 편지를 받아 읽으니, 편지 사
연은 이러했다.

'어제 무기 약간을 올렸더니 다시 조총을 보내라 하시므로
장비가 추루하오나 조총 한 개와 명나라 황제께 바치는 주서

奏書를 올리나이다. 그러하옵고 의주로 가시어 지체하셨다가 북경으로 가신다 하오나 의주에서 지체하시지 않는 것이 좋을 듯하옵니다. 만일 중간에서 너무 지체하시면 기약한 날짜 50일이 지나갈는지도 모르옵니다. 이 때문에 걱정하는 것이옵니다. 장군께서 빨리 일본의 조공하는 길을 열어 주시는 일은 그다지 어려운 노릇이 아니지 않은가 하옵니다. 나머지 말씀은 통변이 자세히 말씀할 것이오매 이만 그치옵니다.

　임진 9월 3일 고니시 유키나가.'

　심유경은 편지를 다 읽자 입가에 미소가 떠돌았다.

　심유경이 작별할 때 의주에 지체하겠다는 소리를 들은 고니시 유키나가는 마음속으로 불안을 느꼈던 것이었다.

　의주는 조선 조정이 있는 곳이요, 조선 조정은 화친보다도 적극적으로 명나라 군사를 움직이도록 해서 왜적을 공격하려 들 것이니, 명나라 대군이 움직이게 되는 날에는 자신들에게 커다란 치명상이 되므로 심유경에게 의주에 지체하지 말고 바로 북경으로 가서 어서 빨리 화친을 맺게 해달라고 안달하는 편지였다.

　심유경은 편지를 받은 뒤에 조선 측에는 비밀을 지켜서 아무 말도 아니 하고 의주를 향하여 다시 길을 떠났다.

　왜진에 단신으로 들어가서 붙들린 줄만 알았던 명나라 유격대장 심유경이 왜적과 화친하는 이야기를 하고 왜적이 평양서 나오지 못하도록 금표를 세운 뒤에 다시 북경으로 돌아간다는 소문을 듣자, 순안서부터 의주에 이르는 연도에는 백성들이 수백씩 모여서 심유경의 얼굴을 한 번 구경하려 들었다.

"심유경이란 도대체 얼마나 구변이 좋고 인품이 잘생겼기에, 단신으로 왜적의 진영에 들어가서 왜적들을 꼼짝도 못하게 하고 돌아오는가?"

"담보도 크거니와, 희한한 사나이야. 말 한 마디로 왜놈들을 꼼짝 못하게 하고 평양 10리 밖에 금줄을 쳐 놓아서, 왜적들이 밖으로 나오지 못하게 만들어 놓았으니 갸륵한 일이거든."

"아유, 이제는 우리들 목숨이 모두 다 살아났네."

백성들은 물밀 듯 거리로 나와서, 이렇게 지껄이면서 심유경이 지나가는 행차를 바라보았다.

심유경은 순안서 의주로 갈 때도 여전히 단기로 달렸다. 따라가는 사람은 마부와 종자 두어 사람뿐이었다.

"그 인물, 참으로 잘생겼다."

"풍채가 늠름하다."

백성들은 심유경을 보자 이렇게 지껄였다.

중국말을 할 줄 아는 사람은 사람 물결을 헤치고 심유경이 지나가는 앞으로 나와서,

"노야, 끝끝내 우리 나라를 돌봐 주시오."

하고 부탁하는 소리까지 전했다.

심유경이 의주에 당도하니, 임금 선조는 심유경의 진심을 알아보려 하여 다시 용만관으로 납시어 친히 맞았다.

"유격대장이 적진 중에서 무사히 돌아온 것을 치하하오. 그러나 팔도의 의병들은 한 번 크게 싸우기를 소원하는데 이렇게 세월만 보내다가 깊은 겨울이 닥치면 군정이 해이해지기

십상팔구니, 딱한 노릇이 아니오? 빨리 큰 군사를 움직여 왜
적을 소탕하는 것이 상책이라 생각하오."

임금 선조는 왜적과 어서 대결할 것을 주장했다.

그러나 심유경은 빙긋이 웃고 의연히 비밀을 지켜서 속말
을 하지 않았다.

"소장 때문에 일이 글렀다고 원망하지 마시오. 소장이 귀국
에 나와서 왜적이 평양 밖으로 나오지 못하도록 만들어 놓은
것도 귀국의 힘으로 왜적을 쫓아내지 못하는 까닭에 내가 이
렇게 애를 쓰는 것 아니오니까? 만약 귀국이 힘이 있거든 단
독으로라도 왜적을 물리쳐 보시구려."

심유경은 차갑게 대답하고 압록강을 건너갔다.

평양은 되찾지만

심유경은 압록강을 건너 나는 듯이 말을 달려 북경으로 돌아가 병부상서 석성을 만났다.

"소장이 평양에 단기로 들어가서, 왜장 고니시 유키나가를 만나 보고, 평양성 10리 밖에 왜적을 나오지 못하도록 금표를 세운 뒤에, 조공을 바치고 통상을 허락할 것을 노야께 품달하기 위하여 50일을 한정하고 돌아왔사옵니다."

심유경은 말을 마치자 왜장이 명나라 황제께 바치는 상주문과 폐백을 바쳤다.

병부상서 석성은 고개를 끄덕인 뒤에,

"수고했네, 그렇다면 두어 달 동안은 안심할 수 있을 것일세. 앞으로 조정의 태도는 화친과 전쟁 두 가지 계획을 쓸 것일세. 자네는 내가 다시 부를 때까지 멀리 가지 말고 집에서 대기하고 있도록 하게."

심유경은 석성의 뜻깊은 말을 귀담아 듣고 오랫동안 보지 못했던 아내 진담여를 찾아갔다.

조선 조정에서는 뜻밖에 심유경이 와서 왜적들과 화친을 한다 하면서 평양성 밖에 금표를 세운 뒤에 자세한 말도 아니

하고 돌아가니, 불안과 초조가 극상에 올랐다.

명나라에 아직 머물러 있는 청병사 정곤수에게 매일같이 석성을 찾아서 빨리 구원병을 보내 줄 것을 독촉하고, 의주에 있는 통사 홍순언은 사사로운 편지를 석성과 석성의 부인 유씨에게 자주 띄워서 명나라를 대신해서 도탄 속에 빠져 있는 조선을 하루 바삐 구원해 달라 애걸했던 것이다.

때마침 영하를 치러 갔었던 이여송이 적군을 소탕한 뒤에 군사를 회군해 돌아오니, 석성은 조선을 구하기에 절호한 기회라 생각했다.

심유경의 호보를 받은 석성은 왜적의 상주문을 가지고 바로 명나라 대궐로 들어간다.

"지난번에 조선에 나갔던 유격대장 심유경이 돌아왔사옵니다. 단기로 평양 왜진에 들어가 50일을 한정하고 적병들이 평양 이서에 출몰치 못하도록 만들어 놓았다 하옵니다. 소신의 생각에는 왜적이 평양 10리 밖을 출몰하지 못하는 이 50일의 기회를 틈타서 영하를 평정하고, 돌아온 이여송의 대군을 바로 곧 출동시키는 것이 가한 줄로 아뢰옵니다."

"좋은 계획이다. 장군 이여송을 부르라."

이윽고 이여송이 병부상서 석성에게 인도되어 어전으로 추창*해 들어온다.

신장이 8척이나 되는 거대한 몸집이다. 눈이 부리부리하

---

* 추창趨蹌 : 예법에 맞게 허리를 굽히고 빨리 걸어감.

고, 뺨에는 광대뼈가 두드러지고, 코는 우뚝 솟구쳤고, 목소리는 큰 종을 치는 듯 우렁우렁하다.

명나라 신종은 추창해 들어오는 이여송을 믿음직하게 바라본다. 이여송의 커다란 몸집이 황제를 향하여 엄숙하게 세 번 절을 드린다.

신종이 천천히 말씀을 내린다.

"그대가 영하를 평정하고 돌아와, 나의 근심을 덜어 준 지 불과 며칠에 또다시 그대를 적진 속에 보내지 않으면 아니 되는 내 충곡을 생각하라. 조선은 우리 나라와 형제의 나라이다. 지금 왜적은 3천 리 조선 땅을 짓밟고 압록강을 건너 다시 우리를 침략하려 한다. 그대에게 제독의 대권을 제수하니, 경은 대군을 휘동하여 압록강을 건너 조선에 있는 왜병을 소탕시켜서 다시 한 번 내 근심을 덜게 하라."

이여송은 세 번 절하고 일어나 아뢴다.

"나라를 위하여 전쟁에 출전하옵는 일은 장수의 맡은 책임이온즉, 시체를 말가죽에 쌀 때까지 간성*의 임무를 다하는 것은 당연한 일이라 생각하옵니다. 그러하오나 이번 조선에 나가서 왜적을 섬멸하는 소임은 다른 장수에게 맡기심이 좋을 줄로 아뢰옵니다."

이여송은 몸을 추창해 간곡히 사양한다.

"그대 이외에 이 큰 임무를 맡길 사람이 없으니, 경은 사양하지 말라."

* 간성干城 : 방패와 성벽이라는 뜻으로 '나라를 지키는 군인'을 이르는 말.

명나라 황제는 간곡한 분부를 내린다.

이여송은 다시 어전에 구부린다.

"소신의 조부는 조선 사람이옵니다. 이러하므로 소신은 대군을 휘동하여 나아가는 것을 사양하옵는 바이옵니다."

"더욱 좋지 아니 한가? 경의 조부가 조선 사람이라면 경도 곧 조선 사람이라, 경의 조국을 위하여 왜적을 소탕하는 것은 더 한층 빛나는 일이 아닌가? 다시 더 사양하는 말을 꺼내지 말라."

이여송은 세 번을 사양하다가 마침내 조선을 구하라는 대명을 받들고 어전을 물러 나온다.

병부상서 석성은 이여송과 함께 병부로 나와 조선으로 나갈 구원병의 부서를 조직하니, 군사 수는 남북 병을 합하여 4만3천여 명이었다.

경략에는 병부시랑 송응창이요, 제독에 영하우 이여송이요, 선봉대장에 부총병 사대수요, 좌협대장에 이여백이요, 우협대장에 장세작이요, 중군에 양원이었다.

좌협대장 이여백은 부총병 임자강 · 참장 이영 · 유격 갈봉하를 거느리게 하고, 우협대장 장세작은 부총병 오유충 · 참장 조지목과 낙상지 · 진방철 · 곡수, 그리고 패군지장이었던 조승훈을 백의종군케 하여 거느리게 했다. 또한 중군병 양원은 부총병 양유익 · 왕유정과 참장 이여매 · 이여오 · 양소선을 거느리게 했다. 그리고 한종공 · 이봉양을 기고관으로 삼고, 유황상 · 원황을 찬획관으로 삼으며, 애유신을 독향관으로 삼으니, 전후 맹장의 수효가 60여 명이었다.

이여송은 병부상서 석성과 함께 구원병의 부서를 조직한 뒤에 집으로 돌아와 아버지 영원백 이성량에게 하직 인사를 고한다.

"불초자 여송은 영하를 평정하고 돌아온 지 불과 며칠에 또다시 대군을 휘동하여 조선의 왜적을 소탕하랍시는 성지를 받자왔습니다. 황제께 세 번이나 사퇴하는 말씀을 아뢰었으나 허락을 아니 하시와, 마침내 대군의 부서를 조직하고 지금 이 사실을 아버지께 품달하옵니다."

영원백 이성량은 은실 같은 흰 수염을 쓰다듬으며 천천히 대답한다.

"가서 구원해 주어야지. 조선은 내 조상의 나라다. 조상의 나라가 결딴나는 것을 가만히 앉아서 바라볼 수 있느냐?"

이여송의 눈에는 가 보지 못했던 조상의 나라가 구름 속에 산천을 그려 아물거리는 것 같다.

"내가 늙지만 않았다면 황제 폐하께 아뢰고, 벌써 조선을 구원하러 나갔을 터인데 노장은 무용지물이로구나."

이성량은 감개가 무량한 듯 늙은 눈에 안개가 서린다.

이여송은 잠자코 아버지의 말씀을 듣고 서 있다.

"네 동생들도 나가느냐?"

"여백이는 좌협대장의 자격으로 나가옵고, 여매 · 여오는 참장의 자격으로 나가옵니다."

"네가 큰 나라의 제독으로 군사를 거느리고 압록강을 건너게 되면 자연히 마음이 호강스러우리라. 그러나 조선은 네 조상의 나라란 말이다. 네 조상이 살던 곳, 네 조상의 해골이 묻혀 있는 곳, 이곳을 업신여겨서는 아니 된다. 한 사람의 이름 없는 백성이라도 극진히 사랑하고, 조선 임금도 극진히 존경해야 할 것이다. 알아듣겠느냐?"

일흔 노인 이성량은 아들을 향하여 순순히 타이른다.

"명심하겠습니다."

"그리고 조선에 나가거든 홍순언 통사를 만나 보아라. 천하의 의기 남아다."

이여송은 아버지께 하직을 고하고 물러 나온다.

*   *   *

이여송의 대군이 압록강을 향하여 출동하기 직전에, 병부상서 석성은 유격대장 심유경을 병부로 불렀다.

"지금 이 제독이 대군을 휘동하여 압록강을 건너기 전에 자네는 조선으로 나가서 다시 화친에 대하여 이야기를 꺼내고 있다가 왜적이 방심하고 있는 틈을 타서 이 제독으로 하여금 대군을 휘동하게 하여 평양성을 습격하도록 하라."

"분부대로 거행하겠사옵니다."

심유경은 병부상서 석성에게 하직 인사를 고하고, 다시 단기로 말을 달려 이여송의 앞을 질러 압록강을 건넜다.

이때 심유경이 왜적과 약속한 50일은 벌써 지나서 60일이 넘어 버렸다.

왜적 고니시 유키나가는 버썩 심유경을 의심하기 시작했

다. 왜적들은 볼모로 잡아놓은 심가왕을 들볶고 구박하기 시
작했다.

심가왕은 대답할 말이 없었다. 워낙 길이 멀고 날씨가 추워
지니 도중에서 지체가 되는 것이라고 변명을 할 뿐이었다.

왜적들은,

"심유경이 약조를 무시하니 곧 군사를 거느려 의주를 치고,
정월에는 압록강을 건너가야겠다."

하는 위협하는 소리를 내놓으니, 민심은 더 한층 황황하게
되었다.

이 때 드디어 심유경이 필마 단기로 압록강을 건너 평양에
나타났다.

심유경은 북경에서 떠날 때 털모자 수만 개를 가지고 건너
와서 왜적의 진으로 들어갔다. 겉으로는 왜병에게 나누어 주
어 친한 뜻을 보이고, 속으로는 왜적의 수를 가만히 알아보자
는 계획이었다.

평양성에 들어선 심유경은 고니시 유키나가와 소오 요시토
시를 만난 뒤에,

"길이 험해서 날짜가 늦어진 것을 용서하시오."

하고 반갑게 인사를 마치고 말을 잇는다.

"우리 황제께서 귀국과 화친할 뜻이 계시어 추위에 고생하
는 귀국 군사들에게 털모자 한 개씩을 하사하시었으니 좋은
뜻으로 받아 주시오."

심유경은 털모자 한 개를 고니시 유키나가에게 내어 보인다.
고니시 유키나가가 받아 보니 부드럽고 따뜻한 좋은 모자다.

"화친할 뜻이 계시어 보내 주시는 모자를 어찌 아니 받으오리까?"

고니시 유키나가는 영문마다 전령을 내려 아장들로 하여금 모자를 받아가게 했다.

모자는 1천 개, 2천 개씩 심가왕과 종자들의 손을 거쳐서 왜장의 손으로 넘어갔다. 수만 개 모자를 담았던 그릇들이 다 동나 버렸다.

"얼마나 모자라는가?"

심유경은 미소를 풍기며 왜적의 아장에게 물어본다.

"거의 다 되었습니다. 한 5백 개 가량만 더 있으면 합니다."

적의 아장도 무심코 대답한다.

심유경은 머릿속으로 왜병의 군사 수를 환하게 알 수 있게 되었다.

"다음 편에 다시 5백 개를 전하리다."

심유경은 시치미를 뚝 떼고 앉아 있다.

고니시 유키나가는 아장들을 다 돌려보낸 뒤에,

"화친에 대해서는 어떠한 처분을 받들고 오셨소?"

하고 궁금해서 물어본다.

"우리 황제께서는 귀국이 조공을 바치고 통상하는 일은 허락하셨으나, 다만 조건을 붙여서 허락하셨소이다. '왜국은 하필 무력으로 조선의 길을 빌려서 화친을 요구하는가? 지금이라도 조선의 모든 성과 토지와 잡아간 왕자며 신하들을 모조리 돌려보내고 군사를 거두어 철병한 뒤에 화친하는 조약을 맺는 게 당연하다. 그렇지 아니 하면 백만 대병을 움직여서

그대들을 토벌하리라.' 하시며 이렇게 조건을 붙여 화친을 하
라는 분부를 내리시었소이다."

　고니시 유키나가는 심유경의 말을 듣자 얼굴빛이 헬쑥해진다.

　"평양성을 돌려주는 것은 내가 할 수 있으나, 왕자를 돌려
보내는 일은 나의 관할에 속한 일이 아니오이다. 함경도의 가
토 기요마사가 처리할 일이오이다."

　"그러기에 귀국의 장수들은 깊이 의논하여 처리하란 말씀
이오. 나는 다시 순안으로 돌아갈 테니 깊이 생각해서 연락할
일이 있거든 기별해 주시오."

　심유경은 슬며시 적의 군사 수만 알고, 뒷날을 약속한 뒤에
의주로 돌아간다.

　심유경이 평양에서 가만히 왜적의 군사 수를 알아보고 의
주로 돌아간 뒤 12월 22일에 명나라 유격장군 전세정은 남병
3천을 거느려 압록강을 건너오고, 이틀 뒤 24일에는 이여송
이 친히 대군을 휘동하여 압록강을 건너오니, 깃발은 백 리에
뻗쳐 바람에 번득이고 소란한 북소리는 앞뒤에 연이어 압록
강에 얼어붙은 강 얼음을 뒤흔든다.

　임금 선조는 익선관 곤룡포로 의순관 앞까지 나가 친히 마
중을 하고, 접반사 이덕형은 강변까지 나아가 이여송을 맞이
한다.

　거리에 늘어서서 명나라 구원병을 바라보는 백성들의 얼굴
빛은 죽음 속에서 다시 살아나는 환희의 얼굴빛들이다.

　이여송은 붉은 금포를 입고 홍명교紅明轎를 타고 강을 건넌다.

접반사 이덕형이 강가에서 공손히 허리를 굽혀 예를 보낸다.

홍명교 위에 커다란 몸집을 던지고 앉은 이여송은 접반사 이덕형을 바라보자, 교자 위에서 묵묵히 바른쪽 손을 내민다.

이덕형은 아무 말 없이 관대 소매 속에서 얼른 종이 한 장을 꺼내 바친다.

이여송이 종이를 펼쳐 보니, 조선 팔도의 요충지를 자세히 그린 지도다. 이여송은 비로소 미소를 풍겨 이덕형을 한참 동안 바라보고 나서 지도를 말아 소매 속에 간수한다.

이윽고 이여송의 홍명교가 의순관에 당도하니 선조는 의순관으로 이여송을 인도한 뒤에,

"과인이 나라를 잘 지키지 못하여, 황상께 염려를 끼쳐 드리고 장군을 수고롭게 하니 미안한 말씀 이루 다 드릴 낯이 없소이다."

하고 어전통사 홍순언에게 통변을 하게 하여 말을 전한다.

"황상의 하늘 같은 위엄과 전하의 크나큰 복력으로 적병은 저절로 섬멸되고 말 터인즉, 전하는 너무 근심 마시옵소서."

이여송은 껄껄 웃으며 임금 선조를 위로한다.

"우리 나라의 실낱같은 목숨은 다만 대인에게 달렸소이다."

임금은 또다시 간곡하게 부탁하는 말을 보낸다.

이여송은 손을 모아 공손히 대답한다.

"우리 나라 황제께서 왜적을 치라는 명을 내리셨으니, 죽은들 어찌 사양하오리까? 뿐만 아니라 소장의 조상이 본시는 귀국의 백성이옵니다. 소장의 아버지께서 소장이 조선을 향해 떠날 때 여러 차례 당부를 하셨사옵니다. 힘을 다하여 왜

적을 물리치라 하셨사옵니다.”

이여송의 목소리는 우렁차면서도 임금 선조에 대하여 예절
을 잃지 않으면서 지극히 경의를 표한다.

임금 선조는 풍신 좋은 이여송과 작별하고, 좌협총병 이여
백·중협총병 양원·우협총병 장세작을 일일이 찾아본 뒤 모
든 신하를 거느려 행궁으로 돌아간다.

이 때 이여송이 의순관에서 하늘을 쳐다보니 흰 무지개가
해를 꿰뚫어 하늘에 뻗쳐 있고, 태양에는 바른편 쪽에 둥근
귀고리가 달려 있었다.

예로부터 전해오는 병가兵家의 길조였다. 이여송은 마음속
으로 크게 기뻤다.

이여송은 세 총병을 위시하여 60여 명의 명장들을 의순관
으로 불러들인다.

“모든 장성들은 저 하늘을 쳐다보라!”

제독 이여송은 친히 교의에서 일어나 뜰에 내려서 하늘을
가리킨다.

“백홍白虹이 해를 꿰뚫었으니 우리 군사의 기상이 이렇게
밝은 기운을 띠었다는 것을 상징하는 것이요, 해 옆에 고리
가 달려 있으니 반드시 전승할 것을 미리 보여 주는 길한 조
짐이다. 대군은 내일로 곧 평양을 향해 진군하라. 우리에게
는 정월 초하룻날 설도 없다. 이긴 뒤에 유쾌하게 마시고 놀
리라.”

모든 장성들은 이여송이 가리키는 무지개를 바라보고, 기
쁨을 못 이겨 박수갈채를 친다.

                                *　*　*

　이튿날 이여송은 대군을 휘동하여 의주를 떠났다.

　이보다 앞서서 평양에 있는 왜장 고니시 유키나가는 순안으
로 염탐꾼을 가만히 보내서 명나라 군사의 동정을 살피게 하
고, 한편으로는 심유경에게 다시 화친하는 조건을 제출했다.

　'명나라 군사가 압록강을 건너지만 않는다면 우리는 조선
왕자를 돌려보내고, 대동강을 경계선으로 하여 평양 이서는
함빡 조선으로 넘겨 보낼 작정이오이다.'

　고니시는 궁한 땅에 빠져 있으면서도 여태까지 쳐들어온
조선을 그저 내놓기는 싫었던 것이다. 대동강 이남은 왜적이
차지하고, 대동강 이서만 조선으로 돌려 보내주겠다는 앙큼
한 조건을 제출했다.

　심유경은 다시 한 번 왜장 고니시를 속여 넘어뜨렸다. 지체
않고 왜장의 사신에게 답장을 써 보냈다.

　'내가 다시 명나라로 들어가 우리 황제께 아뢰어 보리라.'

　심유경은 이여송이 압록강까지 건너오는 동안에, 기한을 넉
넉히 두어 적의 마음을 더 한층 늦추어 보겠다는 계책이었다.

　왜장의 사신이 심유경의 편지를 받아 가지고 평양으로 돌
아간 뒤에도, 왜장들은 명나라 군사의 동정을 정탐하기 위하
여 포로로 잡은 조선 백성을 소와 말이며 피륙으로 매수해서
순안과 의주로 보내 명나라 군사의 기밀을 살피려 했다.

　이 때 순찰사 이원익이 가만히 살펴보니, 왜적들이 후한 상
을 주는 바람에 무지한 백성들이 순안·안주·숙천·의주로

넘나들면서 정보를 얻어 가지고 왜진으로 들어가는 흔적이
있는 것을 알게 되었다.

이원익은 군중에 엄한 영을 내려 수상한 자를 붙잡아 형틀
에 매어 문초한 뒤에 목을 베어 조리돌리니, 염탐꾼들은 겁이
나서 다시는 왜적의 간첩 노릇을 하러 오는 자가 없었다.

이쯤 되니 왜적들은 명나라 제독 이여송이 대군을 휘동하
여 압록강을 건넌 것을 까맣게 모르고 있었다.

12월 25일 이여송의 선봉대는 벌써 정주를 지나 숙령관에
당도하니 압록강에서 4백 리를 나왔고, 적이 있는 평양과의
거리는 불과 1백20리였다.

선봉대는 풍우같이 몰아 나오고, 이여송은 뒤를 따라 안주
에 당도하였다.

이 때 서애 유성룡은 도체찰사의 자격으로 안주에서 이여
송을 맞게 되었다.

이여송이 안주 동헌에 좌정하자, 서애 유성룡은 통사를 데
리고 삼문 안으로 들어가서 이여송에게 만나기를 청했다.

이여송은 조선 재상 유성룡이 들어온다는 소리를 듣자 교
의에서 천천히 일어나 서애를 맞는다.

서애는 읍을 하여 인사를 마친 뒤 교의에 걸터앉아 잠깐 이
여송의 얼굴을 바라본다. 빛나는 눈이며 뛰어난 풍채는 확실
히 장수의 재목인 성싶다.

유성룡은 소매 속에서 지도를 꺼내서 사선상 위에 천천히
펴놓는다.

지도를 보는 이여송의 얼굴엔 가만히 미소가 떠돈다.

"귀국엔 인재가 아직도 많으오이다."

통사가 이여송의 말을 통변한다.

유성룡은 무슨 소린 줄 몰라 잠깐 의아한 얼굴빛을 띤다.

"압록강을 건너올 때 내가 손을 내밀었더니, 접반사 이덕형이 지도를 내줍디다. 오늘 이곳에도 유 승상이 지도를 내주시니, 귀국에는 아직도 인재들이 남아 있단 말이외다."

이여송은 말을 마치자 홀연히 지도를 들여다본다.

서애도 빙긋이 웃지 않을 수 없다.

"아무리 명장이라 할지라도 지리를 알지 못하면 군사를 거느릴 수 없는 것이외다."

"좋은 말씀이오."

유성룡은 지도를 펼쳐 놓고 산천의 험하고 완만한 곳을 일일이 지적한다.

이여송은 친히 주필을 들고, 지도 위에 붉은 점을 찍어 가며 서애 유성룡의 말을 귀담아 듣는다.

이여송은 안주에서 명나라 황제의 조칙을 반포했다.

'조선을 침략한 원흉, 도요토미와 겐소를 사로잡아 목 베이는 자에게는 후작侯爵을 봉하고, 상금 10만 냥을 내린다.'

'도요토미 히데쓰구를 목 베는 자에게도, 상금 10만 냥에 후작을 봉한다.'

'우키타 히데이에·고니시 유키나가·소오 요시토시·도토 다카토라를 목 베는 자에게는 상금 5천 냥을 내리고, 지휘사指揮使를 세습시킨다.'

'해외 섬의 두목인 도요토미 히데요시 이하 모든 왜적들의
목을 베는 자에게는 일본 왕으로 봉한다.'
방이 붙으니, 명나라 군사들의 사기는 더 한층 솟구쳤다.

* * *

어느덧 임진년 섣달 그믐날이 지나가고 해가 바뀌어 계사
년 정월 초하룻날이 되었다.
이여송은 선봉장 사대수에게 비밀스런 지령을 주어 순안으
로 보냈다.
사대수는 순안에 당도하자 평양 부산원 왜적의 진으로 사
람을 달려 보내서 글발을 전했다.
'명나라 황제께서는 화친할 것을 허락하셨고, 지금 유격장
군 심유경은 부산원으로 나온다.'
왜적 고니시 유키나가와 겐소는 글을 받아 보자 기쁨을 이
기지 못했다.
고니시 유키나가는 곧 아장 다이라노에게 영을 내려 심유
경의 부하 심가왕과 통사 장대선 외에 군사 20여 기를 주어
심유경을 맞이하라 하고, 중 겐소는 시를 지어 바쳤다.
왜적들이 부산원으로 나오니, 명나라 선봉 사대수는 아장
이영과 함께 부산원에서 기다리고 있다가 왜장 다이라노를
꾀었다.
"심 장군은 아직 순안에 계시오. 화친도 거의 다 되고, 설날
도 되었으니 우리 순안으로 가서 술이나 한 잔 나눕시다."

"좋은 말씀이오."

왜장 다이라노는 군사들을 거느리고 사대수의 뒤를 따랐다.

일행이 순안 동헌에서 마음 놓고 술을 마시고 있을 때였다. 명나라 선봉 사대수가 술잔을 떨어뜨리자, 동헌 앞뒤에서는 복병이 우르르 몰려들어서 왜장 다이라노를 꽁꽁 묶어 버렸다.

술자리는 별안간 수라장이 되어 버리고, 칼을 들고 일어나 대항하는 왜적들은 모조리 명나라 군사들의 손에 죽어 버렸다.

순안에서 왜적을 사로잡은 소식은 나는 듯이 이여송에게로 전해졌다. 이 때 이여송의 대군은 숙천으로 내려오는 중이었다. 이여송은 해가 저물었건만 대군을 휘동하여 밤을 도와 순안으로 달렸다.

가장 신명이 나는 사람들은 우리 나라 군인들이었다.

도원수 김명원은 평안도 각 읍 군사를 거느리고 명나라 군사의 뒤를 쫓았다. 서산대사의 승병 3천도 뒤를 따랐다.

순안서 왜장 다이라노가 돌아오지 않으니 비로소 고니시 유키나가는 당황하지 않을 수 없었다. 때마침 순안서 구사일생을 해서 도망쳐 돌아온 세 명의 졸개가 울면서 왜장 다이라노가 붙잡힌 사실을 일일이 고해 바쳤다

고니시 유키나가는 황급히 평양성 안에 전령을 내려서 전투 태세를 취하게 했다.

이여송은 밤을 도와 세 영문의 군사를 거느리고 평양성을 향하여 조수 물밀듯 육박해 들어갔다. 함구문 쪽으로는 군인의 날쌘 장수 우방어사 김응서, 좌방어사 정의현이 우리 군사 8천 명을 거느리고 진군을 하고 있었다.

당황한 왜적들은 성문을 닫아 굳게 지키고, 또 다른 한 부대는 급히 모란봉을 향해 기어올라서 전투 태세를 취하고 있었다.

정월 얼음길에 천병만마의 뛰닫는 말굽은 거리에 쌓인 눈을 박차서 뿌옇게 안개를 일으키고, 수만 수천의 장수와 군사들의 은빛 투구는 떠오르는 아침 햇살에 비쳐서 눈이 부시도록 찬란했다.

이여송은 연합군을 거느리고, 한 걸음 한 걸음 평양성을 향하여 육박해 들어갔다.

이여송이 말을 채찍해 산에 올라 평양성을 굽어보니 왜적은 5백 기치와 장창과 큰 칼들을 성 위에 즐비하게 꽂아 놓고 1만여 명 적병이 벌려 섰으며, 따로이 한 패 2천여 명의 왜병들은 모란봉을 기어올라서 진을 치고 있었다. 또 다른 왜적 4천~5천 명은 대장기를 앞세운 뒤에 북을 치며 소라를 불어 성 안의 순력을 돌고 있었다.

제독 이여송은 삼군에 영을 내려 행군을 중지시키고 진을 쳐서 둔병한 뒤에 적의 힘을 시험해 보기 위하여 친히 군사를 휘동하여 모란봉을 공격하기 시작했다.

이 때 모란봉을 지키는 왜장은 고니시 유키나가였다. 적병은 화전을 쏘는 연합군을 향하여 어지럽게 조총을 쏘고 있었다. 이여송은 일부러 적의 마음을 교란시키려 하여 싸움을 돋우고는 슬며시 돌아와 버렸다.

이날 밤에 왜적들은 일제히 연합군의 진을 야습해 왔다. 이여송은 각 진에 전령을 내려 불을 꺼서 군사들을 꼼짝하지 않도록 한 뒤에, 포병 부대를 진 뒤로 돌려 대완구를 쏘아붙이니, 적병들은 연합군의 허실을 몰라 뿔뿔이 달아나 버렸다.

날이 밝자 이여송은 총 공격을 시작하기 위해 대군을 집결시켰다. 신중에 신중을 기하는 행동이었다.

다시 하루를 지나서 정월 초여드레가 되었다.

이여송은 향을 살라 하늘에 축문을 올린 뒤에, 세 영문에 전령을 내려 대포를 몰고 일제히 평양 공격을 개시하게 하니 선봉대장 사대수와 유격장 오유중은 모란봉을 무찌르고, 중협대장 양원과 우협대장 장세작은 칠성문을 치고, 좌협대장 이여백과 참장 이방춘은 보통문을 치고, 부총병 조승훈과 참장 낙상지는 아군의 용장 김응서·정의현·이일과 함구문을 공격했다.

제독 이여송은 친히 진중으로 말을 달려 3군을 지휘하니, 포성은 천지를 진동하고 평양성 서북 편은 고리처럼 둘러쌓은 연합군의 포위 속으로 빠져 버린다.

왜적들은 조총을 쏘았으나 연합군들은 대포와 화전을 쏘았다. 검은 연기는 하늘에 가득하고, 화약 냄새는 10리에 뻗친다.

대포가 터지며 을밀대 적의 토굴이 와르르 뭉그러지니, 수천 수백의 적병들은 팔다리가 떨어지면서 까맣게 공중으로 솟구쳐 떨어진다.

기운을 얻은 연합군은 단숨에 성을 넘어 뛰어들려 했으나, 왜적들은 성 위에서 조총과 돌팔매로 이를 막아 낸다.

연합군 중의 한 군사가 적의 조총을 피해 달아나니, 이여송

은 장검을 휘둘러 달아나는 군사의 목을 자른다. 이 모양을
바라보던 모든 군사들은 죽기를 무릅쓰고 다시 성으로 기어
오른다.

"누구든지 먼저 성에 오르는 사람에게는 상금 5천 냥을 주
리라!"

이여송이 크게 외치니, 용력이 절륜한 참장 낙상지는 장창
을 비껴들고 몸을 솟구쳐 함구문 성으로 기어올라서 적의 기
를 뽑아 내리고 연합군의 기를 성 위에 꽂는다.

"와아" 하는 환희의 고함 소리가 물결쳐 일어난다.

모든 군사들이 낙상지의 뒤를 따라 성으로 기어오른다.

왜적들은 연합군을 당해 낼 수가 없다. 모두들 함구문 안으
로 뛰어내려 달아나기 시작한다.

낙상지 · 김응서 · 이일 · 정의현은 칼을 뽑아 들고 달아나
는 왜적들의 목을 자른다.

제독 이여송은 우협대장 장세작과 함께 칠성문을 공격한
다. 대포가 터지며 굳게 닫힌 칠성문이 와르르 부서진다.

칠성문을 지키던 왜적들은 포탄에 부서지는 육중한 문짝에
치어 자빠지고 고꾸라지면서 죽어 버린다.

둘째 번 대포가 또다시 터지며 칠성문루가 부서지면서 불
길이 활활 붙는다.

이여송은 장검을 빼어들고 말을 달려 칠성문 안으로 뛰어
든다.

우협대장 장세작도 말을 채쳐 이여송의 뒤를 따른다.

우협군 1만여 명이 고함을 지르면서 화염이 충천하는 칠성

문 안으로 몰려든다.

대포 터지는 소리와 군사들의 들레는 소리는 평양성이 개벽이 되는 듯 우렁차다. 성난 조수의 물결과 악머구리가 끓는 듯한 고함 소리가 일어난다.

왜적들은 조총 자루를 거꾸로 들고 평양성 안으로 달아나 버린다.

이여송과 장세작은 장창과 큰 칼을 휘둘러 달아나는 왜장과 왜병의 목을 자른다. 좌협대장 이여백도 좌협군 1만여 명을 거느리고 함구문을 부수고 들어가고, 중협대장 양원도 보통문을 뻐개고 중협군 1만여 명을 거느려 성 안으로 들어간다.

평양성 안의 왜적들은 까맣게 밀려서 아수라장의 지옥이 벌어지면서 연광정 편으로 밀려 달아난다.

왜적의 통사 노릇을 하던 명나라 사람 장대선이 이여송에게 항복을 한다.

"소인은 중국 절강 사람이올시다. 배를 타고 왜국으로 장사하러 갔다가 왜적한테 붙들려서 통변이 되어 끌려 왔사옵니다. 장군님, 그저 목숨만 살려 주소서."

이여송은 아장에게 장대선을 맡기고 다시 왜적을 쫓아 깊숙이 성 안으로 들어간다.

세 길로 지쳐 들어오는 명나라 군사들은 한데 합류가 되어 왜적들을 쫓는다.

단판 싸움에 왜적의 머리가 떨어져 죽은 수는 1천2백85명이요, 말을 빼앗은 수가 2천9백85필이요, 조총 4백52자루를 얻었고, 포로가 되었던 조선 사람 1천15명을 구해 냈다.

왜적들은 황급하게 되니, 평양 거리 양편에 즐비하게 늘어선 집 속으로 뛰어든다.

연합군은 대포를 몰아 집을 부수고 불을 붙여 집을 사르니, 화염은 충천하면서 왜병 1만여 명이 타죽어 버린다.

고니시 유키나가와 소오 요시토시는 패잔병을 거느리고, 급급히 연광정 토굴 속으로 뛰어 들어갔다. 연광정 앞에 내성內城을 쌓고 곳곳에 토굴을 파서 앞으로 닥칠 시가전을 방어하려는 것이었다.

이여송의 군사는 다시 연광정을 에워싸고 들어갔다. 왜병들은 토굴과 내성에 몸을 감추고 벌집 같은 총구멍으로 연합군을 어지럽게 쏘아붙였다.

연합군도 조총을 맞아 상하는 군사가 많았다.

적이 결사적으로 쏘아붙이는 조총 탄환 한 알이 앞에서 모든 군사를 지휘하는 제독 이여송의 말 정강이를 맞힌다. 말이 "흐흥" 소리를 치며 굽을 오그려 땅에 쓰러지려 한다. 모든 장수들이 이여송을 호위한다.

중협대장 양원이 제독 이여송에게 간한다.

"평양성은 우리가 이미 탈환을 한 것이고, 남은 것은 연광정 내성뿐이온즉 잠깐 군사들을 물리어 밥을 먹게 하고, 다시 다음 사태를 전개시키는 게 옳은 줄로 사뢰오."

제독 이여송도 양원의 말을 그럴 듯하게 생각한다.

"병법에 궁한 도둑은 쫓지 말라는 말이 있는데 장군의 말도 그럴 듯하오. 해도 거의 저물고 군사들도 피곤하여 배고플 터이니 잠깐 군사를 물려서 밥을 먹여 쉬게 하오."

중협대장 양원이 제독 이여송의 명을 받들어 삼군에 영을 내리니, 연합군은 질서 있게 뒤로 물러서서 잠깐 공격을 중지하고 밥들을 먹기 시작했다.

이 때 이여송은 힘 안 들이고 왜장 고니시 유키나가의 군사를 평양성 밖으로 몰아낼 방법을 궁리하고 있었다.

한참 깊은 궁리에 빠졌던 제독 이여송은 아장을 불러 아까 항복해 온 왜적의 통사 장대선을 부르라 했다.

이윽고 장대선이 영문으로 들어와 국궁 재배하고 서 있었다.

"너는 지금 왜적의 진으로 가서 왜장 고니시 유키나가를 보고 내 분부라고 전해라. 지금 우리는 군사들에게 밥을 먹이느라고 잠깐 공격을 중지했으나, 조금 있으면 또다시 총공격을 개시할 것이다. 우리의 병력과 대포로 연광정 토성을 부수기는 손바닥 뒤집는 것보다도 더 쉬운 일이다. 그러나 왜적도 인생이라 사람의 목숨을 모조리 이 잡듯 죽여 버린다는 것도 차마 못할 노릇이다. 고니시는 모든 장수를 거느리고 진문에 나와서 항복을 하고 분부를 들으라 해라. 그렇게 한다면 왜적들의 목숨을 살릴 뿐 아니라 후한 상을 준다고 일러라. 똑똑히 말을 옮기겠느냐?"

"네, 알겠사옵니다. 분부대로 말씀을 전하겠사옵니다."

장대선은 제독의 분부를 듣고 적진으로 향해 가서 고니시 유키나가를 만난 뒤 제독 이여송의 뜻을 자세히 전달했다.

궁지에 빠진 고니시 유키나가는 살아날 길을 얻었다며 기뻐했다.

고니시는 자기의 심복 장수인 고니시 조안을 불러서 명나라 진으로 가서 제독 이여송에게 사죄를 올리게 한다.

"그저 저희들 패잔병은 평양에서 물러갈 터이오니, 장군께서는 달아나는 저희 패잔병들의 뒷길만은 끊지 마시옵소서."

왜장 고니시 조안은 고니시 유키나가를 대신하여 제독 이여송에게 고두백배를 올린다.

"그렇다면 너희들은 오늘밤 안으로 연광정을 내놓아야 하리라!"

이여송은 위엄 있게 목소리를 떨어뜨린다.

왜장 고니시 조안은 백배치사를 드린 뒤 돌아가고, 제독 이여송은 곧 우리 나라 통사를 부른다.

"중화에 매복해 있는 조선 군사들에게 급한 전령을 내려, 왜적이 달아나는 길목에 매복하고 있는 군사를 곧 회군하도록 명령을 전달하라."

이여송은 조선 군사를 소환하는 명령을 내린다.

평안병사 이일은 달아나는 왜적을 쫓아가지 못하는 것이 분했다. 그러나 제독 이여송의 명령을 어길 수는 없다. 뺐던 칼을 칼집에 도로 꽂고 탄식을 하면서 돌아온다.

이날 야밤중에 적장 고니시 유키나가를 위시하여 겐소·소오 요시토시·다이라노 시게노부는 연광정 토굴에서 벗어나서 가만히 패잔병들을 이끌고 얼음이 굳게 언 대동강을 건너 도망질을 하기 시작했다.

제독 이여송은 급히 전령을 내린다.

"오늘밤 안으로 왜적 패잔병들은 평양 대동강 얼음을 타고 달아날 것이다. 복병을 두어 섬멸시키지는 아니 하기로 했으니, 큰길로 달아나는 놈들을 쫓아서 간담들을 더 한 번 서늘하게 만들라."

영이 떨어지니, 좌협대장 이여백과 중협대장 양원과 우협대장 장세작은 대군을 휘동하여 달아나는 왜적을 쫓는다.

"이놈, 고니시야! 목을 내놓고 돌아가라! 명군 제독 이여송의 아우 이여백이 여기 있다!"

좌협대장 이여백이 고함을 치며 말을 달려 쫓아간다.

"소오와 다이라노는 달아나지 말고 내 칼을 받아라! 명군 총병 우협대장 장세작이 여기 있다."

"이놈, 왜적 겐소야! 승천입지를 할 테냐? 어디로 닫는 게냐? 명나라 중협대장 양원의 칼을 받아라!"

얼음을 타고 달아나는 왜적들은 또 한 번 얼이 빠지고 넋을 잃는다.

적은 행렬이 무너지면서 어지럽게 흩어진다. 얼음판에 쓰러지고 자빠지는 자가 부지기수다. 이 통에 명나라 연합군은 왜적의 목 3백50개를 자르고, 왜적 세 명을 사로잡았다.

명나라 제독 이여송은 평양을 하루 동안에 이렇게 완전히 탈환해 버렸다.

*　*　*

쫓기는 왜장 고니시 유키나가의 무리는 참담하고 기구했다.

기운은 떨어지고 발가락은 얼어 부풀어 터졌다. 상하고 걸음 걷지 못하는 군사들은 내버리고 달아나는 수밖에 없었다. 고니시 일행은 절룩거리는 피로한 다리를 끌고 논길, 밭길 사이로 기어 달아나는 수밖에 없었다.

고니시의 패잔병이 황해도를 향해 달려가는데, 그 때 별안간 등 뒤에서 대장 한 사람이 일대 병마를 거느리고 왜적의 뒤를 시살해 쫓았다.

왜적들이 돌아보니 조선군 대장이 군인들을 거느려 쫓는 것이었다.

"이놈, 고니시야! 달아나지 말고 내 칼을 받아라! 황해도 방어사 이시언이 이곳에서 너를 기다린 지 오래다!"

호통 소리는 산골을 들먹거린다.

고니시의 패잔병은 간이 다시 떨어져 논길, 밭길 속으로 흩어져 달아난다.

이시언은 장창을 비껴들고, 말을 달려서 달아나는 왜적의 머리 60여 덩이를 찔러 떨어뜨린다.

이시언은 일찍이 인천부사로 있으면서, 장수원 싸움과 게넘이 싸움에서 부원수 신각과 합세하여 왜적을 대패시켰던 명장이다.

이시언은 평양병사 이일이 이여송의 명을 받아 매복했던 군대를 거두어 가는 것을 보자 분하기 짝이 없었다. 그래서 자기 관내 황해 방어사에 소속된 일지 병마를 거느려 대기하고 있다가 달아나는 왜적들을 시살한 것이다.

다시 실낱같은 잔명을 보전한 고니시는 남은 패잔병을 이끌고 황주 지경으로 들어섰다.

그 때다.

고니시와 겐소의 일행이 조마조마한 마음으로 황주 솔밭 으슥한 길을 반 넘어 지났을 때, 별안간 일성 포향이 산천을 흔들면서 일지 병마가 고니시 유키나가의 달아나는 길을 끊는다.

"왜적 고니시 유키나가는 달아나지 말고 결박을 받아라! 나는 황주판관 정엽이다!"

대장 한 사람이 장검을 들고 말을 달려 호령을 지르고 뛰어 나온다.

길이 끊어지면서 뒤에 쫓아오던 왜적의 패잔병들은 황주판 관 정엽이 거느린 조선군한테 고스란히 포위당하고 만다. 왜병 90여 명은 옴치고 뛸 수도 없다. 조선군의 손에 그대로 섬멸이 되어 버린다.

이 때 고니시와 겐소, 소오, 다이라노는 앞서서 달아난 때문에 포위되지 아니 했다.

구사일생으로 달아나는 고니시와 소오, 겐소의 머릿속에는 어떻게 하면 죽음을 피하고, 목숨을 보전하나 하는 본능의 욕심이 꽉 차 있었을 뿐이다.

은가마를 타고 문경새재를 무인지경처럼 넘어온 일이며, 군사들이 노래를 부르면서 방비 없는 조선 산천을 거침없이 쳐들어오던 일이 엊그제 같다.

그런데 지금 발가락은 썩어 문드러지고 배는 고프고 추위는 뼛속들이 스며들면서 쫓기어 가는 이 꼴을 생각하니 모든 것이 다 한 바탕 꿈으로 생각된다.

고니시 일행은 쫓겨 달아나면서 열 걸음마다 한숨이요, 스무 걸음마다 뉘우치는 눈물이 솟아난다.

더욱이 대마도주 소오 요시토시라는 자는 귀골로만 자랐고 큰 전쟁에는 처음이라 이기는 길만 알았고 쫓기는 쓰라림은 몰랐던 것이다.

이제 이곳에서 당해 보니 도요토미 히데요시를 원망하는 마음만 가득할 뿐이다.

"누가 우리들이 조선에서 목이 떨어져 죽을 줄 알았소?"

소오는 고니시를 향하여 달아나면서 눈물을 흘리며 하소연한다.

"빨리 달아납시다. 봉산까지만 가면 그곳에는 우리 군사가 있으니 어떻게 살아날 도리가 있을 겁니다."

고니시도 눈물을 머금고, 소오를 위로하면서 달아난다.

왜장들이 서로들 위로하면서 황주 지경을 막 벗어나려 할 때다.

별안간 산모퉁이에서 일지 병마가 고함을 치면서 앞을 가로막는다.

고니시가 얼빠진 머리를 수습하여 앞을 바라보니, 아까 황주에서 자기의 달아나는 길을 끊어서 90여 명 패잔병의 목을 잘라 버린 황주판관 정엽이 갑옷 투구에 장창을 비껴들고, 일지 병마를 이끌고서 또다시 앞길을 가로막고 호통을 치고 있다.

황주판관 정엽은 90여 명의 왜적을 목 베인 뒤에 지름길로 말을 달려 고니시의 앞을 질러 이곳에서 기다린 지 오래였던 것이다.

고니시는 가만히 생각해 보니 이제는 죽으나 사나 단판 씨름이 남아 있을 뿐이다. 악에 바치니 배고픈 것도 잊어버리고 발 아픈 것도 모르게 되었다.

고니시는 몇 방 안 남은 탄환을 조총에 재어 든다. 겐소도 고니시의 본을 뜬다. 소오와 다이라노도 얼른 총부리를 겨눈다.

조총을 쏘면서 결사적으로 정엽의 진을 뚫고 달아나자는 것이다.

고니시는 조총을 쏘면서 조선군을 제치고 고함을 질러 달아나기 시작한다. 뒤를 이어 소오, 다이라노, 겐소가 총을 쏘아 발악을 하면서 조선군의 진을 돌파한다.

황주판관 정엽은 기어이 고니시를 사로잡으려 했으나 가까운 거리에서 쏘아붙이는 조총 탄환은 잠깐 피하지 않을 수 없다. 정엽은 고니시를 놓친 채 다시 패잔병 30여 명을 찔러 죽여 버린다.

또다시 죽을 고비를 넘은 고니시는 거지 신세가 되어 황해도의 촌길을 걸었다.

기운을 차릴 수 없도록 배가 고프니, 손가락으로 입을 가리키며 말이 통하지 않는 촌백성들에게 구걸을 청했다. 그러나 패잔병인 왜적에게 밥을 대접할 조선 백성은 한 사람도 없었다.

고니시의 일행이 구사일생으로 기어간 곳은 황해도 봉산이었다.

봉산에는 왜장 오토모 요시무네란 자가 군사 5천 명을 거느려 진을 치고 있고, 용천과 백천에는 구로다 나가마사가 6천여 명의 적병을 거느리고 있어서 황해도 일판에서는 왜병의 제3군 구로다 나가마사가 도합 1만1천여 명의 군사를 거느리고 있었다.

이 때 왜장으로 함경도를 점령하고 있는 자는 가토 기요마사요, 황해도를 점령하고 있는 자는 구로다 나가마사요, 송도를 점령하고 있는 자는 고바야카와 다카카게요, 한양을 점령하고 있는 자는 다이라노 히데이에라고도 부르는 우키타 히데이에였다.

평양서부터 한양까지 5백 리 사이에는 왜진이 열한 개 있었다.

평양서 1백40리 떨어진 봉산에 오토모 요시무네란 자의 진이 있고, 봉산서부터 70리 되는 용천에 구로다 나가마사의 부하 오가와 카키우에몬이란 자가 진을 치고 있고, 용천 남쪽 배천에 구로다 나가마사가 있었다.

또 평산 남쪽 강음에는 구로다 나가마사의 부하 쿠리야마 시로 우에몬이란 자가 진을 치고 있고, 평산서 30리 되는 우봉에는 고바야카와 히데카네가, 우봉서 남쪽으로 60리 되는 송도에는 고바야카와 다카카게가 2만5천 명의 큰 군사를 거느리고 있었다.

그리고 송도서부터 한양까지 1백50리 사이에 고바야카와 다카카게 부하의 진이 셋이 있고, 한양 부근 서편에 모리 모토야스의 진이 있었으며, 한양에 우키타 히데이에가 2만여 명을 거느리고 있었다.

지금 왜군의 선봉 고니시 유키나가가 구사일생을 해서 찾아간 곳은 황해도를 점령하고 있는 구로다 나가마사의 선봉인 오토모 요시무네의 진영이었던 것이다.

고니시는 황해도 구로다 나가마사의 1만여 명의 군사와 합세하여 다시 한 번 연합군과 황해도 봉산 바닥에서 커다란 대결을 해보자는 배짱이었다.

그러나 황해도의 제1진을 지키고 있는 봉산의 오토모 요시무네는 고니시 유키나가가 평양에서 패했다는 소문을 듣자, 고니시의 패잔병이 봉산으로 들어오기도 전에 벌써 진을 거두어 풍비박산이 된 채 한양으로 달아나 버렸다.

고니시 유키나가는 낙담하지 않을 수 없었다.

이 때 고니시의 군사는 1만8천7백이라는 큰 수가 평양 단판 싸움에 꺾어져서 6천 명으로 줄어들었다. 1만3천여 명의 큰 군사를 하루 낮의 전쟁의 제물로 바쳤던 것이다.

고니시는 구사일생하여 봉산까지 왔으나, 6천여 명의 굶주린 군사를 먹일 도리가 없는 것은 물론이려니와 황해도 봉산에서 오토모 요시무네의 군사와 합세하여서 연합군과 다시 대결해 보자던 생각도 물거품이 되어 버리고 말았다.

고니시는 하는 수 없이 봉산서 배천으로 내려와 구로다 나가마사를 만났다. 그러나 배천에 있는 구로다의 진도 술렁거렸다.

평양의 막막강병이라 떠들어 대던 고니시는 초라한 꼴로

겨우 패잔병 6천을 이끌어 쫓겨오고, 봉산을 지키던 오토모 요시무네는 5천의 군사를 거느려 한양으로 달아났다 하니, 황해도 배천에 있는 왜병의 사기가 참담하도록 떨어질 것은 말할 나위도 없었다.

고니시의 패잔병들은 겨우 죽을 쑤어 국물 한 모금씩을 얻어먹고 사흘 동안 치료한 뒤에 송도의 고바야카와 다카카게의 진을 거쳐 정월 16일, 거지 신세로 한양에 와 용산에 진을 치고 있었다.

왜적의 제1군의 총수인 고니시 유키나가의 진이 평양에서 대패해서 한양까지 쫓겨 내려온 사실은 왜병 전체에 있어서 커다란 치명상이었다.

왜병은 평양 이남에서 한양까지 급급히 총퇴각을 하지 않으면 아니 될 상태에 놓여 있었다.

왜장의 영수 우키타 히데이에는 한양에서 회의를 열고 황해도에 있는 구로다 나가마사와 송도에 있는 고바야카와 다카카게에게 급한 보발을 띄워 빨리 총퇴각을 하라는 전령을 놓았다.

평양에서 얻은 연합군의 한 번 승리는 천 리에 뻗쳐 대를 쪼개낼 듯한 형세를 갖게 되었다.

왜병들은 평안도·황해도·경기도·강원도에서 눈사태가 나듯 한양으로 뭉그러져 쏟아져 들어왔다.

정월 17일에는 황해도와 송도에 있는 3만여 명의 왜병이 파주로 몰리고, 정월 20일에는 파주에 있던 왜병이 모조리 한양으로 몰려들었다.

허겁지겁 쫓기는 왜병 중에는 유독 담대한 자도 있었다. 고바야카와 다카카게란 자로, 송도를 지키고 있던 예순이 넘은 늙은 장수다.

고바야카와는 한양으로 돌아온 뒤에 왜병의 총수 우키타 히데이에를 향하여 한탄을 한다.

"나는 바다를 건넜을 때 벌써 죽기를 결정한 사람이오. 중국 군사와 한 번 대결을 해서 일본에 고바야카와 다카카게가 있다는 것을 알리고 싶었소. 어이하여 이토록 빨리 철병을 하라 전령을 띄우셨소?"

고바야카와는 불쾌한 빛이 얼굴에 현연히 드러난다.

"모든 장수들이 회의를 열고 결정한 일이외다. 앞으로 우수 경칩이 지나 임진강 얼음이 풀린다면, 한양과 송도는 연락을 할 길이 없을 것을 염려한 때문이외다."

우키타 히데이에는 안상하게 대답한다.

"장수란 국가를 위하여 싸우다가 죽는 것이 당연한 일이외다. 고니시 유키나가는 적과 싸우다가 패군지장이 되어 쫓겨 나왔지만, 우리들은 적병의 코빼기도 못 보고 눈사태 나듯 뭉그러져 쫓겨 왔으니, 세상에 이렇게도 못난 짓이 어디 있소? 적과 싸우다가 패해 죽는 대도 늙은 내 한 몸만 없어질 뿐 우리 일본에는 아무런 큰 해가 없을 텐데, 공연히 쓸데없는 짓을 하셨소이다."

늙은 고바야카와는 해수병이 들어서 쿨룩쿨룩 기침을 하면서도 분함을 참지 못하여 주먹으로 책상을 친다.

"장군의 담략과 용기가 비상한 것은 우리도 잘 아는 터이오이다. 그래도 고정하시고 다음번에 큰 공을 세워 주시오."

왜적의 총수 우키타 히데이에는 이렇게 고바야카와 다카카게를 무마해 달랜다.

쫓기는 왜장 중에 담대한 자는 이렇게 다만 늙은 고바야카와만이 있을 뿐이었다.

*   *   *

제독 이여송은 평양을 탈환한 뒤에 명나라 신종 황제와 의주의 선조께 기쁜 소식을 전하고, 한편으로는 선봉장 사대수와 좌협총병 이여백, 참장 이영 등에게 군사를 거느려 개성부를 공격하라 영을 내리니, 이여백은 청령한 뒤에 사대수를 선봉으로 하여 송도로 군사를 몰아 나갔다.

선봉장 사대수는 일지 병마를 거느리고 풍우같이 송도를 향해 나아가는데 청석골 고개를 향하고 오르려니, 왜병 수백 명이 험준한 고갯길을 껴안고 조총을 쏘면서 대거리를 하고 있는 것이었다.

선봉장 사대수는 대포를 터뜨리고 화전과 불랑기*를 쏘면서 고개로 추격하니, 왜적들은 터지는 대포와 새로운 무기 불랑기를 대항할 길이 없었다.

천험의 요충지인 청석골을 버리고 왜병 수백은 바람처럼 흩어져 달아났다.

선봉장 사대수와 좌협대장 이여백은 왜적의 목 30여 덩이를 베면서 청석골 고개를 넘어섰다.

그 때 청석골을 지키고 있던 왜적들은 송도에 머물러 있던 큰 군사가 아니라, 고바야카와 다카카게가 개성을 버리고 한양으로 철퇴할 때 수색대로 남겨 두었던 군사였다.

명나라 군사는 달아나는 왜적을 동파 여울 옅은 목으로 쫓으면서 개성으로 지쳐 들어갔다.

때마침 경기감사 고언백이 조선군 한 부대를 거느리고 옆으로 왜적을 공격하여, 60명의 왜적을 무찌르고 개성으로 들어가니, 잃어버린 지 아홉 달 만에 개성은 완전히 우리의 땅으로 다시 돌아오게 되었다.

좌협대장 이여백은 선봉의 뒤를 따라 개성에 진을 친 뒤에 평양에 있는 제독 이여송에게 개성 탈환의 기쁜 소식을 전하고, 이여송은 다시 본국인 명나라와 의주에 있는 조선 조정에 이 소식을 전하니, 사람마다 생기가 나서 우쭐우쭐 춤을 출 지경이었다.

임금 선조는 의주 땅에 있은 지가 어느덧 여덟 달이나 되었다. 임금은 의주 사람들에게 신세진 것이 너무도 고마웠다.

선조는 도승지 유근과 우부승지 심희수에게 영을 내렸다.

"의주 사람으로 크나 적으나 공로가 있는 사람은 천민인 종

---

* 불랑기佛狼機 : 임진왜란 때 명나라 원군 전투에 사용한 대포. 후에 홍이포紅夷砲라고도 하였다. 불랑기라는 말은 중국과 교역을 하던 아라비아인들이 서양인을 파랑기(Farangi ; 중세의 Frank에서 유래)라고 말한 데서 생겼다.

이라 할지라도 한 사람도 빼놓지 말고 상을 주도록 하라.”

승지들은 임금의 명을 받들어 의주 사람에게 후한 상과 면역免役·면천免賤 하는 첩지를 나누어 주었다.

임금 선조는 다시 더 의주에 지체하기 싫었다. 한양을 향하는 마음은 일각이 여삼추 같았다.

임금 선조는 연합군의 뒤를 따라, 차츰차츰 남으로 내려갈 것을 결정했다.

정월 열여드렛날, 임금은 행궁에서 가마에 올랐다. 그리고 의주에 있는 늙은 부로들을 불렀다.

“내가 그대들의 힘이 아니었다면, 오늘날 고향엘 어찌 돌아갈 수 있겠는가? 무엇으로 여러 백성들의 은혜를 갚을지 난감하다. 전쟁으로 인하여 모든 괴로움을 많이 당했으니, 의주 백성들에게는 부세와 부역을 탕감시키도록 하라. 그리고 조선 팔도가 완전히 수복되는 날, 의주 선비들에게 과거를 보여서 벼슬을 주도록 하라.”

임금은 늙은 백성과 신하들을 번갈아 돌아보면서 위로하고 당부하였다. 무사히 임금을 한양으로 보내는 백성들의 마음도 즐거웠다.

임금은 의주를 떠나서 양책관에 숙소를 차렸고 열아흐렛날에는 선천 임반관에 숙소를 정했으며고 다음날은 곽산 운흥관을 거쳐 정주에 당도하니, 영변에서 분조分朝해 있던 왕세자 일행은 미리 정주로 나와서 아바마마를 교외까지 맞았다.

임금과 세자가 죽을 길에 올라서 뿔뿔이 헤어졌다가 여덟 달 만에 다시 만나는 구슬프고도 기쁜 장면이었다.

만조백관들은 서로들 눈물을 머금어 반가이 껴안았다.

임금과 세자는 다시 안주까지 나가서 전쟁의 승부를 기다
렸다.

〈7권에서 계속〉

거북선의 정체

__신재호(군사 전문가)

거북선의 정체

거북선의 종류_현재까지 알려진 거북선龜船 종류는 세 가지가 있다. 가장 널리 알려진 것이《이충무공전서李忠武公全書》에 실린 통제영 거북선과 전라 좌수영 거북선이다. 이순신 종갓집에도 거북선 그림 2장이 전해져 오는데, 이 거북선은《이충무공전서》의 거북선과는 또 다른 모양이다.

《이충무공전서》에서는 통제영 거북선이 이순신이 만든 거북선과 유사하다고 설명한다. 당연히 통제영 거북선이 임진왜란 당시의 거북선의 모습에 가까울 것이다. 그러나《이충무공전서》에는 전라좌수영 거북선이 언제 개발된 것인지 아무런 구체적 설명도 하지 않고 있다. 다시 말해, 이미 임진왜란 당시에 이미 몇 가지 다른 종류의 거북선이 존재했을 가능성도 생각해 볼 수 있다.

이순신 종가에서 소장하고 있는 거북선 그림은 판옥선처럼 장대將臺가 존재한다는 점이 가장 큰 특징이다.《이충무공전서》에는 이런 형태의 거북선이 나오지 않는 것으로 보아, 이 전집이 편찬된 정조대(1776~1800년) 이후에 개발된 새로운 종류의 거북선인 것 같다. 이순신 후손 중에 수군통제사를 역임한 사람이 여러 명이므로, 후손 중에 한 명이 조선 말기의 거북선 그림을 집안에 소장하게 된 것 같다. 이순신 종가 거북선 그림 중에 하나는 거북머리가 없다. 이 때문에 '머리 없는 거북선'이라고 부르기도 한다. 필자의 생각으로는, '머리 없는 거북선'은 거북선의 구조를 보여 주기 위해 머리와 장대를 제거한 그림일 뿐 종류가 다른 별도의 거북선은 아닌 것 같

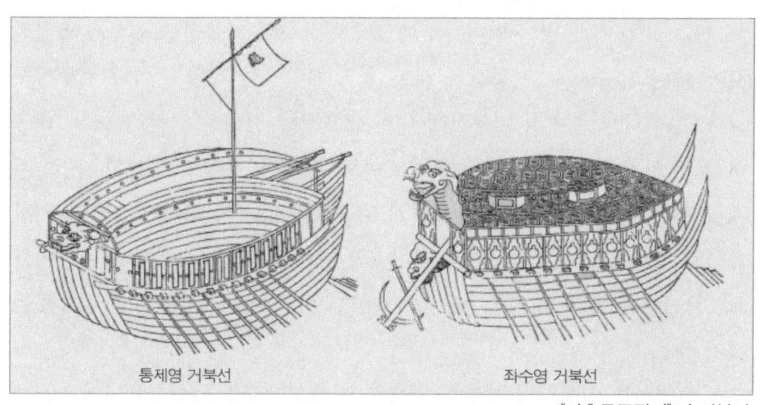

통제영 거북선　　　　　　　　좌수영 거북선

《이충무공전서》의 거북선

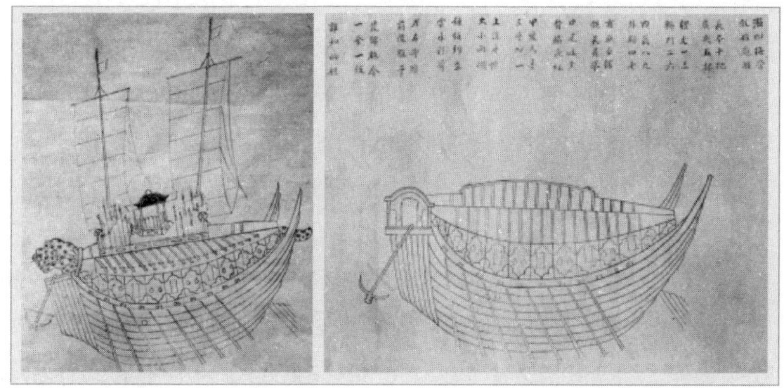

이순신 종가에 소장된 거북선

다. 일부 연구가들은 이 그림을 근거로 거북선의 머리가 안팎으로 움직일 수 있다고 주장한다. 필자는 그런 주장을 이해할 수 없다. 만약 위의 그림을 가지고 그런 주장한다면, 위 거북선 그림의 장대도 상하로 움직일 수 있다고 주장할 수 있을 것이다. 현재 10여 종이 남아 있는 조선 후기 수군 훈련도에 묘사된 거북선 중 상당수가 장대가 있는 거북선이다. 적어도 19세기 이후에는 장대가 있는 거북선이 일반화되었던 것 같다.

거북선의 발명자＿거북선의 구체적인 개발 과정은 정확하게 알 수가 없다. 태종(1401~1418년)대에도 거북선이라는 배가 있었다는 기록이 《태종실록

太宗實錄》에 두 차례 남아 있다. 이 때문에 이순신이 거북선을 새롭게 발명한 것이 아니고, 기존의 거북선을 개조 혹은 재발명한 것일 뿐이라는 주장도 있다. 그러나 태종대의 거북선에 대한 구체적인 설명은 전혀 없으며, 태종대 이후 임진왜란 발발 시점까지 180여 년 동안 거북선에 관련된 단 한 차례의 기록도 남아 있지 않다. 게다가 임진왜란 당시의 거북선은 구조상 판옥선과 밀접하게 관련되어 있는데, 이 판옥선이 개발된 시점은 1555년이므로, 임진왜란 당시의 거북선은 태종대의 거북선과는 차이가 있다고 보는 것이 옳을 것이다.

일부에서는 거북선을 개발한 사람은 이순신 장군이 아니고 나대용羅大用이라고 주장하기도 한다. 사실 이순신 장군은 전라좌수사에 임명되기 전 대부분의 군 경력을 육군에서 보냈을 뿐, 수군에서 복무한 것은 1580년 6월~1582년 1월 사이로 약 18개월뿐이다. 따라서 배에 대해 상당히 경험이 많았던 나대용이 수군 복무 경험이 부족한 이순신 장군을 도와 거북선 제작 과정에 일정한 기여를 했을 가능성은 있다. 나아가 나대용이 이순신 장군에게 거북선 제작 건의를 했을 가능성도 없지는 않다. 그러나 현재 남아 있는 사료로써는 거북선의 최초 제작 과정에 이순신 장군과 나대용이 구체적으로 어떤 역할을 했는지 정확하게 알 수 없다. 그 구체적 진실이 어떻든 간에 거북선 제작을 결정할 수는 있는 지휘관은 나대용이 아니고, 이순신 장군이었다는 것은 분명하다. 나름대로 엄격한 법치주의에 기반을 둔 조선 왕조에서 기존 규정에 없는 새로운 군함을 만든다는 것은 지휘관의 결단을 요구하는 일이었으며, 그 결단을 이순신 장군이 내렸다는 것은 명백한 사실이다.

거북선의 구조_1934년, 언더우드(Underwood)가 최초로 거북선을 연구한 이래 지금까지 최석남, 김재근, 이원식, 남천우, 정광수, 최두환 등 10여 명의 연구가들이 거북선을 연구해 오고 있다. 거북선은 대체로 판옥선에 지붕을 씌운 배라는 점, 거북선도 다른 많은 한국 전통 배와 마찬가지로 한국식 노를 사용한다는 점에 대해서는 학자들 사이에 의견이 일치한다. 그러나 거북선의 구체적인 구조에 대해서는 아직까지도 의견이 분분한 실정이다. 이들의 의견을 왜곡 없이 제대로 소개하려면 책 한 권으로도 모자랄 지경이므로, 필자의 의견을 중심으로 간단하게 여러 학자들의 주장을 덧붙이겠다.

《이충무공전서》는 통제영 거북선이 이순신 장군이 개발한 거북선의 원형에 가깝다고 설명한다. 그러나 이 책에서도 통제영 거북선의 내부 구조에 대해서는 구체적인 설명이 부족하다. 이 때문에 통제영 거북선의 갑판 구조에 대해서 1층 구조였다는 주장, 반 2층 구조였다는 주장, 2층 구조였다는 주장이 대립한다(갑판 아래의 선실을 감안할 경우 각 2층, 반 3층, 3층 구조가 된다). 1층 구조일 경우 판옥선에서 2층 갑판을 완전 제거하고 그 위에 지붕(개판)을 씌운 셈이 되며, 2층 구조일 경우 판옥선의 구조를 그대로 두고 그 위에 지붕을 씌운 셈이 된다.

필자의 생각으로는 통제영 거북선이 이순신이 개발한 거북선 원형에 가깝다는 사실을 긍정하는 이상, 거북선 원형의 갑판은 2층 구조일 가능성은 없다고 본다. 통제영 거북선의 그림을 보면, 1층 갑판의 천장 위치에서부터 곡면의 지붕(개판)이 씌워진 모습이 너무도 분명하기 때문이다. 전라좌수영 거북선의 경우 그림상 2층 구조일 가능성이 있으나, 통제영 거북선의 경우 순수한 2층일 가능성은 전혀 없다.

문제는 거북선의 지붕 좌우에 있는 포 구멍이다. 통제영 거북선 그림을 보면 지붕 좌우에 12개의 구멍이 그려져 있는데, 《이충무공전서》 본문을

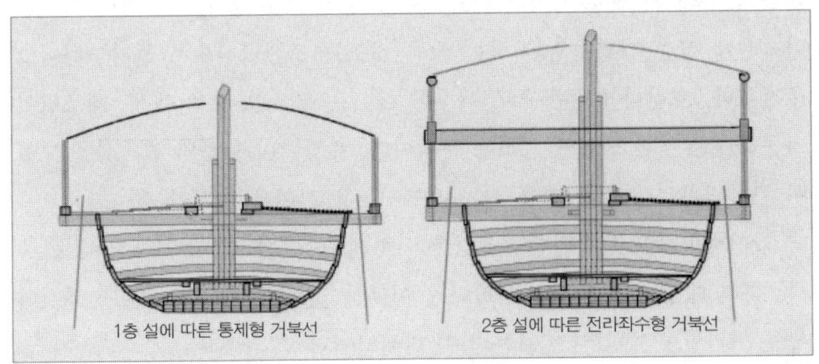

보면 이 구멍에 대해 '포혈砲穴'이라고 설명하고 있다. 만약 거북선을 순수한 1층 구조로 볼 경우 이 포 구멍을 설명할 수가 없게 된다. 1층 구조라면 지붕 부근에 포혈을 만들 필요가 없고, 설사 만든다 해도 사용할 수가 없기 때문이다. 외관상 2층이 아니면서도 지붕 부근에 포혈이 존재하는 구조라면, 거북선의 내부 구조는 반 2층 구조일 수밖에 없다. 반 2층 구조일 경우에도 판옥선의 상층 갑판을 그대로 두고 여장만 제거한 채 지붕만 씌운 경우①와, 판옥선의 상층 갑판을 완전 제거한 경우② 두 가지를 생각해 볼 수 있다.

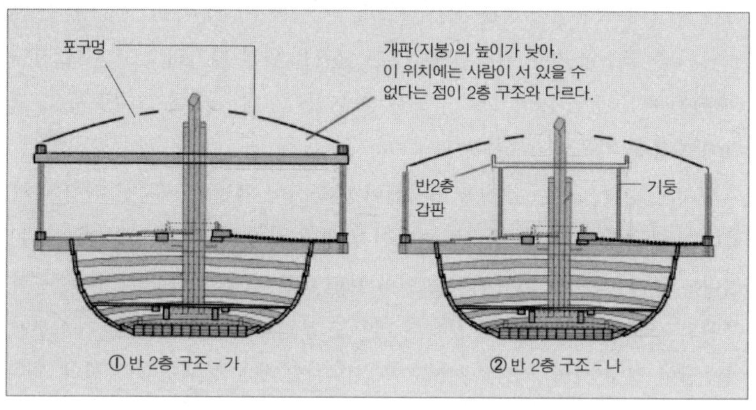

　　판옥선의 상층 갑판을 그대로 둔 경우①에는 판옥선에서 개조하기에는 간편하나, 지붕의 높이가 낮아서 사람이 설 수 있는 공간은 상층 갑판을 제거한 경우②와 별로 차이가 없으므로 별로 실익은 없다. 일부 연구가들은 판옥선에 상층 갑판을 제거하는 식의 개조는 조선학적으로 불가능하다고 주장한다. 그러나 나무못으로 제작한 한선은 필요할 경우 해체, 재조립이 가능하다는 것은 상식에 속하는 문제이다. 채광이나 활동의 편의성을 고려한다면 필자는 상층 갑판을 제거하고 반 2층 갑판을 설치한 경우②가 좀 더 합리적이라고 생각된다. 이 경우 이렇게 좁은 반 2층 공간에서 대형 총통, 특히 대장군전 등을 발사하기는 어려울 것이며, 소형의 승자총통이나 활을 사격할 수 있었다고 보는 것이 현실적이다.

　　일부 연구가들은 거북선 원형이 1층 구조나 반 2층 구조일 경우, 사실상 2층 구조의 판옥선에서 퇴보한 것이며, 판옥선의 2층 갑판을 단순히 지붕으로 개조한 것일 뿐이라고 비판하기도 한다. 또한, 만약 1층 구조나 반 2층 구조일 경우 노를 젓는 격군과 대부분의 전투 요원이 같은 층에 있게 되므로, 운용하기에 상당히 불편할 것이라고 주장한다. 이러한 비판은 어느 정도 이해할 수 있는 의견이다. 그러나 실물 복원 거북선을 타 본 사람이라면 다소 불편하기는 해도, 같은 층에서 노를 젓고 전투를 수행하는 것이 불가능하지는 않다는 점을 알 수 있을 것이다. 더구나 통제영 거북선이 2층 구조였다면, 《이충무공전서》의 통제영 거북선 그림을 설명할 방법이 없게 된다. 최초의 거북선 원형이 아무런 결점이 없는 완벽한 배라고는 생각되지 않는다. 거북선 원형에는 나름대로 결점이 있었을 것이며, 그러한 결점을 개량하기 위해 전라좌수영 거북선이나 이충무공 종가 거북선이 만들어졌을 것이다.

　　용머리(혹은 거북머리)의 용도에 대해서도 학자들 간에 의견이 일치하지 않는다. 그러나 이순신 장군이 《난중일기亂中日記》에서 직접 용머리에서 현자화포를 쏘았다고 기록한 이상 임진왜란 당시의 용머리는 화포 발사용으로 보아야 할 것이다. 이 경우 용머리 내부에 현자화포를 발사할 수 있을 정도의 공간을 확보해야 하므로 지금 복원된 거북선보다는 용머리가 커야 할 것이고, 그 높이도 조금 낮아져야 할 것이다. 거북선 이물비우船首材에 그려진 귀면鬼面은 충각용 돌기(Ram)일까, 아니면 단순한 장식용 그림일까? 학자들 간에 의견이 분분하지만 현재 밝혀진 사료로써는 단정적으로 말하기 어렵다.

　　오른쪽 사진의 거북선 모형은 전쟁기념관에 전시 중인 거북선 축소 복원 모형이다. 기본적으로 《이충무공전서》의 통제영 거북선을 본떠 만든 것이나, 거북선 지붕(개판) 부분은 좌수영 거북선과

명량해전 기념관의 거북선 절개 모형

통제영 거북선을 절충해서 임의로 만든 것이다. 해군사관학교와 서울 이촌동에는 실제 운행 가능한 실물 크기 복원 거북선이 있다. 이 실물 크기 복원 거북선들은 모두 해군 본부에서 복원 설계한 거북선인데, 순수한 1층이라기보다는 반 2층에 가까운 내부 구조를 가지고 있으나, 지붕에는 포혈을 만들어 놓지 않아 반 2층에서 전투를 하는 것은 불가능하다. 위 사진은 해남에 위치한 명량해전 기념관에 전시된 거북선의 절개 모형이다. 이 거북선 모형도 기본적으로 반 2층 구조로 제작되어 있으나, 지붕의 각도와 반 2층의 높이가 적당하지 않아, 반 2층에서 전투를 수행하는 것은 불가능하게 되어 있다.

거북선은 철갑선일까?＿단재 신채호 선생은 이미 일본 강점기 시대에 거북선이 철갑선이 아니라고 주장한 바 있다. 해방 이후 학계의 통설도 거북선이 철갑선이 아니라는 데 의견이 모아졌다. 《난중일기》, 《이충무공전서》나 《이순신행록》 같은 기본 사료에 거북선이 철갑선이라는 직접적인 설명이 전혀 나오지 않기 때문이다(반대로 철갑선이 아니라고 나오는 사료도 없다). 사실 거북선이 철갑선이라는 직접적인 기록을 굳이 찾는다면 한국 측의 기록이 아닌 일본 측의 임진왜란 기록에서나 발견될 뿐이다. 조선공학을 전공한 저명한 학자인 김재근 교수는 거북선이 철갑선이라면 전체적인 구조상 복원력이나 부력을 합리적으로 설명할 수 없다고 의견을 밝혀 철갑선이라는 주장에 결정타가 되었다.

그러나 필자는 거북선이 철갑선일 가능성이 있다고 생각한다. 일본의 유명한 전통 선박 전문가인 이시이 겐지石井謙治 교수에 따르면, 일본 전통 선박인 아다케安宅船에 설치되는 방패는 대부분 두께 3치寸의 녹나무로 되어 있다고 한다. 일부 방패는 나무 위에 얇게 철판을 붙이기도 하는데, 이 경우 두께 1치의 녹나무에 두께 2푼分의 쇠판을 붙인다고 한다. 이 경우 두께 2푼의 쇠판은 두께 2촌의 녹나무와 면적과 무게가 같다고 한다. 이러한 일본 전통 배의 실제 사례는 대단한 중요성을 가지고 있다. 어차피 거북선이 철갑선이라는 것은 물 밖으로 나오는 부분만 쇠판을 입혔다는 이야기이므로, 두께를 달리해서 쇠판과 나무판을 같은 무게와 크기로 만들 수만 있다면 배의 복원력이나 부력에 전혀 영향을 주지 않기 때문이다.

진주성 성문에 철판을 씌운 방식

판옥선이나 거북선의 삼판(외판) 두께는 보통 4치(12.26cm) 정도이다. 지붕(개판)의 두께도 이 수치에서 크게 벗어나지 않을 것이다. 판옥선의 여장이나 방패판은 소나무가 아닌 주로 참나무(상수리나무, 졸참나무, 녹나무) 계통의 나무를 쓴다. 만약 판옥선의 지붕이 참나무 계통으로 되어 있다면, 4치(대략 12cm) 두께의 참나무 지붕은 대략 4푼(대략 1.2cm)의 쇠판 지붕과 무게가 동일하다. 실제로는 일본의 배 방패와 유사하게 나무 판자 2치(대략 6cm)에 쇠판 2푼(대략 0.6cm)을 덧붙인 형태나, 나무 판자 3치(대략 9cm)에 쇠판 1푼(대략 0.3cm)을 덧붙인 조합을 생각해 볼 수 있다. 50여 년 동안 이순신을 연구해 온 최석남 장군이나 서울대 원자핵 공학 박사 박혜일 씨가 이미 지적했듯이 이런 형태는 우리 나라의 성문城門에서 흔하게 발견할 수 있는 방식이다. 이 경우 순수하게 나무 판자로만 만드는 경우와 비교해서, 두께만 얇아질 뿐 무게는 동일하기 때문에 복원력이나 부력에는 영향을 미치지 않는다. 실상 김재근 교수는 지붕을 철갑으로 씌울 경우의 복원력이나 부력에 대한 어떤 구체적인 수치나 계산도 제시한 적이 없이, 막연하게 추정만으로 철갑선 설을 부정했을 뿐이다.

　일부 학자들은 쇠판을 씌웠을 경우 철갑 위에 쇠 송곳을 부착하기가 어려울 뿐만 아니라, 바다 위에서 운용하면 녹이 잘 슬어 별로 실용성이 없었을 것이라고 주장하기도 한다. 그런 사소한 이유로 철갑선 설을 부정하는 것은 지나치게 안이한 견해로 생각된다.

호설암

별책
호설암에게 배우는
경영철학

달궁

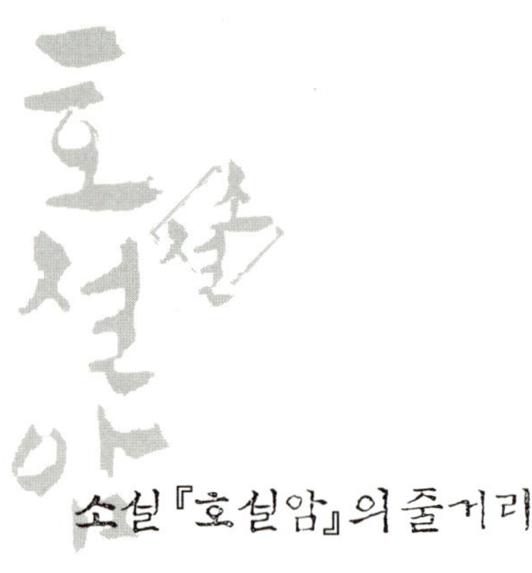

소설 『호설암』의 줄거리

서양 열강들의 침탈과 농민반란 등으로 큰 혼란을 겪고 있던 청나라 함 풍제 초, 두 명의 청년이 매화비라는 항주의 허름한 찻집에서 자주 마주 친다. 나이 든 청년의 이름은 왕유령이었고, 어린 청년의 이름은 호설암 이었다.

어느 날, 호설암은 왕유령에게 싸구려 차나 마시며 빈둥거리는 이유를 물었고, 왕유령은 관직을 예약해 놓고도 돈이 없어 발령을 받지 못 하고 있다고 털어 놓는다. 왕유령의 딱한 처지를 안 호설암은 다음 날 현금 5백 냥을 마련하여 아무런 조건없이 건네주고 어디론가 사라진다.

잘 알지도 못하는 친구로부터 뜻밖의 도움을 받은 왕유령은 그 돈을 가 지고 북경으로 가 정7품 관직인 지현知縣 자리를 찾던 중 어릴 적 친구였 던 하계청이 강소 학정이라는 고위직에 있음을 알고 놀란다. 하계청은 왕유령 집안이 부유했을 당시 문지기를 하던 하인의 아들로, 머리가 명석 하여 부친이 글공부를 시켰기 때문이다.

왕유령은 하인의 아들이었지만 지금은 과거에 급제해 고관이 된 하계 청을 만나 정중한 예를 올린다. 왕유령은 집안의 몰락으로부터 호설암이 라는 청년에게서 받은 도움으로 여기까지 오게 된 사연을 말하고, 하계청 은 어릴 적 왕유령 부친에게서 받은 은혜를 생각하고 그를 동기동창인 절

강 순무 황종한에게 추천한다. 하계청의 부탁을 들어줄 수밖에 없는 황
종한은 왕유령을 조운을 담당하는 해운국 좌판으로 임명한다.

한편 왕유령에게 5백냥이란 거금을 마련해 준 호설암은 공금을 유용했
다는 누명을 쓰고 직장인 신화전장에서 해고된다. 그 5백냥은 회사에서
포기했던 악성채무를 받아 낸 것이었고, 또한 왕유령의 이름으로 차용증
까지 써준 것이라 양심에 꺼릴 것이 없어 해고가 억울할 법도 했지만, 호
설암은 이 기회를 성장의 밑거름으로 삼는다. 그는 항주 거리를 돌아다니
며 민심과 정세변화 등을 살피며 상인에게 필요한 실천적 시장 감각을 익
혀 간다. 이 때 왕유령이 나타나 호설암을 찾는다.

이때부터 관직이라는 힘을 가진 왕유령과 천부적 사업 재능을 타고난
호설암이 본격적으로 손을 잡는다. 호설암은 왕유령의 참모 역할을 하며
당면한 문제들을 해결해 나감과 동시에 자신이 직접 전장이라는 금융업
을 개업하기로 결심한다. 호설암은 왕유령으로 하여금 신화전장을 찾아
가 예전에 빌린 5백냥을 상환하게 함으로써 실추된 명예를 회복하고, 세
금으로 거둬들인 조세미를 무사히 북경으로 운송해 해운국 책임자인 왕
유령의 위상을 강화한다. 그리고 해운국의 지불보증 자금 5만냥으로 '부
강' 전장을 개업한다.

호설암은 부강 전장을 기반으로 항주와 상해 금융업을 확장해 가는 한
편, 당시 서양 상인들에게 인기있던 생사를 대량 거래함으로써 막대한 이
익을 남기며 사업을 발전시켜 나간다. 이런 와중에 호설암은 아주, 부용
등 미녀들과 사랑에 빠지기도 하지만 거상으로서의 본분을 잃지 않는다.
호설암은 전란의 특수를 겨냥에 '호경여당'이라는 약방을 설립해 실리와
명예를 추구하는 한편, 서양 상인들과의 무기거래를 성사시키기 위해 상
해로 향하는데…….

소설 『호설암』 전 7권 차례

호설암에게 배우는
경영철학

호설암胡雪巖은 1823년 절강浙江 인화仁和(지금의 항주杭州)에서 태어났다. 아명은 순관順官, 이름은 광용光墉이었다. 그의 아버지는 이름이 녹천鹿泉, 호가 지전芝田으로 벼슬길에 나가지 않고 조용히 은거하며 살았다. 김金씨와 슬하에 4형제를 낳았으며, 호설암이 장자였다.

호설암은 어릴 때부터 남달리 총명하여 아버지의 기대가 매우 컸다. 하지만 호설암이 성년이 되기도 전에 아버지는 세상을 떠났고, 호설암은 가족의 생계를 위해 전장錢莊의 견습생으로 들어갔다.

1840년 아편전쟁이 발발했을 당시 호설암의 나이는 18세였다. 1842년, 청淸 왕조는 전쟁에 패했고, 남경南京조약을 체결했다. 그 이후로 각종 불평등 조약이 연이어 체결되었고, 서양 열강은 틈나는 대로 청 조정의 허점을 파고들어 무리한 요구를 강요했다. 이로 인해 백성들의 생활이 피폐해지면서 농민들의 봉기가 끊이지 않았다.

농민봉기 가운데서도 홍수전洪秀全의 태평천국운동은 청 정부의 통치를 무력화시키면서 전국을 혼란과 곤경으로 몰아넣었다. 그런 와중에 제2차 아편전쟁이 발발했고, 이 전쟁의 패배로 청 왕조는 또다시 치명적인 타격을 입게 되었다. 아편 밀수와 전쟁 배상금, 내전에 필요한 군비, 자연재해, 관원들의 부정부패 등 온갖 악재로 인해 청 정부의 재정 상황은 급

속도로 악화되었고, 국고가 텅 빈
채 나라 전체가 총체적 위기에 봉
착했다. 그런 와중에 서양문물을
받아들이는 상황에서 양무洋務운
동을 진행하고 변방을 수비하는
데 많은 자금이 필요하게 되었다.

이처럼 복잡하고 위급한 정치
사회적 상황에서는 자본을 많이
보유하고 있는 상인들에게 정치
참여의 가능성을 제공했고, 상품
경제의 발전과 서세동점西勢東漸
의 여파로 농업을 중시하고 상업
을 경시하던 전통적 관념이 서서
히 무너지기 시작했다.

홍정상인이 된 후의 호설암의 모습

사람들은 의리를 중시하고 이익을 경시하던 중의경리重義輕利의 사상에
서 해방되어 더 이상 이익을 추구하는 것을 부끄러워하지 않았고, 민족의
위기가 날로 가중되는 현실에서 민족자본주의의 발전에 대한 요구를 반
영한 중상重商의 주장들이 터져 나와 의식 있는 인사들의 지지를 얻었다.
이러한 갖가지 상황들이 하나로 결집되면서 중국 사회에서 상인들은 영
향력과 실력에 기초해서 포부를 펼칠 수 있었다. 이는 중국 역사상 공전
의 변화였고, 초기 자본주의 경제체제의 형성과 근대로의 행보를 가속화
하는 결정적 계기가 되었다.

당시에 상해를 출발하여 양자강을 따라 티베트까지 장기간의 여행을
하고 돌아와 『양자강을 가로질러 중국을 보다 *The Yangtze Valley and
Beyond*』라는 여행기를 남긴 이사벨라 버드 비숍Isabella Bird Bishop 여사는

광서제光緒帝

호설암 활동 당시의 실재 권력자였던 혁흔奕訢

당시를 이렇게 기술하고 있다.

"중국은 이미 상업과 산업의 기초를 갖추고 있었고, 근면하고 부지런한 인성을 지닌 백성들은 산업혁명의 부재에도 불구하고 풍부한 자원을 바탕으로 다분히 아시아적인 자본주의와 근대로 향하는 느린 행진을 하고 있었다. 뇌물과 부패, 공금횡령, 관료들의 비인간적인 횡포 등 봉건사회의 구조적 문제들이 산재해 있긴 하지만 가장 민주적인 인재 선발 장치인 과거제도는 특별한 부작용 없이 운영되고 있었다. 민간의 비밀결사들이 크고 작은 봉기를 일으켰고 여러 지역에서 군벌이 발호할 가능성도 적지 않았지만 이 모든 사회적·자연적 조건들은 동전의 양면과 같은 것이라 그 운용과 발휘에 따라 긍정적인 것이 될 수도 있고 부정적인 것이 될 수도 있었다. 적어도 서구 제국들이 중국을 상대로 이기적인 경쟁에 몰두하지만 않았다면 충분히 대청제국이 망하지 않도록 도울 수 있었을 것이고, 국방력과 상업의 발전을 이끌어 그 열매를 함께 누릴 수 있는 방법을 모색할 수 있었을 것이다."

호설암은 이런 시대를 살면서 일생 동안 도광道光, 함풍咸豊, 동치同治, 광서光緖 등의 네 시대를 거쳤다. 이 시기는 5천 년 중국 역사에 있어서 신구 세력의 교체가 가장 극명하게 드러났던 대격동의 시기였다. 거듭된 내우외환으로 인한 고통에 새로운 사조의 물결이 가져다주는 고통이 중첩됐다. 호설암은 이처럼 희망과 우환이 병존하고 기회와 도전이 동시에 존재하는 시대 변혁의 중요한 길목에서 기회를 놓치지 않고 거상巨賈으로 성장할 수 있었다. 그가 중국의 근대 민족 상공업이 흥성하기 시작한 시기에 나타난 뛰어난 상인 가운데 가장 대표적 인물임에는 의심의 여지가 없다.

호설암은 열세 살 때부터 '개태開泰'라는 상호의 전장에서 도제로 일하기 시작했고, 열여섯 살이 되자 총명함과 뛰어난 화술을 인정받아 '포가跑街'로 일하게 되었다. '포가'란 전장의 대외 연락 업무를 전담하는 영업사원으로서, 그는 이를 계기로 전장의 유력한 직원으로 성장하는 동시에 금융업의 중요한 노하우를 완전히 터득하게 되었다. 그리고 왕유령王有齡과의 인연으로 그의 연반捐班을 도와준 덕분에 마침내 1860년 3월에 자신의 금융업체인 '부강阜康' 전장을 개업하게 되었다.

1860년 3월 태평천국군이 처음으로 항주에 입성했다. 절강과 항주의 수많은 문무관원들은 피난하거나 죽임을 당했고, 백성들에게 횡포를 일삼던 부유한 상인들과 지방 유지들은 각지로 뿔뿔이 흩어졌다. 하지만 호설암은 이러한 변화에도 전혀 놀라지 않고 침착하면서도 과감한 행동으로 청 정부에 충성을 다했을 뿐 아니라 항주 백성들의 고통을 덜어 주기 위해 수많은 일들을 실천에 옮겼다. 그는 현지의 안찰사에게 직접 병사들을 훈련시켜 신병으로 투입할 것을 제안했고, 안찰사는 호설암의 제안을 받아들여 용병을 모아 훈련시키는 동시에 부강 전장의 은자 2천 냥을 모병 경비로 사용했다.

얼마 후 호설암의 도움을 받았던 왕유령이 절강 순무로 부임하면서 호설암과 관방의 결합 관계는 더욱 밀접해지게

청 조정에서 호설암에게 하사한 화령과 황마괘

되었다. 호설암의 갖가지 제안에 귀를 기울이기 시작한 왕유령은 성 전역에 명령을 내려 모든 군인 봉급의 지급을 호설암이 운영하는 부강 전장으로 통일시켰다. 호설암은 이것을 기회로 삼아 절강성 전시 경제의 절반을 장악했고, 이런 특권을 활용하여 거대한 부를 축적했다. 호설암은 돈을 벌면서도 돈이 없어 시신을 매장하지 못하는 사람들을 위해 관재를 마련해 주고, 장사를 지내 주었으며, 전역에 지친 병사들의 질병을 치료하기 위해 다량의 약재를 기증하는 등 갖가지 선행을 잊지 않았다.

같은 해 말, 태평천국군이 두 번째로 항주를 침공했다. 왕유령은 성을 지켜 내지 못했고, 그 자책감으로 자결하고 말았다. 왕유령의 부탁으로 상해로 양곡과 군수물자를 구하러 갔던 호설암은 화물선을 따라 항주 전당강가에 도착하여 이 소식을 듣고 성 밖에서 사흘을 기다리다가 결국 사태를 만회할 수 없다는 판단을 내리고 왕유령이 자결한 항주성을 향해 세번 절을 올린 다음 다시 배를 몰고 돌아갔다.

얼마 후 좌종당左宗棠이 왕유령의 뒤를 이어 절강 순무로 부임했다. 일부 사람들은 전란으로 인해 돈을 벌기 어려운 시기임에도 불구하고 호설암

이 이미 거액의 양곡과 군화를 빼돌려 잠적해 버렸다며 비난을 퍼부었다.

한창 이런 의혹이 난무하는 중에 호설암이 다시 그들 앞에 나타났다. 알고 보니 호설암은 화물을 분산시켜 객상으로 위장한 뒤 강을 거슬러 20만 석의 양곡을 운반해 온 것이었다. 호설암은 좌종당에게 사태의 전말을 이렇게 보고했다.

"장발적들이 항주성을 포위하고 있는 상태에서 관아의 자금 1만 냥을 수령하여 상해로 양곡을 구하러 갔습니다. 물건을 구해 항주로 돌아와 보니 이미 항주성은 함락되어 있어 물건을 전달할 수 없었지요. 하는 수 없이 다시 상해로 가져가 팔아야 했습니다. 그러다가 대인께서 대첩을 준비하고 계시다는 소식을 듣고 다시 쌀을 사가지고 온 것입니다."

동남의 각 성이 태평천국군에 함락되어 군향미의 부족으로 큰 어려움을 겪고 있던 좌종당은 호설암의 보고에 크게 기뻐하며 그를 '진정한 시대의 호걸'이라 극찬해 마지않았고, 1866년에는 황제에게 올린 주서에서 호설암을 대단히 유능한 인물로 칭찬했다. 이때부터 호설암과 좌종당 사이의 20년 교우가 시작되었다.

좌종당이 완전히 파괴된 항주성에 진주하여 재건을 시도하면서 가장 믿을 수 있는 인물은 호설암이었다. 호설암은 갖가지 지략과 구체적인 시정 방법으로 수많은 갈등과 문제들을 해결했고, 전후의 재정적 위기를 해소해 주었다.

호설암은 이때부터 번고藩庫의 수입과 지출을 대리하기 시작했다. 각 성의 자금은 호설암의 손을 거치지 않으면 절강성으로 들어올 수 없었다. 호설암은 이런 특권을 기반으로 엄청난 이익을 냄으로써 자신의 부강 전장을 이른바 '금자초패金字招牌(금박으로 쓴 간판. 넉넉한 자본에 널리 신용을 얻고 있는 상점)'로 발전시켜 나갔다. 그는 이런 기회를 놓치지 않고 무역업에도 손을 대 전국 각지에 상점을 열었고, 불과 몇 년 사이에 자본금을 수만 냥으로 불렸다.

좌종당은 민절閩浙(복건성福建省과 절강성浙江省) 총독으로 부임한 뒤로 본격적인 양무운동에 나서기 시작했다. 양무를 수행하기 위해서는 무엇보다도 국내외 모든 분야를 두루 연결할 수 있는 뛰어난 인재가 필요했다. 가장 먼저 좌종당의 눈에 든 인물이 바로 호설암이었다. 호설암은 일찍이 좌종당이 태평천국군을 진압할 때 관원과 상인이라는 두 가지 신분을 자유자재로 활용하면서 상해와 영파寧波 등 서양 상인들이 밀집해 있는 통상항구를 오가며 프랑스 세관의 세무관과 영파 주재 함대 사령관 등과 접촉했다. 그 결과 중국과 프랑스의 유민遊民들을 모아 의용군을 조직하고, 좌종당이 이끄는 청군과 연합하여 태평천국군을 공격함으로써 눈부신 군공을 세운 바 있었다.

좌종당의 추천으로 '복건보용도福建補用道'의 관직을 얻게 된 호설암은 동치同治 황제에 의해 복건 안찰사로 발령되었다. 호설암의 건의로 좌종당은 1866년에 복주선정국福州船政局을 설치하고 선정국의 모든 재정을 전적으로 호설암의 손에 맡겼다. 같은 해 말에 좌종당은 섬감陝甘 총독으로 부임하게 되어 복건을 떠나면서 조정에 특별 상주를 올렸다. 좌종당은 이 상주문에서 자신의 뒤를 이를 사람은 호설암 한 사람뿐이라고 역설했다.

실제로 호설암은 좌종당의 신임을 저버리지 않고 선정국을 성공적으로 이끌었고, 그 후로도 수많은 양무 활동에서 눈부신 성과를 이룩했다. 호설암은 중국의 초창기 양무 운동에 있어서 가장 뛰어난 성과를 이룩한 실천가 가운데 하나였고, 이러한 성과를 그 자신의 축재에도 중요한 수단으로 활용하는 전략적 상인이었다.

1867년부터 1881년 사이의 15년 동안 좌종당의 염군捻軍과 섬서陝西 회

옛 상해 현성의 조계지. 서양 각국의 은행과 상관이 밀집해 있는 지역으로 지금도 그 모습을 그대로 유지하고 있다. 소설 호설암에서는 '십리양장'으로 묘사된다.

군回軍 진압, 그리고 그 후에 있었던 신강新疆 지역 수복 과정에서 호설암은 상해를 근거지로 하여 서양 각국의 총과 대포를 비롯한 무수한 화기와 군자금을 지원했다. 여섯 차례에 걸쳐 호설암이 좌종당을 지원한 액수는 1,770만 냥에 달했다.

호설암은 나중에 좌종당으로부터 엄청난 보답을 받아 중국의 '제일부상第一富商'으로 자리 잡을 수 있는 기초를 다질 수 있었다. 러시아와 영국 제국주의자들이 신강을 노려 중국 영토를 삼키려는 의도를 드러내자 호설암은 군수물자를 대거 사들이고 서양의 자금을 차입하는 등의 방법으로 좌종당의 신강 수복을 지원했다. 1878년 좌종당과 섬서 순무의 공동 추천으로 호설암은 마침내 조정으로부터 황색 마고자를 하사받고 '홍정상인紅頂商人'이라는 일품 명예직을 얻었다.

호설암의 성공은 시대의 흐름과 기회를 적시에 파악하는 능력 외에 관장官場과 상해商海 전체를 활용하는 탁월한 사업전략에 있었다. 그는 총명하고 담력과 식견이 뛰어났을 뿐만 아니라 변화무쌍한 현실 상황에 적응하는 임기응변의 기지가 남달랐다.

호설암은 전장에서 일개 말단 직원으로 일하면서도 정팔품 관직인 염대사의 자리를 연반해 놓고도 돈이 없어 경사로 가서 보결하지 못하는 왕유령을 위해 선뜻 자신의 전재산을 투자하는 모험을 감행했다. 이

좌종당左宗棠
호설암이 사업을 확장할 때 큰 힘을 보태준다.

런 모험을 평범한 사람들은 도저히 할 수 없는 일로, 인재 발굴에 관한 호설암이 뛰어난 통찰력의 결과물이었다.

청조 말기에는 관료사회가 극도로 부패하여 무수한 관직을 '연관捐官'이란 이름으로 돈을 받고 팔았다. 호설암은 이러한 연관 과정에서 자금의 출납을 대행함으로써 두둑한 이익을 챙기고 자신의 지명도를 높이는 동시에 연관을 통해 관원이 된 사람들로부터 적극적인 지원을 얻어 냈다. 1860년을 전후하여 큰 부를 축적한 후에는 호설암 자신도 연관에 참여하여 1866년 좌종당이 태평천국군을 진압한 후에는 복건보용도 안찰사라는 직함을 얻기에 이르렀다.

관료사회와 상인의 세계를 넘나들며 자신의 재력과 영향력을 구축했고, 이것이 그가 탁월한 경쟁력을 갖게 된 원동력이었다. 호설암은 이런

식으로 얻은 재물과 명성을 혼자서 누리지 않고 부모관의 입장이 되어 백성들에게 적당한 방법으로 나누어 주었고, 국태민안을 위해 아낌없이 국가에 헌납하는 넉넉함을 보였다. 이 점에 대해 호설암은 이렇게 말했다.

"작은 장사를 하려면 수시로 변하는 상황에 순응하면 되지만, 큰 장사를 하려면 먼저 나라의 안정과 이익을 생각해야 한다. 세상이 태평해지면 무슨 장사인들 못하겠는가? 그때가 되면 내가 나라를 도운 것처럼 나라도 당연히 내게 보답을 할 것이다."

호설암에게 있어서 국가의 안정과 번영은 곧 시장의 안정과 번영인 셈이었다.

예로부터 중국에서는 '사농공상士農工商'이라 하여 신분의 구별이 명확했고, 그 배열순서로 알 수 있듯이 상인의 지위가 가장 미천했다. 더욱이 상인에게는 '간사하다奸'는 오명이 붙어 '간상奸商'이라는 단어와 함께 "상인치고 간사하지 않은 사람이 없다."는 말이 생겨나기도 했다.

하지만 돈과 이윤에만 연연하지 않고 국가와 민족을 생각하고 사회적 정의를 추구하는 상인도 적지 않았다. 재물의 가치는 재물 자체에 있는 것이 아니라 이를 유통시키고 소비하는 과정에서 찾게 되는 만족감에 있다. 부유하면서도 덕을 잃지 않고 남에게 베풀면서 복을 가져다줌으로써 항주 백성들로부터 칭송과 명망을 함께 얻었던 호설암이야말로 '간상'이 아닌 '유상儒商'의 전형적인 예라 할 수 있다.

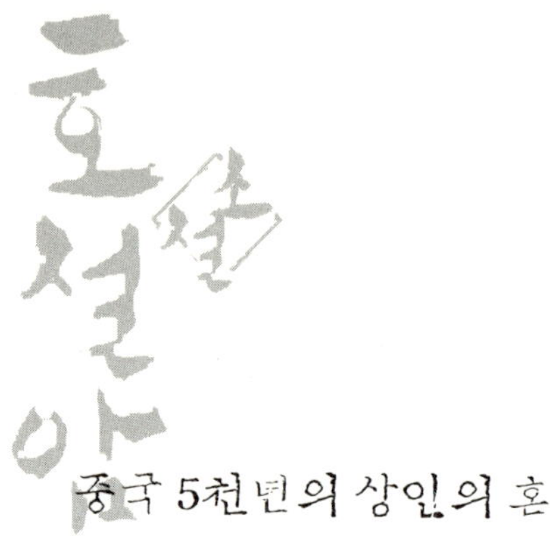

중국 5천 년의 상인의 혼

　중국이 서양에 비해 두 배 정도 긴 약 2,500년 동안 봉건왕조 체제를 유지할 수 있었던 것은 유가儒家의 가치관에 힘입은 바 크다. 어느 모로 보나 통치자들에게 유리한 유가의 도그마는 중국 문화 전체를 장악하면서 중국인들 정신세계의 근간을 형성했다. 하지만 이처럼 절대적인 힘과 지위를 지닌 유가의 가치관들은 현대로 접어들면서 극도로 쇠퇴하는 양상을 보이고 있다. 이는 현대 서양 사조의 영향으로, 인간의 모든 가치를 자유와 평등이라는 민주적 이념에 따라 재편한 결과인지도 모른다. 이러한 경향은 유가적 전통을 그대로 답습했던 우리나라에서도 마찬가지이다.

　중국인들은 유가의 이상적 수행의 경지인 '수신제가치국평천하修身齊家治國平天下'의 실현을 위한 구체적인 실천원리로 인仁, 의義, 예禮, 지智, 신信의 이른바 '오상五常'을 설정했다. 물론 이들이 직접 성취할 수 있는 것은 '수신'과 '제가'까지이고 '치국'과 '평천하'는 관官이라는 또 다른 경로를 통해 간접적인 방법으로 실현되었다. 때문에 고대 중국의 상업에 있어서 관장官場과의 유착이나 관의 개입은 거의 절대적이었다. 이는 상인이 관을 부정한 방법으로 이용하는 이른바 '정경유착'의 차원이 아니라 관을 존중하고 두려워하는 유가적 국가관의 발로였다. 그리고 그 배후에는 국가와 민족의 부흥이라는 거대한 지상과제가 존재했던 것이다.

청조 말기 이른바 서세동점의 개혁기에 활동했던 호설암은 이러한 전통적 가치관과 이에 기초한 창의정신으로 전형적인 유상의 경영 지략을 과시하면서 청대 최초로 '홍정상인'의 지위에 오른 인물이었다.

호설암이 지닌 창의정신이란 뭔가 기발한 것을 발명해 내는 특별한 능력이나 그 기본이 되는 사고의 유형을 국한하여 말하는 것이 아니다. 호설암의 창의정신은 모든 일을 긍정적이고 생산적인 방향으로 생각하고, 그러한 생각에 따라 실천하는 행동 특성이라고 할 수 있다. 이는 유가에서 주장하는 오상의 윤리 관념과 실천 원리가 갖는 긍정적인 요소들이 극대화된 것이라고 해석할 수 있을 것이다. 여기서 중요한 점은 생각만 있고 실천이 없는 창의는 진정한 의미의 창의가 아니라는 점이다. 호설암의 창의는 실천을 전제로 하는 창의였기 때문에 성공의 열매를 맺을 수 있었다.

창의력은 꿈과 현실의 매개체라 할 수 있다. '꿈은 현실의 또 다른 이름'이라는 말은 모든 꿈이 실현될 수 있다는 뜻이 아니라, 꿈은 반드시 현

호설암 당시의 금융기관인 '전당' 모습

전장 앞에 서 있는 청 관군

실에 바탕을 두어야 한다는 의미이다. 현실에 바탕을 두지 않는 꿈은 실현을 위한 방법론을 찾을 수 없다. 이러한 꿈은 꿈이 아니라 망상이라고 표현하는 것이 더 정확할 것이다.

이처럼 창의력을 매개로 실천력이 담보된 꿈을 현실로 발전시킬 수 있었던 호설암에게 있어서 사업은 축재를 위한 상술의 발휘라기보다는 유가적 가치관에 기초한 자신의 창의적 사고를 적극적으로 발휘하여 자신을 실현해 나가는 자기실현의 과정이었다고 할 수 있다. 결국 호설암이 추구하고 경영한 것은 물질이 아니라 인간이었던 것이다.

유가에서는 모든 사람이 먼저 자신의 마음을 다스리고 적극적으로 도덕적 품성을 수양하여 일종의 심미적 태도로 왕도王道의 이상에 헌신할 것을 주창했다. 때문에 유가는 겉으로 드러나는 지모를 추구하지 않고 겉으로 드러나지 않으면서 모든 지혜를 압도하는 큰 지혜를 추구한다. 현실 생활에서는 이러한 큰 지혜를 지닌 인재들을 찾기가 그리 쉽지 않다. 실제로 대지大智는 오히려 어리석어 보이기 때문에 처음에는 겉으로 잘 드러나지 않는다. 적어도 호설암처럼 물질이 아닌 인간을 경영하는 경지에 이르러야만 유가의 큰 지혜라고 할 수 있을 것이다.

　유기적인 체계를 갖추고 있는 유가의 정신세계와 그 실천의 구체적인 모습들은 호설암의 경영 활동에 그대로 반영되어 있다. 결국 호설암은 상인인 동시에 관료였고 '수신'을 통해 '제가'하고 '제가'를 바탕으로 '치국'하는 데까지 이른 유상의 전형이었다.

　고대 중국의 3대 상인을 꼽는다면 상성商聖 범려와 여불위呂不韋, 그리고 호설암을 들 수 있다. 하지만 범려와 호설암은 전형적인 유상으로서 뛰어난 경영 지략과 애국과 애민의 실천으로, 위로는 통치 계층으로부터 아래로는 일반 백성들에게 이르기까지 전방위적인 지지와 칭송을 받았지만 여불위는 그렇지 못했다. 본질적으로 간상奸商이었던 여불위는 재물로 정권을 사들여 진秦의 조정을 쥐락펴락했지만 결국 큰 지혜의 부족으로 자신이 쳐 놓은 올가미에 걸려 스스로 목숨을 끊어야 하는 비참한 최후를 맞고 말았다. 범려와 호설암의 경영 대상이 사람이었던 데 비해 여불위의 경영은 오로지 재물에만 국한되어 있었기 때문이다.

경영의 핵심 대상은 재물이 아니라 사람이다

이 세상에 완전한 인재는 없다. 한 개인의 능력은 그 쓰임에 따라 다양하게 나타난다. 큰 재목은 크게 쓰고, 작은 재목은 작게 써야 한다. 사람을 쓰는 데 있어서 경영자에게는 세 가지 문제가 제기된다.

첫째는 사람의 능력과 성품을 정확히 판단하는 평가의 문제이고, 둘째는 자신이 선택한 인재에게 적당한 업무를 할당하는 업무 배정의 문제이며, 셋째는 자신이 고용한 인재들이 가진 능력을 즐거운 마음으로 최대한 발휘할 수 있도록 격려하고 유도하는 관리의 문제이다.

공자는 "인간에는 범부와 선비, 군자와 성인, 현자의 다섯 가지 유형이 있다. 이 다섯 가지를 잘 살펴 그 쓰임과 도리를 다해야 한다."라고 말한 바 있다. 큰 상인 호설암은 이 점에 있어서 놀라운 예지와 수완을 보여 주었다.

우선 몰락한 가문의 서생 왕유령에게 5백 냥이나 되는 거금을 아무런 조건 없이 내어 준 것은 범인들이 이해하기 어려운 일이었다. 호설암이 정말로 마의상법을 터득하여 얼굴만 보고도 귀인이 될 사람을 알아본 것인지는 알 수 없지만, 그가 왕유령에게 모험적인 투자를 하게 된 결정적인 동기는 대화를 통해 왕유령의 관리로서의 자질을 꿰뚫어 봤기 때문이다. 여기서 기본적으로 호설암의 뛰어난 통찰력과 혜안이 검증된다.

소설 '호설암'의 세계로 가 보자. 호설암의 심복인 진세룡은 '소화상'이라는 별명처럼 호주의 도박판을 전전하면서 일없이 먹고 마시며 허송세월하던 건달이었다. 소설 속에 묘사된 진세룡은 어떤 경영자의 눈에도 들 수 없는 인물이었다. 하지만 호설암은 이런 건달에게서 한 가지 남다른 장점을 발견한다. 진세룡이 전장을 관리하는 당수가 되기에는 부족하지만 밖으로 뛰면서 자잘한 일들을 해결하는 데는 둘도 없는 적격자임을 알아본 것이다. 결국 호설암은 일정한 검증을 거쳐 그를 개조하고 훈련시키기로 마음먹는다.

호설암이 진세룡을 만나게 된 것은 아주 우연한 기회를 통해서였다. 어느 사행絲行의 당수가 진세룡에게 호설암을 욱사란 인물에게 안내하는 일을 시킨 것이다. 호설암이 던진 몇 가지 질문에 대해 진세룡은 재치 있고 정확한 대답을 함으로써 호설암의 마음에 들게 되었다. 호설암은 욱사에게서 진세룡이 배신을 모르는 인물이라는 얘기를 듣게 되었다. 약삭빠르고 잡기를 좋아하긴 하지만 신의를 저버리는 일이 없다는 것이었다.

호설암은 진세룡이 술과 여자를 좋아하는 것은 문제가 되지 않는다고 생각했다. 중요한 것은 이를 자제할 수 있는 의지력이고, 더 중요한 것은

전통적인 전장 풍경.
당시의 전장은 국내 무역은 물론 외국환의 태환을 비롯한 금융 업무를 전담했기 때문에 서양 상인들이 겸업하는 경우도 적지 않았고, 상해에만 서양인들이 운영하는 양행洋行이 운영하는 전장이 백 여 개소에 달했다.

개조가 가능하다는 가능성이었다. 업무를 위한 원칙을 지킬 줄만 안다면 개인의 사소한 단점들은 문제가 되지 않았다. 결국 호설암은 진세룡의 모든 단점을 덮어 둔 채 장점만을 보고 그를 발탁하여 훌륭한 참모로 키웠을 뿐만 아니라 한때 자신이 연정을 품었던 아주란 여인을 진세룡의 배필로 맺어 주었다. 그 결과 진세룡과 아주 일가가 호설암에게 커다란 힘이 되어 준 것은 말할 것도 없다.

호설암의 혜안이 찾아낸 또 다른 인재가 바로 애첩 부용의 삼촌뻘 되는 유불재였다. 부용의 집안은 대대로 '유경덕당'이라는 약방을 경영하면서 한때 상당한 부와 명성을 구가하기도 했다. 그러나 부친의 뜻하지 않은 사고로 인해 가세가 기울기 시작했고 약방의 운영이 유불재에게로 넘어갔으나, 워낙 부유한 가정에서 한량으로 자란 유불재는 1년이 채 못 되어 가산을 탕진하고 말았다. 간신히 부채를 정리하고 남은 돈은 3천 냥에 불과했지만 이마저도 얼마 못 가 완전히 소진되었고, 나중에는 가재도구나 옷을 전당포에 잡혀 입에 풀칠하는 신세가 되었다.

하지만 유불재 역시 완전히 구제불능형 인간은 아니었다. 그에게도 나름대로의 장점이 있었고, 이것이 인재를 알아볼 줄 아는 호설암의 눈에 들게 되었다. 우선 그는 도박으로 재산을 탕진하고 빈털터리가 된 상태에서도 선조로부터 물려받은 제약의 비방을 팔아넘기지 않고 잘 간직하고 있었다. 언젠가는 가업을 다시 일으키겠다는 굳은 의지를 가지고 있었다. 또한 그는 술과 담배를 몹시 좋아하면서도 아편에는 손을 대지 않았다. 기본적으로 자기관리를 할 줄 아는 인물이었던 것이다. 호설암은 이런 유불재의 장점만을 보고 발탁하여 또 다른 참모로 키워 냈고, 그의 인생을 완전히 역전시켜 주었다.

호설암은 약방을 경영하면서 어떤 직원을 동북 지역에 보내 약재를 구

호설암이 활동하던 당시의 항주 상가 풍경

입하게 했다. 그러나 그가 구해 온 다량의 인삼은 품질이 형편없는데도 가격은 지난해보다 더 비쌌다. 모두들 그를 나무라고 있을 때 호설암은 오히려 그의 노고를 치하하며 앞으로 외부에 나가 약재를 구입하는 일을 전부 맡기겠다고 선언했다. 약재의 품질과 가격이 맘에 들진 않지만 전란에 휩싸여 있는 동북 지역까지 달려갔던 그의 수고를 인정한 것이다. 그때부터 그 직원은 더욱 열심히 약방을 위해 일했고, 호경여당은 크게 번창할 수 있었다.

훌륭한 자질과 뛰어난 능력을 고루 갖춘 인재를 만나기란 쉽지 않다. 그리고 이런 인재도 실수로부터 완전히 자유로울 수는 없다. 사람이라면 누구나 약점이 있고 실수를 하기 마련이다. 그렇기 때문에 용인用人의 핵심은 완벽하지 않은 인재들이 갖고 있는 장점과 잠재능력을 효과적으로 활용하는 것이다. 즉, 관리와 배치가 관건인 것이다. 호설암은 이처럼 '티 없는 돌'을 택하기보다는 '티 있는 옥'을 골라 자신의 경영 활동에 투입했고, 그 결과 사람도 얻고 재물도 얻는 이중의 성공을 일궈 냈다.

호설암의 용인에 있어서 또 한 가지 특징은 사람의 성품과 능력을 정확히 평가하여 적재적소에 배치한 점이다. 진세룡은 젊고 인내심이 있는 인물이라 생사 사업에 적격이었고, 약간의 영어를 구사할 줄 알아 서양 상인들과의 접촉에도 유리했다. 또한 유불재는 도박에 심취해 있고 강호의 기질을 타고난 인물이라 사람들을 접대하는 데 유용했고, 때로는 노름판에서 상대방에게 돈을 잃어 주는 기교도 구사할 줄 알았다. 호설암은 또 방회의 조직과 사정을 잘 알고 조방의 세력을 장악하고 있는 우오란 인물을 기용하여 송강을 거쳐 상해로 쌀과 생사를 운반하는 문제를 해결했고, 영어에 능통하고 서양 사람들과의 접촉 경험이 많은 고응춘이란 인물을 기용하여 생사 거래와 무기구입에 활용했다.

호설암의 용인술 사례는 이른바 '계명구도鷄鳴狗盜'로 상징되는 전국시대 말기 '전국 사공자' 가운데 하나였던 제齊나라 맹상군孟嘗君의 용인에서도 찾아볼 수 있다. 당시에는 식객의 수가 권위를 나타내는 척도로 간주되었고, 맹상군은 3천이 넘는 식객들을 거느리고 있었다. 하지만 3천이나 되는 식객들이 전부 뛰어난 책사나 모사였던 것은 아니다. 맹상군은 하찮은 재주 한 가지만 갖고 있는 사람도 거둬들여 자신의 식객으로 삼았고, 그 가운데는 닭울음소리를 잘 내는 사람과 개로 변장하고 남의 집에

가난한 노동자들이 문짝밥을 먹던 노천 식당. 왕유령에게 전 재산을 투자한 호설암도 이런 노천 식당을 전전하며 세상 민심의 흐름을 살폈다.

들어가 물건을 훔쳐 내오는 재주를 가진 사람도 있었다.

당시 진나라의 재상으로 있던 맹상군은 모함을 당해 소왕昭王에 의해 감옥에 갇히는 신세가 되었다. 죽을 날만 기다리던 맹상군은 소왕의 애첩에게 사람을 보내 도움을 청했고, 그녀는 도와주는 대가로 흰여우털 두루마기를 요구했다. 이처럼 난처한 상황에서 도둑질에 능한 식객이 자진해서 나섰고, 과연 그날 저녁 개로 변장하고 진의 후궁으로 숨어 들어가 어렵지 않게 두루마기를 훔쳐 내왔다. 덕분에 맹상군은 목숨을 건져 무사히 감옥에서 나올 수 있었다.

아직 신변의 안전이 보장되지 않고 운신이 불편했던 맹상군은 변장을 하고 야반도주를 감행했다. 한밤중에 함곡관函谷關 성문에 이르러 날이 밝아 문이 열리기만을 기다리고 있는데 맹상군을 풀어 준 것을 후회한 소왕이 보낸 군대가 바싹 뒤를 쫓아오고 있었다. 이때 닭울음소리를 잘 내는 식객이 성 안을 향해 우렁차게 닭울음소리를 냈고, 성 안에 있던 진짜 닭들이 아침이 온 걸로 착각하여 일제히 울어대기 시작했다. 성문을 지키던 병사들은 닭울음소리에 정말로 아침이 온 줄 알고 성문을 열어 맹상군 일행을 통과시켰다. 하찮은 재주를 가진 식객들이 그의 목숨을 구한 것이다.

호설암의 신변에 포진했던 진세룡과 욱사, 아주 일가, 고응춘, 유불재 등 수많은 인재들은 기본적으로 성실성이 부족하고 사회적으로도 소외된 사람들이라 보통 사람들의 눈에는 쓸모없는 사람들로 보였을지도 모른다. 하지만 호설암은 이처럼 부족한 인재들이 갖고 있는 부분적인 능력과 장점들을 취합하여 하나의 완성품으로 조합함으로써 경쟁 상대들이 생각지도 못한 위력을 발휘할 수 있었던 것이다.

용인에 있어서 무엇보다도 중요한 것은 자신이 부리는 인재들에 대한 신뢰감이다. 믿지 못하는 사람은 애당초 기용하지 말고, 일단 기용하면

호설암이 유불재를 통해 개업한
호경여당에서 사용했던 금은제 약재도구들.

끝까지 믿고 일을 맡기는 것이 호설암이 가지고 있던 용인의 철칙이었다. 호설암은 일단 자신이 선택한 인재들에 대해선 확실한 믿음과 지원을 아끼지 않았고, 이런 절대적인 신뢰가 이들을 감동시켜 가진 것 이상의 능력을 발휘하는 계기가 되었다.

인재를 보호하고 키우는 데 있어서 믿음을 보이는 것보다 훌륭한 방법은 없다. 누구나 신임을 받으면 책임감과 자신감으로 무장하여 충성을 다하기 마련인 것이다. 믿음을 보이는 것이 상을 내리는 것보다 더 효과적이라는 사실은 호설암 자신이 전장에서 일하면서 깨우친 이치로서, 그는 이를 자신의 경영 활동에도 그대로 실천했다.

호설암은 유능한 인재들에 대한 대우에도 인색하지 않았다. 자신이 거느리고 있던 모든 참모와 직원들에게 후한 임금을 주고 투자에 참여시켜 이익을 분배해 주었으며, 형편이 넉넉지 못한 직원에게는 별도의 상여금도 지급했다. 이에 대해 호설암은 자신의 경영 원리를 기록한 『호경여당설기주인집주胡慶餘堂雪記主人集注』에서 이렇게 말했다.

"물건과 마찬가지로 사람도 일정한 가치와 효용을 지니고 있다. 능력 있는 사람을 찾으면서 돈을 아껴서는 안 된다. 나의 비결은 돈으로 인재를 사는 것이다. 사물을 대하는 통찰력이 뛰어나고 신실한 사람이라면 아무리 많은 돈을 주어도 아깝지 않다. 돈을 들인 만큼 뛰어난 능력이 나온다는 이치를 잊어서는 안 될 것이다. 하지만 돈을 많이 주는 것만으로는 충분하지 않다. 핵심은 따뜻한 정情과 굳건한 의義에 있다. 정과 의로 사람들을 감동시켜야 한다. 이익을 지나치게 중시하여 의를 저버리는 일이 없어야 할 것이다."

호설암이 대경 전장에서 일하던 유경생을 당수로 영입하면서 제시한 임금은 상여금을 포함하지 않은 액수가 연봉 2백 냥이었다. 당시 여덟 식구 한 가족의 한 달 생활비가 두 냥이었던 점을 감안하면 이는 엄청난 거금이 아닐 수 없었다. 유경생은 호설암의 이런 대우에 감격하지 않을 수 없었고, 단 한 번의 은혜로 호설암은 무한한 충성을 살 수 있었다.

호설암이 그에게 이처럼 과분한 대우를 한 것은 무조건 많은 돈으로 사람의 마음을 사려는 것이 결코 아니었다. 고향에 남아 있는 유경생의 노모와 처자식을 항주로 데려와 가장으로서의 책임을 다하게 함으로써 식솔들에 대한 불필요한 걱정 없이 일에 전념할 수 있게 하려는 세심한 배려였다. 직원에 대한 경영자의 따뜻한 배려는 조직 전체를 따뜻하게 한다.

신성에서의 폭동을 수습하기 위해 혜학령이라는 인물을 끌어들일 때도 호설암은 주도면밀한 배려와 예우를 준비했다. 혜학령은 지독하게 가난하지만 명예를 지킬 줄 알고 재물을 탐하지 않는 인물이었다. 마침 그의 부인이 세상을 떠나자 호설암은 관복을 정제하고 수정 정자가 달린 관모까지 쓴 다음 가마를 타고 수행원을 대동하여 혜가檯家를 찾아갔다. 혜학령은 호설암의 성대한 행차에 놀라 대면을 거절하고 얼굴을 내밀지 않다가 호설암이 부인의 영전에 다가가 향을 올리는 등 지극히 공경스런 태도를 보이자 하는 수 없이 그를 손님으로 대접한다. 서로 통성명을 한 다음 진솔한 위로의 말을 건네자 자존심이 센 혜학령의 얼굴이 부드러워지기 시작했고, 왕유령이 보냈다면서 봉투를 전할 때는 완전히 기가 꺾여 있었다. 호설암이 혜학령에게 내민 봉투에는 호설암이 전장과 전당포의 친구들을 통해 혜학령의 빚을 대신 다 갚고 그 영수증을 모은 것이 들어 있었다. 이에 감동한 혜학령은 마음을 열었고 함께 식사하면서 술잔을 기울이며 호설암이 제시한 요구를 순순히 받아들였다. 며칠 후 혜학령은 왕유령의 계획대로 신성으로 가서 능수능란한 솜씨로 민심을 수습하고 돌아왔다. 호설암은 어떤 사람에게도 성실하고 진지한 태도를 보이고, 이것이 진심임을 인식시키기만 하면 마음을 움직이기가 어렵지 않다고 생각했다.

호설암의 경영활동은 이처럼 인재를 정확히 알아보고 단점은 덮되 장점을 극대화하는 방법으로 이루어졌다. 자신이 선택한 인재들에 대해서는 완전한 신임을 보였고, 물심양면으로 후한 대우를 아끼지 않았다. 이처럼 상대방의 마음을 사로잡는 정의情義와 감동을 바탕으로 한 의기투합이 호설암의 가장 큰 자본이었다. 결국 호설암의 경영 대상은 재물이 아니라 사람이었던 것이다.

오늘날에도 적지 않은 기업들이 인재경영과 감동경영을 제창하고 있다. 사람을 얻으면 재물은 자동적으로 따라오기 마련이지만 사람을 잃으면 모든 것을 잃게 되기 때문일 것이다.

기회와 위기는
동시에 존재한다

시대의 흐름을 정확히 파악하고 기회를 적시에 포착하여 도약과 발전의 기회로 만드는 것이 기업 발전의 필수적 조건이다. 하지만 때로는 기회를 막연히 기다리고 있을 것이 아니라 만들 줄도 알아야 한다.

호설암은 중국 역사상 최초로 상인의 신분으로 청 정부를 대신해서 서양 상인들로부터 차관을 끌어냈다. 당시에는 누구도 외국인으로부터 자금을 차용할 수 없다는 때문에 군기대신이었던 공친왕恭親王조차도 서양 상인들로부터 군함 구입 자금으로 천만 냥을 대출받으려 했다가 실패한 적이 있었다. 이처럼 불가능한 일이 호설암에게는 가능했던 것은 기회를 적시에 포착한 덕분이었다.

좌종당이 차관을 끌어들여 복주선정국을 설립하려 했을 당시, 서양 상인들은 청 조정이 나서서 태평천국군을 진압하고 동남 지방의 경제 중심지를 회복하려 한다는 사실을 잘 알고 있었다. 이는 누구보다도 서양 상인들이 바라던 바였기 때문에 차관 요청을 거절할 이유가 없었고, 청 조정으로서도 불가피한 일이라 허락하지 않을 수 없었다. 이런 외부적 조건이 호설암의 경영에 있어 운신의 폭을 넓혀 주었던 것이다.

기회란 어떤 일을 성취하는 데 필요한 다양한 외부조건의 결합을 의미한다. 때와 장소는 물론, 기타 여러 조건들이 최적의 형태로 결합되는 일종의 외부적 흐름이 바로 기회인 것이다. 이러한 외부 조건과 일을 추진하는 주체가 일체가 되어야만 기회가 성립될 수 있고, 때문에 똑같은 일이라 하더라도 실행하는 시기와 주체의 상태에 따라 일의 성패가 달라진다. 호설암의 모든 경영 활동이 순조롭게 진행될 수 있었던 것은 그가 시대의 흐름과 기회를 포착하는 데 뛰어났기 때문이다. 이에 대해 호설암은 이렇게 설명하고 있다.

"무슨 일이든지 적당한 기회가 있는 법이다. 아주 쉬울 것 같은 일도 기회를 놓치면 뜻대로 이루어지기 어렵고, 몹시 힘들어 보이는 일도 기회를 잘 잡으면 뜻하지 않은 수확으로 이어질 수 있다. 능력이 있어도 기회가 따라 주지 않으면 모든 일이 헛수고로 끝나기 쉽다. 사업가는 기회를 잘 잡아 순풍에 돛 단 듯이 자연스럽게 추진해야지 억지로 이루려 해서는 안 된다."

사업가는 기회를 잘 포착하기 위해서 변화에 대한 통찰력이 있어 사물의 발전 법칙을 정확히 파악할 줄 알아야 하고, 일단 기회를 확인하면 곧바로 행동에 옮길 수 있어야 한다. 행동 이외의 현실은 없는 법이고 행동이 따르지 않는 꿈은 몽상에 지나지 않는다. 모든 기회는 일회성이다. 지금 이 순간 나에게 찾아온 기회가 다른 시기, 다른 장소, 다른 사람에게는 아무런 의미도 없는 것이다. 호설암의 첫 번째 무기 거래가 성공할 수 있었던 것도 이런 기회의 산물이었다.

당시 홍수전은 남경에 태평천국을 세우고, 그 여세를 몰아 동남 지역을 공략하려 하고 있었다. 또한 상해에서는 비밀결사인 소도회가 봉기하여 상해 현성을 공격하는 거사를 준비하고 있었고, 조정에서도 강소와 절강 지역에 민병 조직인 단련을 대규모로 조직하여 소도회의 공격에 대비하

고 있었다. 조정에 다량의 무기가
필요한 것은 당연한 이치였다. 이때
상해에 기반을 두고 있던 서양 무기
상들은 서둘러 태평천국군에게 무
기를 팔려 했고, 이미 무기 판매가
시작됐다고 공공연히 밝히고 나선
상인들도 있었다. 물건이 있고, 그
물건을 사는 사람과 파는 사람이 있
는 이상, 이보다 더 좋은 사업의 기
회는 없었다. 당시 서양 상인들은
대부분 광주와 상해에 밀집해 있었
기 때문에 이들과 교역을 진행하려

호경여당에서 사용하던 약재함들

면 이 두 도시가 최적의 장소였고, 마침 호설암도 생사를 처분하기 위해
상해에 머무르고 있던 터라 시기와 장소가 절묘하게 맞아떨어졌다.

호설암은 가장 먼저 서양 상인들 밑에서 매판으로 일하는 고응춘이라
는 인물을 찾아가 관계를 맺음으로써 교역의 교두보를 만들었다. 이에 앞
서 호설암은 왕유령을 도와 북경으로 가는 조미의 운송 문제를 해결해 주
면서 이미 조방의 우두머리인 우오란 인물과 교분을 맺어 무기 운송의 든
든한 지원 세력을 확보해 놓고 있었다. 운송수단을 확보하고 있는 조방이
있는 한, 상해에서 항주로 무기를 운반하는 문제는 해결된 것이나 다름없
었다. 이처럼 기회와 대인관계를 이용한 호설암의 무기 거래는 무사히 성
공할 수 있었다. 천시天時와 지리地利, 인화人和가 이상적으로 결합된 사업
이었다.

호설암의 사업이 막 번창하기 시작했을 때 태평천국군이 항주를 점령
하면서 엄청난 변고가 몰아닥쳤다. 호설암이 경영하던 전장과 전당포, 호

호설암이 설립한 호경여당의 내부 풍경. 호경여당은 제약 시장의 주도권을 놓고 동인당과 치열한 경쟁을 벌였다.

경여당은 물론 가산 일체가 항주에 있었기 때문에 반란군의 항주 점령은 모든 사업의 중단을 의미했다. 상황이 급변하자 호설암은 항주에 있는 노모와 처자식을 구해 낼 방도를 모색해야 하는 위기를 맞게 되었다.

평소에 호설암을 시기하던 사람들이 그가 항주에 군량을 보낸다는 명분으로 공금을 빼돌려 상해로 도피하려 한다는 악의적인 소문을 퍼뜨리기 시작했다. 심지어 그가 절강에서 조미를 판 공금을 빼돌리는 바람에 군량 조달에 차질이 생겨 항주가 함락된 것이라는 근거 없는 투서도 잇따랐다. 결국 호설암은 조정의 치죄를 면할 수 없는 형편이었고, 관군이 다시 항주를 수복한다 하더라도 항주로 돌아갈 수 없는 입장에 처하게 된다.

하지만 호설암은 이런 갖가지 위기에 직면해서도 결코 당황하거나 두려워하지 않았다. 자신에게 불리한 상황도 얼마든지 기회로 전환될 수 있다는 믿음 때문이었다. 실제로 기회란 항상 위기와 병존하는 법이다. 위기는 혼란을 야기하기 마련이고, 혼란은 기존의 상황과 시스템에 변화를 요구하게 되며, 이러한 변화의 과정에 얼마든지 새로운 도약의 기회가 숨어 있다고 본 것이다.

항주성 안에 갇혀 있는 사람들은 부득이하게 태평천국군에 협조할 수밖에 없었다. 어쩌면 이러한 유언비어들도 호설암을 항주로 유인하기 위한 계략인지도 모를 일이었다. 전반적인 상황이 자신에게 몹시 불리하긴 했지만, 그렇다고 이를 이용할 수 없는 것도 아니었다.

호설암은 우선 항주로 돌아가지 않음으로써 그들과의 정면대결을 피하기로 마음먹었다. 자신이 분명한 태도를 보이면 그들도 더 이상 집요하게 달려들지 않을 거라는 생각에서였다. 아울러 자신이 직접 조정과 접촉하여 항주성에 남아 있는 사람들도 실제로는 관군의 공격에 내응할 준비를 갖추고 있다는 점을 상기시키기로 했다. 이는 불리한 상황을 역전시킬 수 있는 묘책인 동시에 성 안에 남아 있는 사람들로 하여금 내응의 태세를 갖추게 하는 자극제가 되었다.

호설암에게는 항주가 함락되기 이전에 항주의 군량을 위해 준비해 두었던 1만 석의 쌀이 그대로 남아 있었다. 원래는 이를 항주로 운반해 들어갈 생각이었으나 방법이 없자 우선 영파로 옮겨 어려운 사람들을 구휼한 다음 항주가 수복되면 같은 양으로 되돌려 받기로 약조된 상태였다. 이 역시 새로운 역전의 기회를 만들 수 있는 발판이었다.

호설암은 이 쌀을 항주가 수복되는 대로 곧장 항주로 가지고 들어가 기아에 시달리고 있는 백성들을 구제하기로 마음먹었다. 자신에 대한 사람들의 신뢰를 회복하고 공금을 횡령했다는 억울한 누명에서 벗어나는 동시에 자신을 무고했던 사람들의 기를 꺾어 놓기 위해서였다. 마침내 황주가 수복되자 호설암은 쌀을 곧장 관군에게 넘김으로써 좌종당의 신임을 받게 되었고, 그의 참모가 되어 항주의 전후 수습을 거들게 되었다. 이로써 그는 왕유령보다 더 강력한 관장의 권력자를 자기편으로 만들었고 홍정상인으로 성장하는 기틀을 마련하게 되었던 것이다.

이처럼 모든 현실 상황은 바라보는 각도에 따라 달리 해석되고 그에 대한 대처도 달라지기 마련이다. 기회를 위기로 볼 수도 있고 위기를 기회로 전환시킬 수도 있는 것이다.

　　사업가에게는 시장이 바로 기회이고, 시장을 장악하기 위해서는 시대의 흐름을 정확히 예견할 수 있어야 한다. 이에 대해 호설암은 이렇게 기록하고 있다.

　　"장사를 하려면 세상의 큰 흐름을 알아야 한다. 세상의 흐름을 모르는 사람은 뒤쳐지게 마련이고, 나중에 따라잡으려 해도 아무 소용이 없게 된다. 시기를 기다리는 것은 흐름을 타는 것만 못하다. 어려운 일들이 의외로 순조롭게 풀리는 것은 대부분 현실의 흐름에 순응했기 때문이다. 따라서 큰 사업에는 멀리 앞을 내다볼 수 있는 안목이 필요하다."

　　호설암이 금융과 생사 교역을 석권할 수 있었던 것도 변화의 커다란 흐름을 놓치지 않는 거시적 안목이 있었기 때문이다. 특히 서양 상인들과의 생사 교역에서 이런 안목은 더욱 빛을 발했다.

　　호설암은 시장과 가격을 조정하기 위해 호주에서 구매한 생사를 상해로 운반해 놓고 그 이듬해 생사 시장이 열리기 전까지 처분하지 않고 기

소설 호설암에 나오는 전당강 운하.
군데군데 아치형 석교가 있어 강남수향의 아름다운 정경을 연출한다.

다렸다. 그러나 이때 몇 가
지 새로운 상황이 펼쳐졌
다. 조정에서 상해 소도회
와의 협상을 통해 생사와 차
를 상해로 가져다가 서양 상
인들과 교역하는 것을 금지
했다. 외국 대사관들도 자
국 교민과 상인들에게 소도
회와 접촉하거나 돕지 말라

호설암이 활동하던 당시의 차관茶館 모습.
호설암은 찻집에서 왕유령을 만나 전재산을 투자한다.

는 훈령을 내렸다. 아울러 청 조정은 프랑스와 영국, 미국 등의 항의를 무
시하고 상해에 세관을 설치하기로 결정했다. 이는 호설암에게 매우 유리
한 흐름이었다. 조정에서 생사의 상해 유입을 금지한 상태에서 호설암이
이미 상해에 확보해 놓은 생사의 가격이 올라갈 수밖에 없었고, 상해에
세관이 설치되면 서양 상인들의 활동이 어느 정도 제한을 받을 것이 분명
했기 때문이다.

서양 열강들이 자국 상인들과 소도회의 접근을 금하는 동시에 세관의
설치를 극력 반대했던 것은 중국과의 장기적인 교역관계를 유지하려는
의도 때문이었다. 따라서 이런 상황이 지속되면서 서양 상인들과 적절한
협상이 이루어지기만 한다면 이미 확보해 놓은 물건을 좋은 가격에 파는
것은 그리 어려운 일이 아니었다.

하지만 호설암은 이런 평범한 상식을 뒤집는다. 그는 또 다른 각도에서
시장 상황을 주도면밀하게 관찰한 다음, 생사를 오히려 자신에게 불리한
가격에 팔기로 결정한다. 당시 태평천국군은 엄청난 기세로 청 조정을 압
박하고 있었고, 서양 상인들도 이에 대해 매우 민감한 반응을 보이고 있
었다. 조정에서도 일시적으로 중국 상인들과 서양 상인들 간의 교역을 금

성공한 뒤 호설암이 항주에 지은 대저택인 지원芝園

지하긴 했지만 전란이 평정된 다음에는 시장을 회복시키기 위해서라도 금령을 해제할 가능성이 컸다. 관례상 조정이 나서서 서양 상인들과의 교역을 추진하는 일은 없었기 때문에 이런 사업은 전적으로 상인들의 몫이 될 수밖에 없었다. 이런 상황판단에 따라 호설암은 먼저 서양 상인들에게 은혜를 베풀어 미리 친분을 쌓아 두는 것이 바람직하다고 판단하고 싼 값에 생사를 넘긴다.

결국 호설암은 생사 교역에서 약간의 손해를 보긴 했지만 이런 거래를 통해서 서양 상인들과의 장기적인 협력의 채널을 확보하게 되었고, 그 뒤로 대규모 교역을 진행하고 서양 자본을 끌어들여 국제금융업을 개척하며 궁극적으로 십리양장의 상권을 석권하는 데 중요한 기반을 다진다.

호설암의 뛰어난 경영 전략은 이런 부분에서 크게 빛을 발했다. 시대의 흐름을 정확히 파악하여 미래의 상황을 예측함으로써 기회를 기다리는 것이 아니라 만들어 나가는 것이 바로 호설암만이 지닌 남다른 강점이었다. 『손자병법孫子兵法』에서도 "싸움에 능한 자는 장수를 탓하지 않고 전세의 흐름에서 승리를 구한다."라고 한 바 있다.

사업을 경영하는 사람들도 대세를 파악하는 데 진력해야지 사소한 업무에 정력을 낭비해서는 안 될 것이다. 호설암은 깊이 생각하고 멀리 내다보는 가운데 기회를 찾는 것이 경영자의 가장 중요한 책무란 점을 일깨우고 있다.

흩어져 있는 힘을 모아
더 큰 힘을 만든다

이 세상은 사람들이 더불어 사는 사회이다. 개인이 계획하여 실행하는 모든 일 가운데 처음부터 끝까지 완전히 한 사람에 의해 이루어지는 것은 하나도 없다. 어떤 일이든 주변 혹은 멀리 떨어져 있는 다른 사람들의 도움과 협력이 있어야만 성취가 가능하다. 때문에 철저한 자기관리와 이러한 주변 역량의 결집이 사업 경영의 필수 조건이다.

실제로 현대 산업사회에서 경영자가 권력의 힘을 빌리지 않고 사업을 원활하게 추진할 수 있을까? 기업이나 조직의 경영도 국가경영의 커다란 울타리 안에 있기 때문에 국가경영의 장치인 통치권력이 뒤에서 밀어 주면 모든 사업이 순풍에 돛 단 듯 순조롭게 이루어질 수 있지만 통치권력이 사업의 길을 막으면 날개 꺾인 새가 되어 땅바닥에 곤두박질칠 수밖에 없다. 이런 사례는 정도의 차이는 있지만 어느 시대 어느 나라의 기업 풍토에서도 쉽게 찾아볼 수 있다.

호설암은 사업을 추진하면서 일찌감치 자신이 살고 있는 시대의 특수한 정치관행과 관장官場의 위력을 인식했다. 정치권력의 힘이 자신의 주변에 있는 가장 강력하고 이용하기 쉬운 역량임을 깨달은 것이다. 권력의 힘을 자신의 사업에 끌어들이는 방법에는 여러 가지가 있었다.

우선 호설암은 자신의 장래를 기탁할 수 있는 유능한 관리를 지속적으로 지원했다. 그 시발점이 왕유령을 돕는 일이었고, 그 다음은 하계청이었다. 왕유령의 관직 입성을 도와준 호설암은 이런 전례를 십분 활용하여 왕유령의 승진을 위해 한꺼번에 1만 5천 냥이나 되는 은자를 제공하는 동시에 자신이 사랑하는 여인을 그에게 보낸다. 아름다운 꽃은 다시 얻을 수 있지만 사업 기회는 한번 가면 다시 오지 않기 때문이다.

호설암이 주변 인물을 자신의 성공을 위한 역량으로 활용한 두 번째 방법은 이들과의 관계만을 이용한 것이 아니라 이들의 성장과 발전을 위해 본인들이 생각지 못하는 지략과 방책을 제공하는 것이었다. 모든 일은 당사자보다는 제3자의 눈에 훨씬 더 정확하게 보이는 법이다. 호설암은 사병 조직인 단련團練의 업무와 조운漕運을 강을 이용한 하운에서 바다를 이용한 해운으로 바꾸는 문제를 비롯하여 무기 구매와 군량 조달을 위한 기금 모금 등 자신의 일에 직접적으로 연계되어 있지 않은 다른 일에 대해서도 관심의 끈을 늦추지 않고 있다가 적시에 합리적인 대응책과 방법을 찾아 낸다. 이로써 그는 다른 사람들의 힘을 빌려 조정과의 관계를 보다 돈독히 할 수 있었고, 관장의 지원에 의지하여 사업을 크게 확장시킬 수 있었다.

당시 청 왕조의 정치적 상황에서는 관이 사회 전반의 모든 일을 좌우할 수 있었기 때문에 권력을 가진 관리에 의지하지 않고는 순조롭게 이루어지는 일이 없었다. 때문에 호설암은 지위의 고하에 관계없이 관직에 있기만 하면 무조건 친분관계를 맺었다.

어쩌면 이러한 '관官'과 '상商'의 결합은 대단히 부적절하고 비도적적인 행태인지도 모른다. 특히 현대 산업사회에서는 이러한 결합이 협력이 아닌 '더러운 결탁'으로 간주되면서 세인들의 비난을 면치 못하고 있다. 하지만 당시 청대 사회의 관상 유착은 오늘날과는 그 양상이 크게 다르다. 당시에는 상인이 관장에 주는 돈은 관료들 개인에게 주는 것이 아니라 국

가의 안정을 위해 헌납하는 일
종의 기부금이었고, 조정에서
상인들에게 베풀어 준 시혜 조
치 역시 반드시 민생에 도움이
되어야 한다는 철의 원칙에 기
초하고 있었다. 이러한 관상 결
합은 5천 중국 왕조 시대의 특징
으로, 호설암이 대표적인 유상儒
商으로 평가되고 있는 이유도 바
로 여기에 있다. 한마디로 말해
서 당시의 정경유착은 관과 상
의 윈윈게임이었던 것이다.

주변 세력을 하나로 결집하기
위한 대상으로 서양 사람들도

청말 항주의 상가 풍경

예외가 될 수 없었다. 호설암은 사업에서 실리를 매우 숭상하는 인물로,
사업에 도움이 된다고 판단되는 것은 모두 이용했다. 그는 아편전쟁 이후
중국이 더 이상 서양 군대의 대포와 군함에 대항할 수는 없겠지만, 그렇
다고 서양이 중국을 단숨에 집어삼키지 못하리라는 사실도 무시하지 않
았다. 중국은 오랜 역사와 전통을 자랑하는 나라로, 인구와 영토만 보더
라도 쉽게 무너지지 않으리라는 것이 호설암의 생각이었다. 하지만 서양
사람들이 모두 군인인 것은 아니고, 그렇다면 서양 상인들도 서양 군대의
방패 뒤에 숨어서 중국의 돈을 벌어가려는 야심을 갖는 것이 당연했다.
그리고 이들은 중국에서의 사업에서 손실을 입게 될 경우 무력을 사용해
서라도 문제를 해결하려 들 것이 뻔했다. 물론 실제로 무력을 사용하게
된다면 쌍방 모두 막대한 손실을 감수해야 했다. 이런 현실적 판단이 호

호설암이 활동하던 당시의 인력거꾼들 모습

설암으로 하여금 서양 상인들과의 우호관계를 유지하면서 이들과의 교역을 통해 자신의 세력을 크게 확대해야겠다는 남다른 야심을 갖게 했다.

그리하여 어렵게 교역이 시작되었지만 호설암은 서양 언어와 서양 상인들의 행태에 관해 아는 바가 없었다. 이때 호설암이 택한 방법은 역시 재능있는 주변 인물을 끌어들이는 것이었다. 호설암은 자신의 뛰어난 지모를 바탕으로 고응춘을 비롯한 주변 인물들의 사교력과 외국어 실력을 이용하여 서양 상인들과 순조롭게 사업을 진행했고 생사와 차, 무기 등의 교역으로 막대한 이윤을 창출했다. 또한 한편으로는 중국 관리의 세력과 양장洋場의 세력의 결합을 도모함으로써 자신의 상장商場 세력을 크게 강화시키는 성과를 거두기도 했다.

이러한 양장 세력과의 연계는 호설암의 관계학關係學에 있어서 매우 중요한 부분을 차지하고 있다. 호설암은 서양 상인들과의 교역이 시작되자마자 중국과 서양 쌍방의 시장 수요에 대응해 발 빠르게 움직였다. 함풍咸

豊 및 동치同治 연간에는 프랑스인 쟈끄와 도끄빌과도 사귀게 된 호설암은 이 두 사람과의 친분을 바탕으로 중불 연합군인 '상첩군'을 조직하여 태평천국군을 진압하는 데 사용했고, 나중에는 두 사람을 좌종당이 설립한 복주선정국에 끌어들여 함께 일하게 했다. 아울러 그는 몇몇 서양 기업들과도 우호적인 관계를 유지했다. 서양 기업들은 고도로 자본주의화된 사회에서 풍부한 경영의 경험을 체득했을 뿐만 아니라 넉넉한 자금력으로 중국에서 활동하는 서양 기업들에게 환전과 수출입 대금 보증, 대규모 자금 대출, 중국인 예금 유치, 청 조정에 대한 차관 제공 등 다양한 업무를 담당하면서 실질적으로 중국의 거시경제를 좌우하고 있었기 때문이다.

서양 상인들을 대하는 호설암의 자세는 대단히 대범하면서도 유동적이었다. 서양 세력에 대한 그의 전략은 비굴한 종속이 아니라 적극적인 활용이었다. 이에 대해 호설암 자신은 이렇게 말하고 있다.

"사업을 하려면 마음을 모아야 한다. 서양 상인들과 사업을 할 때는 일단 가격이 정해지면 상대가 원하든 원하지 않든 끝까지 밀고 나아가야 한다. 그래야 그들을 굴복시킬 수 있다. 그러나 대부분의 중국 상인들은 서양 상인들을 좌우하기는커녕 가진 물건을 헐값에 팔아치우는데 급급하고 있다. 결국 서양 사람들만 편히 앉아서 이득을 챙기는 것이다. 모든 일이 처음에는 어려운 법이지만 일단 누군가 앞에서 끌어 주면 모두가 뒤에서 밀고 따라 주어야 한다. 서양 사람들에게 중국인들이 손해를 보는 이유는 겁이 너무 많아 과감하게 움직이지 못하기 때문이다. 중국 상인들이 단결하여 강력한 힘을 과시할 수만 있다면 서양 상인들을 요량하는 것은 식은 죽 먹기보다 쉬울 것이다."

호설암의 이런 지적은 국가경제를 무역에 의존하고 있는 우리에게도 시사하는 바가 매우 크다. 서양 상인들과의 합작에서 엄청난 실리를 거둔 호설암의 전략은 자존심의 소치가 아니라 합리적인 경영의 병법이었음을 기억할 필요가 있다.

호설암은 주변의 힘을 모으는 과정에서 그 대상을 관장과 양장 등 가시적인 세력을 지닌 계층에만 국한하지 않았다. 사업을 전개하는 과정에서 알게 된 아주 일가를 비롯하여 자신의 심복이 된 진세룡, 강호의 건달 두목인 우오, 노름꾼 유불재 등 다양한 계층의 사람들이 그에게는 남다른 역량의 재원이었다. 호설암의 성공은 결코 그 혼자만이 이룬 것이 아니었다. 이처럼 주변의 모든 사람들이 지니고 있는 사소한 재주들은 적절하게 가다듬고 훈련시켜 활용하는 안목과 조직력이 바로 큰 상인 호설암의 경영의 요체였던 것이다.

평범하기 그지없는 사람들을 뛰어난 인재로 가공하여 활용하는 일은 아무나 할 수 있는 것도 아니고 무조건 되는 것도 아니다. 여기에는 일정한 원칙이 수반된다. 첫 번째 원칙은 자신과 타인에 대한 믿음이다. 자기 자신을 믿지 못하면서 타인들을 자신의 의지에 따르게 한다는 것은 지극히 부도덕할 뿐만 아니라 불가능한 일이기도 하다.

사업에 대한 자신의 태도를 호설암은 이렇게 말한다.

"일을 도모하는 것은 사람에게 달려 있지만 일을 이루는 것은 하늘에 달려 있다는 속담이 있다. 인생의 성패가 불가항력의 운명에 달려 있다는 의미일 것이다. 나는 오히려 뜻을 세우는 것은 자신에게 달려 있고, 일을 이루는 것은 남에게 달려 있다고 말하고 싶다."

호설암에게는 확실히 보통 사람들을 뛰어넘는 자신감이 있었다. 그가 부강 전장을 개업했을 때의 상황은 대단히 부정적이었다. 태평천국의 난

호설암이 살던 당시에 이미 전차와 자전거가 보급되기 시작했다.

이 일어나 전국이 전란에 휩싸인 데다 태평천국군이 주로 활동하던 무대가 바로 양자강 중하류의 동남 일대였기 때문이다. 당시 중국의 금융시장은 산서山西의 표호票號들이 거의 독차지하고 있었고, 동남 지역에서도 나중에 개업한 '영소방寧紹幇'과 '진강방鎭江幇'이 금융업을 대거 확장하고 있었기 때문에 호설암의 경영 범위나 상계에 대한 영향력은 산서의 표호에 크게 뒤질 수밖에 없었다. 개인적인 경력으로 따져도 호설암에게는 전장에서 도제로 일했던 것 외에는 그리 내세울 만한 점이 없었다.

이런 상황에서 전장을 열면서 호설암이 의지한 것은 자신감뿐이었다. 자신의 도제 경력과 세상사에 대한 통찰력, 그리고 남다른 안목과 수완만 믿고 사업을 시작한 것이었다. 물론 관직에 오른 왕유령의 지원을 기대할 수도 있었고 초보적인 거래를 위한 최소한의 자금이 있었던 것도 사실이지만, 전장 개업을 결정하게 만든 가장 중요한 힘은 자신에 대한 믿음이었다. 이런 믿음 때문에 호설암은 자신의 사업 전체가 도산의 위기에 직면했을 때에도 고객들에게 피해를 입히면서까지 자기 재산을 빼돌리는 부도덕한 행태는 보이지 않았고, 평소의 여유도 잃지 않았다. 언제라도 재기할 수 있다는 강한 자신감 때문이었다.

물론 자신감이 있다고 해서 누구나 사업에 성공할 수 있는 것은 아니다. 진정한 성공을 위해선 또 다른 조건들이 필요하다. 어느 정도의 능력도 갖춰야 하고, 일이 성취되기 위한 객관적인 조건도 충족되어야 한다. 우리가 흔히 말하는 운세와 시국, 기회 등도 필요한 것이다. 하지만 무엇보다도 중요한 것은 자신이 무엇이든 이룰 수 있다는 강한 믿음과 확신이다.

자기 자신에 대한 호설암의 믿음은 자연스럽게 주변 사람들에 대한 믿음으로 이어졌다. 아주의 부모들이 생사 사업에 뛰어들기를 주저하고 있을 때 호설암은 합리적인 설득으로 이들에게 사업에 대한 희망과 용기를 주었고, 결국 이들을 성공으로 이끌었다. 아주 가족의 성실함에 대한 확실한 믿음과 기대가 있었기에 가능한 일이었다. 어찌 보면 교활하고 야비하게 느껴질 수도 있는 진세룡이나 범죄자와 다름없는 강호의 거두 우오에 대한 태도도 마찬가지였다. 이들의 단점은 전부 덮어 두고 이들이 지닌 가능성과 능력을 믿었기 때문에 이들이 모두 그의 강력한 조력자가 될 수 있었다.

이처럼 믿음을 기초로 한 주변 역량의 결집이 무소불위의 세력을 형성하면서 호설암을 범려와 여불위에 이은 중국의 상성商聖으로 우뚝 서게 만들었던 것이다.

브랜드 가치에 눈을 뜬 빛나는 장사

　사업의 목적은 한마디로 말해서 이윤을 창출하여 부를 축적하는 것이라 할 수 있다. 하지만 그 방법과 외관 역시 대단히 중요하다. 이른바 '브랜드 가치'가 상품 가치보다 더 큰 중요성을 갖는 현대의 관점에서 볼 때, 백여 년 전 중국의 민족자본주의가 맹아를 보이기 시작할 무렵인 청조 말기에 이런 의식을 가졌다는 것은 대단히 놀라운 일이 아닐 수 없다. 호설암은 '브랜드 가치'와 함께 상인으로서의 명성을 매우 중시한 인물이었다. 그는 이렇게 말했다.

　"나는 사후의 명예 따위보다는 생전의 명성을 바랄 뿐이다. 어느 날, 나는 도처에 걸려 있는 '부강'이라는 간판을 바라보면서 내가 한평생 헛되이 살지 않았음을 알게 되었다. 사람은 죽어서 이름을 남기고 호랑이는 죽어서 가죽을 남기는 법이다. 다른 사람이 할 수 없는 일을 했을 때에만 뭇사람들로부터 훌륭하다는 찬사를 받을 수 있고, 선조들을 욕되게 하지 않을 수 있는 것이다. 장사의 도라는 것은 모두 마찬가지라서 명성을 떨치는 것이 가장 중요하다. 이름을 얻지 못하면 고객을 모을 수 없고, 고객을 모으지 못하면 장사가 잘될 리 없다. 명성을 떨치려면 우선 자신을 잘 알릴 수 있는 이름이 있어야 한다. 상호는 무엇보다도 사람들의 눈에 잘 띄고, 부르기 쉬워야 하며, 다른 것들과 구분되는 자기만의 특색을 지녀야 한다. 전장처럼 돈과 관련된 사업체일 경우에는 두말할 것도 없이 길상의 의미가 담긴 상호를 지어야 한다. 물론 자신의 상호에 힘을 실어 주기 위해서는 겉치레보다는 진실하고 역동적인 행실이 더 중요할 것이다."

호설암의 이 한 마디에 현대 기업이 필요로 하는 여러 가지 마케팅 전략이 다 들어 있다. 가장 주목할 만한 것은 상호, 즉 브랜드 가치이다. 장사란 물건의 질과 이에 상응하는 가격만으로 결정되는 것이 아니다. 상품 가치가 뛰어난 제품이 포장이나 상호가 만족스럽지 못해 실패하는 경우가 있는가 하면, 제품의 질과 가치는 우수하지 못한 물건이 멋진 디자인

항주의 운하 풍경.
소설 호설암에 나오는 무석쾌들이 보인다.

과 사람들에게 주는 감각적 이미지, 또는 시대의 유행과 맞아떨어진 덕분에 날개 돋친 듯이 팔려 나가는 수도 있다. 이런 현상을 완전히 운수 탓으로 규정하는 것은 사업을 모르는 사람이다. 상품의 종류가 다양하고 질적인 측면에서 우열을 가리기 어려운 현대 산업사회에서는 소비자들의 감각적 성향과 기호를 정확히 파악하여 이에 부응하는 것이 사업의 관건이 될 수도 있는 것이다.

상품 및 사업장의 외관도 마찬가지이다. 보기에 좋은 떡이 맛도 좋다고, 어떤 유형의 사업이든 상품의 효용가치만 따지다가는 망하기 십상이다. 보다 중요한 것은 상품의 외관이다. 실제로 상품가치에 있어서 디자인이 차지하는 비중이 갈수록 높아지고 있고, 포장과 디자인이 이미 현대 산업의 중요한 영역으로 자리 잡고 있다. 백화점이나 음식점 등 상품 매장은 물론이요, 사무실이나 건물의 인테리어에 이르기까지 외관의 시각적 효과가 소비자의 마음을 먼저 사로잡으면서 이른바 기업 이미지를 형성하게 되고, 이것이 상품의 매출로 연결되는 것이다. 수많은 기업들이 적지 않은 비용을 들여가면서 로고를 교체하고 기업 이미지 광고에 주력하며 사업장의 외부 장식과 인테리어에 신경을 쓰는 것도 바로 이런 이유에서일 것이다.

호설암은 이러한 기업 이미지가 사업에 미치는 중요성을 분명하게 인식하고 있었다. 때문에 심혈을 기울여 자신의 이미지를 만들었고, 이에 기초한 독특한 상품을 개발하여 브랜드 가치 창출에 성공했다. 호설암은 전장을 개업하면서 이름 짓는 일로 몹시 고심한다. 그는 자신이 계산에는 밝지만 이름을 짓는 것처럼 또 다른 소양이 필요한 일에는 문외한임을 잘 알고 있었다. 그래서 왕유령을 찾아가 정중하게 작명을 부탁하면서 세 가지 원칙을 제시한다.

우선 특이한 이름이어야 했다. 이름이 평범하지 않아야 다른 점포들보다 많은 사람들의 시선을 끌 수 있다. 오늘날에도 남들과 확연하게 구별되는 특이한 브랜드는 자신만의 독특한 품격과 품위를 대변해 준다. 특이함 자체만으로도 엄청난 가치를 창출하는 것이다.

이름의 적합성 또한 매우 중요하다. 상호는 그 사업체의 업종을 잘 드러냄으로써 사람들에게 그 이름만 듣고서도 어떤 상품을 취급하는 곳인지 쉽게 알 수 있게 해야 한다.

또한 상호에는 좋은 의미가 담긴 글자를 사용하는 것이 바람직하다. 이는 중국인의 전통적인 관념에 따른 것이기도 했다. 대체로 중국인들은 인명이나 지명, 상호를 지을 때 반드시 문자의 의미를 따졌는데, 특히 상인들은 상호에 크게 신경을 쓰는 것이 일반적인 행태였다. 장사를 하는 사람이라면 구매자나 판매자 할 것 없이 모두 길하기를 바라지 불길한 것을 원치 않기 때문이다.

왕유령은 이상의 세 가지 요구에 따라 '부강'이라는 이름을 생각해 냈고, 호설암은 자신의 원칙에 맞는지 확인이라도 하듯이 '부강'이라는 글자를 몇 번 입으로 중얼거리고 나서 흡족한 표정으로 "정말 좋군요! 바로 이겁니다."라고 말한다.

사업을 하면서 상호를 대수롭지 않게 여겨선 안 된다. 사업은 평판을 통해서 번성하기도 하고 쇠락하기도 한다. 그리고 평판이라는 것은 이름을 통해서 고객에게 전달되는 것이다. 안목 있는 사업가들이 상호에 고심하는 것도 바로 이런 이유에서이다. 이런 점에서 볼 때, 전장의 상호에 대한 호설암의 고심과 세심한 요구는 그의 경영자적 안목을 드러내는 중요한 일면이라 할 수 있다.

호설암의 이른바 '금자초패'를 창조하는 데 있어서 고객을 기만하지 않는 진실성도 간과할 수 없는 중요한 요소이다. 호설암이 호경여당을 개업하면서 세운 가장 중요한 방침은 확고부동한 자신만의 브랜드를 만드는 것이었고, 이를 위해 그는 처방이나 약재, 제조 등 모든 분야에 걸쳐 두 가지 확실한 원칙을 세운다.

첫째, 약의 처방 및 재료 선택, 그리고 제조 과정은 반드시 정밀해야 하며, 판매한 약은 뛰어난 약효를 지녀야 한다. 이를 위해 호설암은 고객들에게 직접 약재를 고르게 하거나 제조 과정을 눈으로 확인하게 함으로써 자신이 만든 약에 대한 믿음을 갖게 했다.

둘째, 자신은 물론, 모든 점원들이 뛰어난 능력과 함께 진실하고 넉넉한 마음 자세를 지녀야 한다. 그래야만 환자를 불쌍하게 여기는 마음으로 약의 품질에 최선을 다할 수 있고, 약방도 자연히 좋은 평판을 얻게 되기 때문이다.

과거에 대부분의 약방들이 손님들을 위해 마련한 휴게실 벽에 "인품의 수양은 보는 사람이 없고, 마음 씀씀이는 하늘이 저절로 안다."라는 대련

항주 호설암 고가 부지에 복원된 원림의 정자

對聯을 써 붙이곤 했는데, 이 말은 곧 진실과 성심에 따른 고객들의 신뢰에 의해 영원히 흔들리지 않는 자신만의 '금자초패'가 형성된다는 것을 의미한다. 재주만 있고 덕이 없는 사람은 잔꾀를 부려 명성과 이익을 도모하기 마련인데, 이런 사업가들은 결국 돌로 제 발등을 찍는 우를 범하게 된다.

호설암은 평생 동안 명성을 매우 중시하면서 명성이 실제의 이익으로 돌아온다는 굳은 신념을 지켰다. 그는 자신의 '금자초패'를 지켜내기 위해 평생을 힘들게 노력했고, 그 결과 놀랄 만한 성과를 이룩했다. 호설암이 제약업을 한 데에는 또 다른 깊은 뜻이 있었다. 약방은 아픈 사람들을 치료하는 곳이기도 하지만, 자신의 이름을 알리는 데 그보다 더 좋은 방법이 없었다. 약방은 부녀자에서 아이들에 이르기까지 남녀노소 누구나 이용하기 때문에 이름을 알릴 수 있는 범위가 가장 넓었다. 또한 그는 제

소주의 운하 풍경

약업과 자선사업을 겸했기 때문에 이를 통해 얻은 무형의 효과는 실로 그 크기를 헤아릴 수 없을 정도였다.

호설암이 제시한 '양명揚名'이라는 중요한 법칙은 바로 '금자초패'를 창조해내는 것이었다. 상호라는 것은 한 기업의 상품 브랜드이자 기업 이미지다. 오늘날 하나의 브랜드, 특히 세계적 수준의 상품 브랜드를 만든다는 것은 결코 쉬운 일이 아니다. 험난한 역경과 실패의 연속을 겪어야만 성취할 수 있기 때문이다. 하나의 기업이 세계시장이나 국내시장에 두루 통용되는 브랜드를 갖지 못하면 그 기업은 단지 수동적인 상태에만 머무르게 되어 영원히 다른 기업에 뒤지게 된다.

호설암은 백여 년 전에 이미 이러한 점을 분명히 인식하고 자신의 전장과 약방을 불문하고 기업의 이미지 형성에 큰 관심을 기울였다. 점포의 이름과 점당의 내부 설계, 판매대의 배치에서부터 상품의 품질과 신용도에 이르기까지 모든 부분에서 그만의 '브랜드'를 창조했다.

오늘날의 기업 운영에서 '브랜드'의 가치란 그 무엇과도 비교할 수 없다. '브랜드'가 있어야만 사업이 흥할 수 있다. 기업이 경쟁력을 갖추고 큰 발전을 이루기 위해선 호설암처럼 자신의 간판을 '금자초패'로 만들어 유명 브랜드로 발전시켜야 한다.

사업을 함에 있어 이름의 가치를 높이는 것은 곧바로 이익에 직결된다. 기업의 이미지가 바로 부와 재산이 되는 것이다.

호설암처럼 후세에까지 빛나는 위대한 상인은 사업장과 상품, 브랜드의 가치로 끝나는 것이 아니다. 상인 자신의 인격과 품덕이 아름다워야 진정으로 후세까지 빛나는 상인이 될 수 있다. 스스로 명예를 지키지 못하는 상인은 한낱 돈의 노예에 지나지 않는다. 도덕성이 땅에 떨어진 세상에서 금권으로 모든 것을 지배하려는 탐욕스러운 기업가는 만인의 지탄을 받아 마땅하다. 도덕성을 상실하고 광고와 홍보로 소비자들을 기만하면서 수단과 방법을 가리지 않고, 이윤만을 추구하는 기업은 언젠가는 소비자들로부터 외면당하게 될 것이다. 상인의 정의가 실현되는 기업풍토만이 사회를 건강하게 만들 수 있기 때문이다. 이와 관련하여 호설암은 만대의 상인들에게 이렇게 외치고 있다.

"상인이 되려면 확실한 의지와 신용이 있어야 한다. 말과 행동이 일치해야 하는 것이다. 강호에 있는 사람들과 일을 할 때는 더욱 그렇다. 한번 약속한 일은 절대 번복해선 안 된다. 약속을 어기면 무시당하게 되고, 그 다음부터는 아무 일도 할 수 없게 된다. 성실이 최고의 방책이다. 콩 심은 데 콩 나고 팥 심은 데 팥 난다는 인과의 법칙을 절대 무시해선 안 된다."

사업을 한다는 것과 성숙한 인간이 된다는 것은 본질적으로 일치하는 것이다. 성공한 사업가들은 대부분 신용이 있는 사람이라는 평가를 받았다. 호설암도 무엇보다 신용을 중시했다. 물론 호설암의 신의는 협객이나 의사들처럼 재산을 나눠 주고 의거를 행하는 것이 아니었다. 그가 신의를 중시한 것은 결국 자신의 사업을 위한 것이었고, 보다 많은 돈을 벌기 위한 것이었다.

호설암은 "신의로 장사를 소통시키고, 성실로 천하의 고객을 모은다."
는 말을 가슴에 새겼다. 성실과 신의로 고객을 모을 수만 있다면 사업이
번창하지 않을 수 없다.

호설암은 부강 전장에 예치했던 나상덕羅尙德의 예금을 그가 요구하지
않았는데도 불구하고 자발적으로 돌려준 덕에 더 많은 예금을 유치할 수
있었다. 나상덕을 도와 태환 수속을 해주었던 고향 친구들이 청나라 군영
으로 돌아가 부강에서 있었던 일을 얘기하면서 부강의 명성이 일시에 청
나라 군영 전체에 퍼졌다. 그 결과 많은 녹영의 관병들이 자신들의 돈을
기꺼이 부강 전장에 맡기게 되었던 것이다.

장사에서의 신용은 결국 상인의 신의에서 나온다. 사실, 경영에 있어
서 가장 중요한 것이 신용이다. 신용이 없이 속임수와 농간을 벌이다간
사업을 오래 지속할 수 없다.

호설암의 사업가적 지혜에는 두 가지 남다른 점이 있었다. 첫째는 지혜
를 의롭게 구사함으로써 상장을 장악할 줄 안다는 것이고, 둘째는 지혜를
안목으로 승화시켜 사업의 결과를 예측하고 판단할 줄 알았다는 점이다.

호설암은 사업을 전개하면서 항상 '의'를 앞세웠기 때문에 높은 신용
을 얻을 수 있었다. 이는 말로만 신용을 떠들면서 실제 행동에 있어선 신
의를 지키지 않는 사람들에게 좋은 경종이 될 것이다.

호설암은 친구를 대하는 태도에 있어서 세 가지 중요한 원칙을 제시했
다. 첫째, 친구에게 해를 끼쳐선 안 되고 둘째, 친구를 도와야 하며 셋째,
친구와 함께 발전해야 한다는 것이다. 이는 현대인들이 말하는 '더불어
살기'나 '상생'의 원리와 일치하는 것으로 산업사회를 살아가는 우리들에
게는 매우 중요한 의미를 갖는다고 할 수 있다.

우리가 호설암의 행적을 좇는 이유는 모든 사람들에게 신의와 명예를
지키는 빛나는 상인의 사회를 기대하기 때문인지도 모른다.

자신감과 인내, 성실과 신의가 없이는 어떤 일도 할 수 없다

대부분의 사람들은 어느 정도 자금이 있어야 사업을 시작할 수 있다고 생각한다. 당연한 이치다. 하지만 사업을 하는 데 있어서 가장 중요한 것은 '빈손'이다. 여기서 '빈손'이란 성공하고자 하는 욕망과 이를 뒷받침하는 성실과 신의, 자신감과 인내를 말한다. 이는 자금보다 훨씬 중요한 정신적 기초이다. 이 네 가지 기본 덕목이 없이는 사업뿐 아니라 어떤 일도 해낼 수 없다.

호설암은 이렇게 말한다.

"나는 빈손으로 사업을 일으켰지만 마지막에도 빈손이었다. 그 대신 나와 함께 일했던 모든 사람들이 거부가 되었고 인생에 성공했다. 이들을 얻은 이상 나는 잃은 것이 없다. 잃은 것이 없을 뿐만 아니라 그 동안 먹고, 쓰고 움직인 것이 모두 번 것이나 다름없다. 죽지만 않는다면, 나는 언제든지 빈손으로 사업을 다시 일으킬 수 있다."

누구든지 성공을 위해서는 자신감을 결여해선 안 된다. 사실, 자수성가하려는 의식과 새로운 사업 영역을 개척하려는 기백, 칼끝의 피를 핥는 담량은 모두 자신감에서 나온다. 자신의 능력으로 우뚝 설 수 있다는 확고한 믿음이 있어야만 자신의 사업 영역을 확고히 구축할 수 있다.

큰 성공을 원하는 사람은 그 만큼 큰 자신감을 가져야 하고, 큰 자신감을 가져야만 큰 어려움을 이겨낼 수 있다. 호설암이 성공을 거둘 수 있었던 것도 그에게 "죽지만 않는다면 나는 언제든지 빈손으로 재기할 수 있다."는 강한 자신감이 있었기 때문이다.

예로부터 큰일을 이룬 사람들은 하나같이 남다른 자신감에 충만해 있었다. "이 시대에 나를 버릴 사람 누구인가當今之世, 舍我其誰", "하늘이 나를 낳은 것은 반드시 큰 쓰임이 있기 때문이다天生我才必有用", "남이 갖추고 있는 것이라면 나도 갖추고 있다." 등의 명언들이 모두 큰 성취를 이룩한 사람들의 넉넉한 가슴을 잘 표현해 준다.

자신을 믿어야 스스로 강해질 수 있다. 자신을 믿어야만 어려움이 닥쳐도 이에 맞설 수 있는 투지와 용기를 갖게 되고, 위기에 닥쳐서도 영웅의 본색을 발휘할 수 있는 것이다. 실제로 자신감은 높은 목표에 도달할 수 있는 일종의 가설 또는 수단이 된다. 호설암에게 그런 자신감이 없었다면 애당초 전장을 열 생각도 하지 못했을 것이고, 거상으로 성장할 수도 없었을 것이다.

사람들은 크게 성공하여 이름을 날린 위인들을 부러워하지만 그들에게 있어서 가장 중요한 부분은 이름이 아니라 강인한 인내력과 사물을 정확히 보는 판단력, 그리고 해이해지지 않고 꾸준히 일에 매진하며 일시적인 곤경으로 좌절하지 않는 투지다. 한 가지 일을 끝까지 밀고 나갈 수 있는 사람이 바로 큰 인물인 것이다.

세상의 수많은 일들 가운데 정말 분별하기 어려운 일이 있는 것처럼 인간의 능력도 그 차이를 분간하기가 쉽지 않다. 큰일을 이루기 위해선 인내와 끈기가 가장 중요한 자질이자 능력이라 할 수 있다. 이익이 클수록 위험도 크고, 성사의 기간도 상대적으로 길기 마련이다. 때문에 성공은 노력을 오래 유지하는 능력에 좌우되는 경우가 대부분이다.

평범한 것처럼 보이는 일들도 장기간 지속할 수 있는 지의 여부는 개인의 인내심에 달려 있다. 평범한 사람이 평범한 일을 할 때는 더더욱 인내심이 필요하다.

뜻을 세우고 일을 이루는 것은 모두 사람의 자신감에 달려 있다. 자신감이 넘쳐야 뜻을 굳게 세울 수 있고, 큰 뜻이 있어야 큰 성공을 거둘 수 있는 것이다. 굳은 의지와 함께 방향을 정확하게 잡아 꾸준히 밀고 나아가는 결심과 의지력도 반드시 필요하다. 호설암도 이 점을 특히 중시했다.

반란군이 항주를 점령했을 때, 항주 성 안은 모든 것이 변해 있었다. 변하지 않은 것이라곤 야경꾼 주周씨의 야경순찰 밖에 없었다. 항주는 이전에도 잠시 동안 반란군에게 점령됐다가 관군에 의해 수복된 적이 있었다. 그 기간에도 주씨의 야경순찰은 단 하루도 거르지 않고 정시에 어김없이 이루어졌다.

전란이 끝난 직후 고향으로 돌아온 첫날 밤, 호설암은 오랜만에 주씨의 딱딱이 소리를 듣는다. 오랫동안 전란을 겪다가 평온을 되찾은 직후라 모든 것이 전쟁터처럼 어수선하고 혼란스러웠지만 '딱, 딱, 타앙-' 하고 울려 퍼지는 이 태평성대의 소리가 사람들에게 커다란 안정과 위안을 가져다주었다. 숙연하고 조용한 마음으로 주씨의 딱딱이 소리에 귀를 기울이던 호설암은 감탄을 금치 못하며 당장 그를 자신의 수하로 끌어들여 중임을 맡기기로 결심한다.

호설암의 눈에는 주씨처럼 어떤 상황에도 불구하고 자신의 일에 충실하고 꾸준한 태도를 견지할 수 있는 사람이야말로 범인과 다른 뛰어난 인재였던 것이다. 호설암은 이 세상의 수많은 일들이 탁월한 재능을 필요로 하는 일이 아니라 누구나 다 할 수 있는 일이며, 문제는 그 일을 시종일관하게 꾸준히 해 나갈 의지가 있느냐 하는 것이라고 생각했다.

항주의 인력거 꾼들.

　'일을 꾸준하게 해 나갈 의지가 있는 사람'은 호설암이 항상 자신의 직원들에게 말하는 '무슨 일을 하든지 제대로 하는 사람'과 같은 의미다. 뜻을 세우고 자신감을 갖는 것 외에 무슨 일이든지 착실하게 해 나가는 진지하고 끈기 있는 자세를 호설암은 성공을 위한 가장 중요한 요소로 생각했다. 사업을 하는 데는 재간도 있어야 하겠지만 실제로는 착실하고 꾸준하게 일을 추진하는 끈기가 더 중요하다. 유명한 홍콩의 기업가 이가성의 성공을 상기하자. 이가성은 인내와 끈기로 그가 크고 작은 골목과 거리를 돌아다니며 물건을 팔았다.

　사람과 사람 사이의 교류와 관계가 설정되고 발전되어 가는 것은 전적으로 예의와 이해에 달려 있다. 관계가 발전하지 않으면 아무리 친한 친구라 하더라도 금세 소원해지기 마련이다.

　돈은 별 게 아니다. 중요한 것은 상대가 지닌 마음의 힘을 얻는 것이다. 친구를 사귀는 것도 이런 단계에 이르러야 제 맛이 나는 법이다. 친구란 모름지기 서로 도움을 주고 마음을 편하게 해주는 관계가 되어야 한다.

"집에서는 부모를 의지하고 밖에 나가면 친구를 의지하라."는 말은 이미 수많은 사람들의 좌우명이 되어 있다. 호설암은 이를 더 발전시켜 "집에서도 친구를 의지하라"고 덧붙였다.

호설암의 업적을 살펴볼 때, 친구들의 도움은 대단히 중요했고, 때로는 친구들이 힘이 결정적 작용을 하기도 했다. 하지만 호설암은 피동적으로 친구들에게 의지만 한 것이 아니라 적극적으로 친구들을 도와주고, 그들의 일에 협력했다. 모든 것은 심은 대로 거둔다. 이 점은 그가 전장의 도제로 있을 때부터 드러나기 시작했다. 나중에 사업의 규모가 확대되고 실력이 증대되면서 호설암은 더욱 적극적으로 친구들을 돕거나 후학들을 키우는데 힘을 쏟았다. 덕분에 그의 주위에는 항상 다양한 유형의 친구들이 모여들어 그의 사업에 훌륭한 조력자이자 동반자가 되었다.

호설암은 전장 도제 출신으로서 주로 하는 일이 차를 끓이거나 청소하는 것이었지만 전장의 상급 직원들에게 공사 양면의 갖가지 서비스를 아끼지 않았다.

생산활동을 하지 않지만 도제도 밥을 먹어야 했기 때문에 이러한 '잉여가치'의 한가한 존재는 항상 푸대접을 받기 일쑤였다. 사부가 도제를 야단치는 일은 일상사였고, 장사가 잘 되지 않을 경우에는 그 분풀이로 도제를 구타하는 일도 비일비재했다. 사부 자신도 먹고살기 위해선 남에게 굽실거려야 하는 상황에서 도제가 모든 분풀이의 대상이 되는 것은 어쩌면 너무나 당연한 것인지도 모를 일이었다.

상공업의 발전에 따라 사부의 손에서 이뤄지는 일이 많아지자 혼자서 감당하지 못하는 일들을 도제가 분담하게 되었다. 경제발전에 따라 도제의 지위도 조금씩 높아지게 된 것이다. 사부는 일부 도제들을 함부로 대할 수 없게 되었을 뿐만 아니라 도제를 상전으로 모셔야 하는 경우도 있었다. 일손이 딸려 유능한 도제가 없이는 영업을 제대로 유지할 수 없기 때문이었다.

호설암이 도제로 있던 시대는 도제의 신분이 가장 낮고 하는 일도 가장 힘들었던 시기로서, 점포의 주인은 마치 고아원의 원장이나 되는 것처럼 은혜를 베풀 듯이 도제들을 받아들였다. 호설암은 자신에 대한 믿음이 있었기 때문에 신분은 비록 도제에 불과했으나 자신을 경시하지 않고 언젠가는 도제의 운명에서 벗어날 수 있을 것이라 믿었다. 그는 매일 남보다 먼저 일어나 자신이 해야 할 일들을 빨리, 그리고 깔끔하게 처리했다. 같은 일도 남들이 세 시간 걸려서 하는 것을 호설암은 두 시간 만에 끝내곤 했다.

이런 근무 태도가 1년 넘게 지속되자 전장의 주인도 그를 신임하여 수금 사원으로 발탁했다. 수금 업무는 매우 힘들고 고된 일이었다. 고객들에게 돈을 빌려주는 것은 쉽지만 거둬들이기는 몹시 어려웠다. 선택의 기회만 주어진다면 보통 직원들은 점포 안에서 손님을 맞는 일을 택했지 밖으로 돌아다니며 수금하는 일을 원치 않았다. 그러나 호설암은 도제 출신인 데다가 공부한 바가 없기 때문에 선택의 기회가 주어지지 않았다. 주인이 그를 발탁한 만큼 죽어라고 열심히 일하는 수밖에 없었다.

전장의 수금 업무는 어렵긴 하지만 일하는 사람에겐 훌륭한 자기 수련의 기회였다. 호설암은 이 업무를 통해서 대인관계의 방법과 기교를 터득하는 동시에 사람들의 성격을 폭넓게 경험하고 이해할 수 있었다. 그가 깨달은 당시 사람들의 인성은 첫째, 욕심이 크지 않고 둘째, 손해 보는 것을 몹시 두려워하며 셋째, 체면을 중시하는 것이었다.

사람들의 일반적인 성격을 파악한 호설암은 즉시 자신을 여기에 적응시켜 나갔다. 그는 친구 사귀기를 좋아했고 한 번 사귀면 끝까지 넉넉한 마음을 잃지 않았다. 주머니에 은자 다섯 냥이 있어 친구가 이를 필요로 하면 아낌없이 내어 주는 아량을 베풀었다. 이처럼 대인관계가 좋다 보니 수금도 비교적 순조로웠다.

사실, 돈을 빌려 간 사람들은 대부분 자진해서 갚으려 했다. 특히 전장의 심사를 거친 사람들 중에는 무뢰한이나 건달이 거의 없었다. 그러나 돈일 빌리는 사람들의 한 가지 특징은 체면을 중시하고 기분 내는 것을 좋아한다는 점이었다. 돈을 빌리면 심리적으로 이를 부끄러워하게 되고, 자신의 부채를 남이 알까 두려워했다. 수중에 여유 돈이 있어 부채를 갚으려 할 때도 돈을 받으러 온 사람의 태도를 먼저 살폈다. 돈을 받으러 온 사람이 전장의 위력을 믿고 위세를 떨며 강압적으로 나오면 수중에 돈이 있어도 상환을 계속 미루기 일쑤이지만, 수금하러 온 사람이 자신의 체면을 세워 주면 재촉하지 않아도 자진해서 돈을 갚았다.

호설암의 장기는 상대방의 체면을 세워 주는 것이었다. 먼저 남을 한 척 키워 주면 상대방은 자신을 한 장 높여 주는 것이었다. 이런 원리로 호설암의 수금 업무는 다른 사람들에 비해 훨씬 수월하게 이루어졌고, 다른 사람이 사흘 걸리는 일을 호설암은 이틀이면 다 끝낼 수 있었다.

밖에서 일하는 수금원들의 한 가지 특징은 일을 끝내고 남는 시간에 도박과 여자에 빠지기 쉽다는 것이었지만, 호설암에겐 자신에 대한 굳은 믿음이 있었기 때문에 함부로 타락에 빠지는 일이 없었다. 한가한 시간이면 그는 여러 곳으로 돌아다니며 친구들을 사귀었다. 수중에 넉넉한 돈이 없어 장사에 투자를 하거나 부동산을 사들일 수는 없는 형편이었지만, 그는 투자의 방법은 여러 가지라고 생각했다. 돈 몇 푼이 급한 친구에게 자신이 가진 많지 않은 돈이나마 빌려줄 수 있다면 이것도 훌륭한 투자라는 것이었다. 한번 남에게 신세를 지면 평생 이를 잊지 못하는 것이 인지상정이기 때문이다. 호설암은 자기에게 손을 내미는 친구들을 돕기도 했지만, 어려움을 호소해 오지 않아도 어려운 사정을 전해 듣거나 곤경에 처한 모습을 볼 때마다 먼저 나서서 돈을 보내 주곤 했다.

마음이 넉넉한 사람은 그런 마음을 타고나는 것이 아니다. 넉넉한 마음은 어디까지나 환경의 영향인 것이다. 매번 준 것과 받은 것을 대조하고 따지는 사람에겐 넉넉한 마음을 기대하기 어렵다. 호설암은 마음이 넉넉한 것과 마찬가지로 일하는 태도에 있어서도 할 일만 생각하고 승진이나 보수는 크게 염두에 두지 않았다. 업무 성적이 좋으면 승진은 주인이 생각하고 결정할 문제였다. 먼저 승진을 생각하고 일을 한다면 제대로 일에 전념할 수 없다.

진정한 사업가가 되기 위해선 확실한 사업의 의지와 신용이 있어야 한다. 말과 행동의 일치는 호설암의 확고한 신념이었다. 강호에 있는 사람들과 일을 할 때는 더욱 그렇다. 한 번 약속한 일은 절대 번복해선 안 된다. 약속을 어기면 무시당하게 되고, 그 다음부터는 아무 일도 같이 할 수 없게 된다.

성실은 사업가의 기본이다. 콩 심은 데 콩 나고, 팥 심은 데 팥 난다는 인과의 법칙은 절대 무시해선 안 된다.

"말을 하면 신용이 있어야 하고, 신용이 있으면 항구적이어야 한다言而有信, 信而有恒"는 말은 상업 행위를 하는 모든 사람들의 신조로서, 누구든지 이를 어길 경우엔 세인의 비난과 질책을 면키 어렵다. 호설암은 이러한 신조를 굳게 지키는 신용 있는 상인이었기 때문에 업계의 존경을 한 몸에 받을 수 있었고, 신용이 있었기 때문에 사업이 갈수록 발전할 수 있었다.

오늘날의 시장경제에서는 신용의 관념이 더욱 중시되고 있다. 기업과 기업인은 모름지기 신용 위에 서서 신용으로 성장해야 하는 것이다.

호설암은 항상 신용을 중시했다. 진정으로 성공하는 상인은 대부분 신용 있는 사람이다. 호설암 자신도 신용으로 성공한 상인으로서 신용이 그를 성공으로 이끈 가장 중요한 조건이었다.

호설암은 왕유령을 돕다가 자신의 밥그릇을 잃고 말았지만 시장통에서 문짝밥을 먹을지언정 이해관계에 연연하지 않았고 큰돈을 번 뒤에는 사람들에게 후한 선물과 예의를 갖춰 인사하는 것도 잊지 않았다. 때문에 사람들은 그와 사귀어 두는 것도 나쁘지 않겠다고 생각했고, 그가 복을 나눌 줄 아는 인물이라고 인식하게 되었다.

호설암의 이런 행동 특성은 인정의 지혜라 하기에 충분하다. 호설암은 누군가 자신에게 폐를 끼치면 불쾌한 것이 당연하지만, 반대로 사람들은 조그만 인정에도 감동할 줄 안다는 사실을 잘 알고 있었다. 인정에 대한 이러한 이해를 그는 자신의 사업에 의롭게 활용했다.

호설암은 송강 조방의 우오란 인물과 '민절관판民折官辦(정부에 납부할 양곡을 민간에서 임시로 변통하여 사고 파는 일)'을 상의하면서 그가 몰래 쌀을 팔 생각이 있다는 사실을 파악한 호설암은 자기가 도와줄 테니 어려운 일이 있으면 서슴지 말고 애기하라고 말한다. 서로 믿고 돕는 관계가 아니라면 거래하지 않는 것이 더 낫다는 판단에서였다. 어려움은 마음속에 있는 것이지만, 이를 헤아려 구체적인 해결 방법까지 제시한다면 친구로서 충분한 도리를 하는 셈이었다.

호설암의 의로운 지혜가 처음 알려진 것은 왕유령을 도왔던 일이고, 두 번째는 부강 전장을 개업하면서 먼저 20여 개의 어음을 할인해 줌으로써 관직에 있는 양서판을 도와준 것이었다. 처음에는 지혜를 의리로 바꾼 단순한 행위에 지나지 않았지만, 이런 사실이 다른 사람들에게 전해지면서 나상덕의 돈을 예치하게 되었고, 그에게도 의로운 지혜를 베푼 결과 수많은 병사들의 예금을 무이자로 예치함으로써 사업을 크게 발전시키는 밑거름으로 활용할 수 있었던 것이다.

절강 일대에 유행하던 속담 중에 "반나절은 자신을 생각하고 나머지 반나절은 남을 생각하라"는 말이 있다. 이는 자신만을 생각해서는 모든 일을 원만하게 이룰 수 없기 때문에 남을 배려하고, 남의 어려움을 이해하며, 남의 걱정을 나눌 줄 아는 마음을 가져야 한다는 뜻이다. 호설암은 이 말을 항상 입에 달고 다녔다. 그는 확실히 남을 생각할 줄 아는 인물이었다. 운하 운송 조직인 왕유령을 도와 조미의 운송이라는 난제를 해결하려면 송강 조방의 도움이 절실히 필요했다. 호설암은 조방의 책임자인 우오와 대화하는 과정에서 그들에게 말하기 곤란한 어려움이 있다는 사실을 알게 되었다. 조방의 어려움은 다름이 아니라 조정에서 오랫동안 지속해 온 하운河運을 해운으로 바꾸기로 결정한 데 있었다. 강남의 소주와 송강, 태원 일대에서 조정으로 운송되는 양곡은 항상 항주에서 출발하여 북경에 이르는 운하를 통해 이루어졌기 때문에 조운漕運이라 불렀다. 조운을 담당하는 배들은 대부분 관선으로 일정한 지역에 주둔해 있어 이들을 조방이라 칭했다. 물론 조방은 조운에 의지하여 먹고살았다. 불행한 것은 황하의 하상에 토사의 퇴적이 매년 가중되어 일부 구간에서는 하천으로서의 역할을 할 수 없게 되었고 '봄날 황하의 배들이 하늘을 날 듯 물살을 가른다春水船如天上行'는 말이 무색해졌다는 것이다. 게다가 운하가 황하의 영향을 받으면서 선박의 운항이 갈수록 어려워져 가뭄이라도 들면 배를 띄우는 것이 불가능할 정도였다. 이에 따라 조정에서는 도광道光 초년에 조미의 운송을 하운에서 해운으로 바꾸어 시행해 보기로 결정했다.

조미가 해운으로 바뀌면 자연히 조운에 의지하여 먹고살던 조방 사람들은 생계가 막막해질 수밖에 없었다. 송강 조방으로서는 가장 어려운 위기였다. 운송할 조미가 없어 수입이 크게 준 데다가 조방 재정이 바닥 나이를 메울 만한 거액의 자금이 필요했다. 그들로서는 해운을 취소하고 하운을 회복시킬 방법을 모색해야 했다. 그러기 위해선 거액의 자금을 모아 관계에 청탁을 해야 하는 처지였다. 때문에 사전에 사 놓은 대량의 쌀을 팔아 현금을 마련하여 급한 대로 조방의 운영자금으로 쓰기로 결정한 상태였다. 일부를 절강 해운국에 납부하면 어느 정도의 차액을 챙길 수 있었지만 나중에 돌려받을 때는 현금이 아니라 역시 쌀로 받기 때문에 실제로는 현물을 털어 현금을 마련한다는 자신들의 종지에 어긋나는 일이었다. 이처럼 어려운 사정이지만 조방의 책임자인 우오는 감히 마음속 고충을 입 밖에 내지 못하고 있는 것이었다.

호설암은 상대방에게 어려움이 있다는 사실을 안 이상 계속 모른 척 하고만 있을 수 없었다. 호설암의 원칙은 두 가지였다. 첫째는 남의 어려움을 무시한 채 자신을 도와주기만을 바랄 수는 없다는 것이었다. 도와줄 방법이 없다면 모르겠지만 도울 수만 있다면 최대한 도와주어야 한다는 것이 그의 원칙이었다. 둘째는 남의 어려움을 알았다면 이를 자신의 어려움으로 생각해야 한다는 것이었다.

이런 두 가지 사업 원칙이 있었기 때문에 호설암은 먼저 이들의 어려움을 해결해 주어야겠다는 생각으로, 신화 전장측에 송강 조방에 대한 자금 대출을 요청함으로써 그들의 난관을 극복할 수 있도록 도와주었다. 실제로 조미의 수송이 해운으로 바뀌면 여러 전장들도 적지 않은 위험을 감수해야 했다. 때문에 조방에 대한 대출을 꺼리고 있는 상황에서 호설암을 도와준다는 것은 상당한 희생을 각오한 행보였다.

그 뒤에 이어진 호설암의 생사 사업과 무기 사업은 조방의 협력과 지원이 없었다면 이루어지기 어려웠다. 결국 남을 생각하고 남을 위해 생각하는 것이 어떤 의미에선 자기 자신을 위해 생각하는 것이 될 수 있다.

현대 중국인들이 호설암을 격찬하는 이유는 그가 사람들이 추구하는 낭만적 심리에 따를 줄 알았기 때문이다. 기업가가 항상 계산만 앞세우고 모든 일을 이윤추구라는 시각으로만 처리한다면 그 언행은 아주 지독하고 인색한 형태가 될 것이고, 하는 일마다 용속하기 그지없어 진정한 의지義智 결합형 지혜를 발휘할 수 없다.

사업가들은 항상 시장이 자신이 예측한 방향으로 발전되기를 바란다. 변사 인계麟桂가 보낸 사람이 호설암을 찾아와 자금 대출을 요청했을 때, 호설암은 인계란 인물에 관해 별로 아는 바가 없었다. 사람이 착실하다는 것은 틀림이 없었지만 바로 그런 이유 때문에 돈을 모으지 못했고, 이임 하면서까지 돈을 구해 공금의 부족액을 메워야 했다. 게다가 금액도 2만 냥이나 되는 거금이었다. 이임하는 마당이라 본성에서는 아무도 그를 도 우려 하지 않는 데다 호설암도 막 전장을 개업한 상태라 사람들이 개업 축하금으로 보내 준 돈을 다 합쳐도 은자 4만 냥에 불과했다.

이런 상황에서 순수하게 상업적 이익만을 따져 돈을 대출해 준다 해도 회수하지 못할 가능성을 배제할 수 없었다. 하지만 인계가 요구하는 것은 장기 대출이었고, 그것도 다른 사람에게 손을 벌릴 형편이 못돼 호설암의 인간성을 믿고 찾아온 것이었다. 정말 어려운 상황이었다. 호설암도 마음 속 고충이 이만저만이 아니었지만 천천히 방법을 모색하기 시작했고, 결 국 왕유령이 관직에 부임하여 관리할 수 있는 공금을 합치면 기한을 확정 하는 조건으로 대출해 줘도 괜찮겠다는 판단을 내린다.

위험에 직면하여 가장 먼저 생각해야 하는 것이 바로 의리와 용기였다. 인계의 다급한 사정을 이해해 주면 감동할 것이 분명하고, 그가 은혜에 보답할 줄 아는 인물이라면 나중에 강소성 고위 관리로 부임하여 강남대 영의 운영자금을 부강 전장에 맡겨 올 수도 있는 일이었다. 그렇게만 된 다면 상해에 지점을 개설할 수 있는 자금을 확보할 기회가 생길 수도 있 었다. 결국 호설암은 인계가 요구하는 자금을 대출해 주기로 결정했다.

호설암의 성장, 발전 과정에 있어서 이 사건은 중요한 계기로 작용했 고, 그의 예상대로 인계의 도움을 받아 부강 전장은 중국 전체의 금융시 장을 좌지우지하는 최대 규모의 전장으로 성장할 수 있었다.

행동이 없이 계획만 있는 사업은
반드시 망한다

큰 사업을 하려면 기동성과 융통성이 있어 한 쪽에 구멍이 나면 다른 쪽에 있는 것을 가져다 재빨리 메울 수 있어야 한다. 이것이 바로 호설암이 강조한 '관리배치' 능력이다. 관리배치란 자본조달과 수요예측을 말한다. 언제 자금이 필요하고 어느 것을 먼저 막아야 하는지를 정확히 예측할 수 있어야만 사업에 있어서 다른 사람들보다 앞서 나갈 수 있다. 호설암은 사업은 민첩하고 융통성 있게 해 나가야 한다고 강조한다. 민첩하다는 것은 물론 여러 가지 요소들을 포함한다. 하지만 어느 한 쪽만을 사수하려 들지 말고 민첩하게 손을 써서 하기로 마음먹은 일은 즉시 해치워야지 질질 끌다가 일을 망쳐선 안 된다.

호설암은 기동성과 융통성은 두 가지 차원의 의미를 지닌다고 보았다. 첫째는 어느 한 사업 영역이나 세계를 사수하려 들지 말고 구체적인 상황에 근거하여 유동적이고 재빠른 반응을 보이라는 것이다. 둘째는 모든 일에 대해 빠르고 민첩하게 반응하고 대응하되, 하기로 결정한 일은 즉시 착수하여 신속하고 원만하게 해결해야 한다는 것이다. 문제를 분석하고, 사고하고, 처리함에 있어서 빈틈이나 실수가 없어야 다가온 기회를 방기하거나 상실하지 않을 수 있다는 것이다.

호설암은 사업을 하면서 시종 이러한 관념을 견지하여 '장사를 할 때는 항상 손이 살아 있어야 한다'고 말했다. 이 말의 의미는 시장에서의 모든 행위는 철저한 계획과 전략에 따라 신속하고 민첩하게 이루어져야 한다는 것이다. 호설암이 항상 주장하는 민첩성과 신속한 반응, 그리고 적재적소에 자금과 인력을 배치하는 것 등이 그것이다.

호설암은 머리속에 항상 '손이 빨라야 한다'는 생각을 갖고 있었기 때문에 모든 계획을 자연스럽게 행동으로 옮길 수 있었고, 이를 자신의 사업에 하나의 실천 원리로 시종 관철시킬 수 있었다.

호설암은 빠른 속도로 사업을 진행하여 비즈니스의 세계를 종횡무진으로 주름잡으면서 한 걸음 한 걸음 화려한 성취를 쌓아 가는 과정에서 모든 단계마다 놀라운 민첩성과 탁월한 지략을 과시했다. 그가 한 번 움직일 때마다 한 가지 지모가 뒤따랐고, 이러한 지모는 거대한 재산으로 돌아왔다.

호설암은 자신의 생사 사업과 왕유령이 맡고 있는 호주 관부의 공무를 위해 여러 차례 호주를 드나들면서 이 지역에서 상당한 영향력을 갖고 있는 욱사란 인물을 사귀게 되었다. 호설암은 자신의 의기와 식견을 십분 발휘하여 욱사의 집안일을 손쉽게 해결해 준 덕분에 확실한 신망을 얻고 있었고, 욱사는 호설암의 도움에 보답하기 위해 자신이 직접 나서서 부용芙蓉이란 미녀를 호설암과 맺어 주었다.

부용의 친정은 원래 사업을 하던 집안으로서, 바로 윗대에까지만 해도 '유경덕당劉敬德堂'이라는 커다란 약방을 경영하고 있었다. 그러나 부용의 아버지가 물려받을 당시에 상당한 규모와 활기를 자랑하던 '유경덕당'이 약재를 구하러 사천四川에 갔던 배가 뒤집혀 아버지가 사망하면서 급속도로 몰락했다. 그녀의 삼촌으로 유불재라는 인물이 있었는데 워낙 귀하게 자란 도련님인 데다가 노름을 너무 좋아하여 가업을 물려받은 지 1년도 채 못 되어 약방의 경영을 유지할 수 없게 되었고, 점포마저 다른 사람의 손에 넘어가 버려 빚을 얻어 먹고살아야 하는 처지가 되었다. 하지만 굼벵이도 구르는 재주가 있다고, 유불재에게도 남들에게서 찾아보기 힘든 뛰어난 재주가 있었고, 나름대로 자존심도 대단했다. 예컨대 아무리 궁지에 몰려도 조카인 부용이 가업의 비방을 남에게 팔아넘기는 것을 허락하지 않았고, 첩실로 맺어지긴 했지만 조카사위인 호설암을 탐탁지 않게 여기며 친척으로 간주하지도 않았다. 유불재란 인물은 가업의 비방이 남아 있는 한, 자신의 집안은 아직 건재하기 때문에 언젠가는 다시 집안을 크게 일으킬 수 있으리라고 굳게 믿고 있었던 것이다.

부용을 첩실로 맞은 호설암에게는 좀처럼 자신을 친척으로 받아들이려 하지 않는 유불재가 커다란 골칫거리였다. 보통 사람들 같았으면 이런 상황에서 그냥 손을 들어 버리고 서로 상관하지 않는 방법을 택했을 것이다.

호설암에게는 두 가지 선택의 여지가 있었다. 하나는 욱사의 말대로 유불재에게 일정한 액수의 돈을 주고 서로 아무런 관계도 없는 사람들처럼 모르는 척하고 살아가는 것이고, 하나는 부용의 생각대로 그에게 거액의 은자를 주고 가업의 비방을 사들이는 대신 그로 하여금 스스로 장사를 하여 먹고살게 하는 것이었다. 어차피 친척으로 인정하지 않을 바에야 유불재로서도 이렇게 하는 것이 손해를 보거나 자존심을 다치지 않는 일이었다.

하지만 호설암의 생각을 달랐다. 그는 유불재에게 친척으로 인정을 받는 것은 물론이요, 그를 이용하여 자신의 약방을 경영하겠다는 기발한 생각을 했다. 호설암은 자신의 안목과 판단에 따라 당시로서는 약방 사업이 대단히 유망하고 큰돈을 벌 수 있는 사업임을 직감했다. 전란이 빈발하여 도처에 싸움이 벌어지다 보면 역병을 예방할 약품이 필요할 것이고, 전쟁이 끝나면 병사이든 민간인이든 간에 부상자가 많고, 전장에서 살아서 돌

상해에 정박한 서양 상선.

아온다 해도 생명이 위급한 사람들이 많기 때문에 그 만큼 약품의 수요가 많아질 것이 분명했다. 따라서 좋은 약재를 쓰면서 가격만 적당하게 책정하면 약방을 여는 것도 나쁠 이유가 없었다. 게다가 좋은 약으로 많은 사람들을 생명을 구하고 불쌍한 사람들을 구제했다는 선행이 널리 퍼지게 되면 쉽게 관부의 지원을 받을 수 있을 것이고, 그렇게만 된다면 큰돈을 버는 것은 둘째 치고, 훌륭한 명성을 얻게 될 터이니 이보다 더 좋은 일이 또 어디 있단 말인가!

이런 판단을 내린 상태에서 호설암 자신이 약방 사업에 대해 잘 모른다 해도 크게 문제될 것이 없었다. 유불재가 약방업의 전문가인 이상, 그를 잘 설득하여 좋지 않은 버릇만 고치게 하면 크게 중용할 수 있을 것이고, 게다가 그에겐 대단한 가업의 비방이 있어 충분히 활용할 수 있었다. 생각을 정리한 호설암은 즉시 욱사를 불러 도움을 청했다. 가족임을 인정하는 잔치를 베풀고, 그 자리에서 약방을 여는 데 필요한 자금과 장소, 시기 등의 문제까지 신속하게 처리했다.

호설암의 '호경여당'은 이렇게 하여 문을 열게 되었다. 그 후 몇 십 년이 지나는 동안 '호경여당'의 명성은 전국적으로 알려져 천하제일의 의약 명가가 되었고, 호설암의 든든한 자금줄이 되는 동시에 그에게 선행에 힘쓰는 훌륭한 상인이라는 좋은 명성을 가져다주면서 그 이후의 모든 사업에 커다란 영향을 미치기도 했다.

전장의 주인으로서 본업 이외에 생사 사업도 벌이고 있던 호설암이 그것으로 만족하지 않고 약방 사업을 시작한 것은 수익이 보이면 즉시 손을 뻗치는 발빠른 기업인이 갖춰야 하는 뛰어난 기동성의 모범으로서 후세 사람들의 찬탄을 받았다. 사실 사업이라는 것은 자신의 전문 영역만을 지켜 내는 것도 힘든 일이고, 사업이 확대된다 하더라도 같은 업종과 방법에 국한되는 것이 대부분이다. 물론 거부가 되기 위해선 절대 한 가지 영역에만 집착해선 안 된다. 때문에 호설암은 이렇게 말한다.

"사업을 할 때는 민첩하고 기동성이 있어야 한다. 여기서 말하는 기동성은 모든 분야를 포함한다. 한 가지 영역을 사수하려고 하지 말고 전방위로 출격해서 사업의 범위를 넓혀야 한다. 그리고 일단 마음먹은 일은 질질 끌지 말고 그 때 그 때 신속하게 해치워야 한다. 손을 민첩하게 움직인다는 '수활'의 요체가 바로 여기에 있는 것이다."

호설암은 사업이란 한쪽에서는 이익을 보고 다른 한쪽에서는 손해 보는 일을 피할 수가 없다고 본다. 보는 시각에 따라 손해 보는 것이 복이 될 수도 있다. 손해 본다는 것은 동시에 다른 사람에게 인정을 베풀고 있다는 것을 의미하고, 이러한 인정은 기회가 되면 적절한 보답으로 돌아오기 때문이다.

　사업도 인격과 마찬가지다. 최대한 멋진 장사를 해야지 잡상인 모습을 드러내선 안 된다. 잡상인이란 이익만 챙길 줄 알고 손해 보는 것을 못 참는 사람을 말한다.

　호설암 '수활'법의 또 한 가지 특징은 손해를 받아들임으로써 이중으로 이익을 보는 것이다. 보통 사람들에겐 손해를 본다는 것이 대단히 기분 나쁜 일이다. 어찌됐건 간에 자신에게 피해를 주기 때문이다. 그러나 호설암의 생각은 달랐다.

　호설암은 모든 사물과 현상에는 양면성이 있다고 생각했다. '어떤 현상이 극에 달하면 반드시 돌아선다物極必反'는 말처럼 손해를 본다는 것이 반드시 나쁜 일인 것만은 아니라는 것이다. 제대로 장악하기만 하면 손해 보는 것도 좋은 일이 될 수 있다. 손해 속에서도 이익을 챙길 수 있다는 것이다. 이처럼 손해를 보면서도 이익을 챙기고, 이익을 볼 때는 당연히 이익을 보는 것이 이른바 이중 이익이고, 이것이 바로 호설암 '수활'법의 극치인 것이다.

　손해 속에서 이익을 챙긴다는 것을 좀 더 자세히 규명해 보면 진보를 위한 일보 후퇴임을 알 수 있다. 손해를 보는 것과 일보 후퇴하는 것은 실질적으로 동일한 전략으로서 비즈니스의 세계에서는 흔히 활용되는 방법이다. 그 목적은 힘을 축적한 후에 적절한 시기를 찾아 보다 효과적으로 발진하거나 도약하는 것이다.

　호설암은 이렇게 말한다.

　"세상의 모든 일은 양면성을 지닌다. 한쪽에서 이익을 보면 다른 한쪽에서 손해를 보기 마련이다. 사업도 마찬가지다. 매매의 쌍방은 언제나 적대 관계라 사는 쪽이 이익을 볼 수도 있고, 파는 쪽이 이익을 볼 수도 있다. 그러나 정말로 사업을 할 줄 아는 사람은 양쪽에서 이익을 챙긴다. 적당한 선에서 사고 적당한 선에서 팔기 때문이다."

　실제 생활에 있어서도 한 쪽에서 이익을 얻으면 다른 한 쪽에서 손해를 보는 상황을 면하기 어렵다. 하지만 손해를 복으로 받아들일 수 있느냐의 여부는 전적으로 개인의 능력에 달려 있다. 물에 빠진 개는 때리지 않는 법이고, 남의 여자를 빼앗으려면 그만한 대가를 준비하고 있어야 한다. 이것이 바로 모든 사물과 현상의 양면성이다. 전자의 경우 체면을 잃는 대신 퇴로를 보장받는 것을 의미하고, 후자의 경우는 자신의 즐거움을 찾는 대신 상대방의 요구를 들어줘야 한다는 것을 뜻한다. 이 때 가장 좋은 방법은 인정의 법칙에 순순히 따라 먼저 상대방의 요구를 철저히 만족시켜 준 다음 그 보답을 기대하는 것이다. 이때도 상대방에게 최대한 멋진 모습을 보일 수 있어야지, 어정쩡하고 인색한 태도를 보여선 안 된다.

　어정쩡한 모습이란 상대방에게서 이익을 얻어 놓고 자신은 상대방으로 인한 손해를 받아들이지 않으려 하는 태도를 말한다. 인정의 법칙에 따른 손해를 받아들이려 하지 않다가는 더 큰 손해를 초래하게 된다.

　호설암은 사랑하는 여인 아교阿巧를 하계청에게 보내는 과정에서 파란만장한 감정의 회오리를 경험한다. 아교는 호설암과의 생활에 있어서 세세한 부분까지 마음이 가장 잘 통하는 여자였고, 서로를 누구보다도 아끼고 이해하는 사이였다. 그러나 하계청을 만나게 되고, 그가 아교의 아름다움에 흠뻑 빠지게 되면서 아교의 마음에도 동요가 일기 시작한다. 이 때 호설암으로서는 감정을 포기하고 이해 관계에 입각하여 생각을 다시 정리할 필요성을 절감한다. 결국 호설암은 눈을 질끔 감고 아교를 포기한다. 아교가 자신에 대해 철저하게 변심했거나 아니면 아예 자신이 아교를 만나지 않은 것으로, 그것도 안 되면 아교의 향기와 아름다움이 이미 사라져 버린 것으로 치부해 버리기로 마음먹은 것이다.

하지만 아교로서는 아직 새 사람과는 정이 들지 않았고, 호설암과의 옛 정도 완전히 잊지 못한 상태였다. 호설암도 아교와 함께 보냈던 꿈같은 밤들을 잊지 못했고 다시 계획을 바꿀까 하는 생각도 해본다.

하지만 손해를 보려면 끝까지 봐야 한다. 그래야 나중에 이를 만회할 수 있는 기회가 생기는 것이다. 설사 만회한 것이 손해를 완전히 보상해 주지 못하거나 마음에 차지 않는다 하더라도 일단 상대방의 마음 한 귀퉁이를 잡아 놓은 셈이 된다. 때문에 "부처를 보내려면 서천西天까지 보내라"고 말하는 것이다. 정말로 손해를 볼 줄 아는 사람은 왕왕 정반대의 결과를 얻는다. 장사를 하는 사람은 강호의 협객 같은 마음을 가질 줄 알아야 한다. 멋지게 손해를 보고 이를 일종의 투자로 여길 줄 알아야 하는 것이다.

영웅은
미인의 관문을 넘기 어렵다

사업을 전개하는 과정에서 호설암에게는 적지 않은 여인들을 만난다. 풍류를 즐길 줄 아는 인물이기 때문이다. 나이 어린 아주가 있는가 하면 아교저가 있었고, 혹부용도 있었다. 이들 외에도 소설에 등장하지 않는 무수한 여인들이 있었다. 하지만 호설암에게 있어서 이 여인들은 모두 향락의 대상으로 그친 것이 아니었다. 호설암은 이 여인들을 따뜻한 인격체로 대했고, 이들의 삶을 긍정적인 모습으로 변화시킨다. 사업과 관련하여 호설암의 여성관은 그의 저술에 그대로 드러나 있다.

"세상에는 천성적으로 복이 많은 사람들이 있다. 유복한 환경에서 태어나 그저 남아도는 정을 여인네들에게 쏟아 부으면 되는 사람들이 있다. 그러나 나는 다르다. 나는 천성적으로 장사를 하기 위해 태어난 사람이다. 나도 여인네들의 아름다움과 좋은 점들을 많이 느끼고 경험했다. 심지어 나는 여인네들이 진심으로 나를 따르게 만드는 방법도 알고 있다. 하지만 이것은 '바른 일'이 아니기 때문에 그네들을 위해 시간을 허비할 수도 없고, 더욱이 그네들에게 정신이 팔려 자신의 할 일을 망각할 수도 없다. 누군가 '몸이 편하면 사람의 의지가 마모되기 쉽다.'라고 했는데 이는 대단히 일리 있는 말이다. 이러한 이치를 생각하면 곧 행동을 삼가게 되고, 행실을 삼가게 되면 바른 일을 생각하게 되어 자신도 모르게 온몸에 땀이 흐른다. 평생에 '바른 일'이 얼마나 있을지 모를 일인데, 향락을 위해 이를 뒷전으로 미루다가는 커다란 위험에 빠져 패가망신하기 십상이다."

이처럼 호설암도 풍류를 즐길 줄 알았지만 결정적인 순간에는 일의 경중을 구분할 줄 알았다. 호설암은 늘 배로 항주와 상해 사이를 왕래했기 때문에 자연스럽게 뱃사공의 딸 아주에게 깊은 연정을 품는다. 아주는 자신도 모르게 호설암에게 푹 빠져들고, 호설암은 이런 그녀에게 더욱 끌려 한가할 때마다 그녀와 자리를 함께 하며 이야기를 나눈다. 그러나 호설암은 사업이 너무 바빠 사랑을 속삭일 만한 시간적인 여유가 없었다.

아주는 하루 종일 호설암이 보이지 않을 때면 자신을 차갑게 대한다는 생각에 원망의 눈길을 보낸다. 호설암은 이런 식으로 자신의 감정을 질질 끄는 것이 바람직하지 못하다고 판단하고 그녀와의 관계를 정리하기로

호설암이 활약하던 당시 상해, 항주 일대 명기들의 전형적인 모습. 묘주 자매, 이정노이 등도 바로 이런 유형의 최고급 기녀들이었다.

결심한다. 아울러 엎드린 김에 절 한다고 아주를 자신의 도제인 진세룡과 맺어 주기로 한다. 아주네 배를 타고 상해로 가는 도중에 호설암은 '중매쟁이'로 돌변하여 아주와 진세룡 사이에 인연을 만들어 주고, 대신 자신은 아주와의 애증의 그물에서 벗어난다.

호설암이 아주와 진세룡의 혼인을 서두른 이유는 정이 많은 아주에게 좋은 짝을 만들어 주고, 그럼으로써 자신의 고민을 해결하기 위한 것이었다. 그는 자신의 감정에 사로잡혀 아주가 누려야 할 행복에 영향을 주고 싶지 않았고, 그녀가 자신을 마음 깊이 사랑한다 해도 자신의 욕심을 채우기 위해 그녀를 받아들일 수는 없었다. 때문에 그는 아픔을 참으면서 그녀와의 정을 끊고 진세룡과의 혼사를 성사시킨다.

호설암은 뛰어난 절제력으로 자신의 감정 문제를 해결하는 한편, 아주의 순결한 마음도 다치지 않게 하고, 동시에 그녀에게 좋은 배우자까지 마련해 준다. 진세룡도 마음속으로 사모하던 아주를 배필로 얻었으니 결국 모두가 좋은 일이었다.

호설암은 자신의 사업이 애정 문제로 인해 정체되는 것을 원치 않았다. 사업가는 시장이라는 큰 무대에서 끊임없이 자신의 가치와 능력을 발휘해야 하기 때문이다.

영웅은 미인의 관문을 넘기 어렵다는 말이 있다. 그래서인지 중국의 역사에는 무수한 미인계가 있었다. 인류의 역사는 어찌 보면 여성의 인권과 사회적 지위의 반전 과정이라고도 할 수 있다. 고대로 거슬러 올라갈수록 여성의 존재 가치는 말이 아니었다. 동서를 막론하고 고대에는 양성 간의 존재 가치에 엄청난 차이가 있었고, 남녀간의 종속 구도가 너무나 뚜렷했다. 때문에 고대의 모든 인간관계에서는 너무나 쉽게 미인계가 전개될 수 있었던 것이다.

미인계란 여인이 갖는 성적 아름다움을 상품화하여 이를 자신의 이익으로 전화하는 전략이라 할 수 있다. 미인계가 상용될 수 있었던 이유는 모든 남성이 이런 계략에 넘어갈 수 있는 원초적인 성정을 갖고 있기 때문에 실행이 어렵지 않고, 또한 특별한 장비나 비용이 수반되지 않기 때문일 것이다.

고금을 막론하고 수많은 영웅호걸들이 미인들의 관문을 넘지 못했다. 서시西施와 포사, 양귀비楊貴妃 같은 미인들의 치마폭이야말로 영웅들의 함정이자 무덤이었다. 이런 미녀의 관문을 넘은 자는 이름을 날리고 대업을 이루었지만, 그렇지 못한 자는 깃발을 내리고 북을 멈춘 다음 되돌아서야 했다. 심지어 목숨과 이름을 한꺼번에 잃고 하루아침에 패망의 길로 접어들기도 했다.

하지만 미인계는 패전의 전략이자 약자들의 비겁한 계략임에 틀림이 없다. 사회적 통념상 미인계는 인류의 역사에서 일찌감치 사라졌어야 할 떳떳하지 못한 전략이다. 장수가 아닌 상인들이 미인계를 즐겨 사용하고, 미인계에 당한 이유는 병가의 상사와 크게 다르지 않다. 오늘날에도 성적 향응이나 접대가 비즈니스의 주요 수단으로 활용되고 있다.

기방문화가 고도로 발전하고 돈과 권력을 지닌 사람이라면 누구나 제한 없이 미인들이 제공하는 성적 향연을 즐길 수 있었던 봉건왕조 시대인 청대에는 여인의 아름다움이 상품으로 전락하는 일이 비일비재했고, 그 방법과 양태도 매우 다양했다. 그리고 수많은 상인들이 주지육림 속에서 비정상적인 장사의 계략을 배우고 실천했다.

하지만 호설암은 달랐다. 그는 극도의 절제와 확고한 사업가 정신으로 애정과 사업을 조화롭게 융화시킬 줄 아는 인물이었다. 그는 풍류를 즐길 줄 알았지만, 미녀와 함께 있을 때도 먼저 기업의 이익을 생각했다. 호설암의 행동에도 이론의 여지가 없는 바는 아니지만 사업을 제일의 목표로 삼는 진정한 기업가라면 애정과 사업에 대한 그의 독특한 대처 방법을 본

받을 만하다.

호설암은 복잡한 사회관계를 처리하는 것뿐만 아니라 자신이 처한 감정 문제에 대처하는 데도 뛰어났다. 사업이든 애정이든, 분야는 달라도 그 이치는 같은 법이다. 사회관계의 문제나 애정 문제 모두 함부로 처리해서는 안 된다. 그런 의미에서 호설암이 아주를 비롯하여 자신을 거쳐간 수많은 여자들과의 감정 문제를 해결한 방법은 우리에게 시사하는 바가 크다. 이에 대해 호설암은 이렇게 말한다.

"여자가 아무리 좋다 해도 돈보다 중요하진 않다. 돈만 있으면 모든 것을 가질 수 있고, 그렇기 때문에 장사의 세계에서는 무엇보다도 돈을 중시한다. 아무리 용모가 뛰어나다 하더라도 주머니에 돈이 없다면 사람들에게 환영받지 못할 것이다. 불교에서는 나를 잊고, 생각을 잊고, 아내를 잊고, 자식을 잊어야 비로소 부처가 될 수 있다고 말한다. 속인들이야 색을 보면 정욕이 발동하게 되고, 돈을 보면 눈이 휘둥그레져 그냥 지나치지 못하는데 어떻게 성불할 수 있겠는가? 나 호설암은 오로지 일에만 가치를 두기 때문에 돈과 여자 따위는 얼마든지 웃으면서 다른 사람에게 넘길 수 있다. 모름지기 이래야만 사람들과 즐겁게 사귈 수 있고, 사업도 크게 번창할 수 있다."

호설암은 '장사의 신'이었던 동시에 '애정의 달인'이었다. 상인으로서의 충분한 자질을 갖추고 있는 사람들도 많고, 스스로 다정함을 지니고 태어났다고 생각하는 사람도 많지만, 상인으로서의 기질과 배짱을 애정과 결합시킨 인물은 오로지 호설암 한 사람뿐일 것이다.

관료이든 상인이든 남녀관계에 따르는 유희를 피하기 힘들다는 것은 사실이지만 그 방법이나 공력功力에 관해서는 사람마다 다를 수 있다. 차

항주의 대운하 풍경

라리 꽃 한 송이를 버릴지언정 만금을 버릴 수는 없다는 것이 호설암의 생각이었다. 호설암은 어디까지나 순수한 상인으로서 실질적인 이익을 중시했다. 그의 눈에는 아무리 훌륭하고 아름다운 여자라 하더라도 사업의 이익만큼 중요하진 않았다.

호설암은 철저하게 상인의 시각에서 버릴 것은 버리고, 얻을 것은 얻었다. 비록 그 과정에 주저하거나 망설일 때도 적지 않았지만 결국에 어금니를 악물고 마음을 독하게 먹었다. 그가 자신의 딸을 자신과 비슷한 연배인 부호 손반천에게 시집보낸 것은 실로 평범한 사람들이 하기 어려운 행동이었다.

호설암의 이러한 행동은 대단히 박정한 처사임에 틀림없지만, 장기적인 이익을 위해 엄청난 마음의 고통을 감수하면서 정을 끊은 것으로 이해할 수 있다. 호설암이 여성을 하나의 상품으로 여기는 봉건적 사상을 갖고 있었기 때문에 자신의 딸을 노총각 부호에게 시집보낸 것이라고 말할 수도 있다. 하지만 호설암이 그렇게 하지 않았다면 청대의 위대한 상인 호설암은 존재하지 않았을 것이고, 후세 사람들이 그의 행적과 경영원리를 연구할 필요도 없었을 것이다. 호설암은 말한다.

"세상에는 양심이 없는 사내들도 많다. 눈에 보이는 대로 사랑을 하고, 사랑이 시들면 가차 없이 차버린다. 하지만 여자들은 그렇지 않다. 이리저리 마음이 떠다니다가도 의지할 곳이 생기면 단단히 묶이게 되고, 심지어 매듭까지 생겨 아무리 풀려고 해도 풀 수가 없다. 나는 늘 이런 생각을 했다. '사람들은 왜 다른 사람과 정을 나누려 할까?' 사람에게 감정이란 것이 없다면 상대를 위해 목숨을 걸 필요가 없을 것이다. 나는 또 스스로에게 말하곤 했다. '나중에 마음이 좀 안정되면 모든 사람을 냉정한 태도로 대해야겠다. 일을 하면서 감정만 내세워서는 안 되고, 반드시 이익과 손해를 따져야 한다. 어디까지나 일은 일이고 감정은 감정이지, 이 두 가지가 함부로 섞여선 안 된다.' 그러나 나중엔 생각이 바뀌었다. '그래도 사람은 감정을 지녀야 하고, 때로는 이를 위해 벌을 받거나 심지어 목숨을 내놓을 수도 있어야 한다.' 나는 관직도 바라지 않고 명예도 원치 않는다. 나는 단지 이익을 추구하고 마음에 맞는 아내를 맞이하여 한 세상 즐겁게 지내다가고 싶을 뿐이다. 삶이란 이런 것만으로도 충분하지 않은가!"

사업은 이윤의 원칙에 따라 운용되어야 한다. 애증이 개입된 사업은 정상적인 사업이 아니다. 아내에게서 여인의 아름다움과 사랑을 얻는 것으로 만족할 줄 아는 호설암의 넓은 도량을 본받지 못한다면 사업가의 본분을 다하고 있다고 말하기 어려울 것이다.

돈만 있으면 천하를 가질 수 있다는 생각이 팽배해 있는 우리의 기업풍토에 호설암의 절제는 또 하나의 강력한 메시지를 던지고 있다. 돈과 권력, 여인의 아름다움이 서로 물고 물리는 악순환 고리를 형성하는 일이 없이 정치와 경제와 인권이 건강하게 성장하고 발전하는 사회야말로 호설암이 기대했던 청말의 시국이었을 것이다.